祈りの幕が下りる時

東野圭吾

講談社

祈りの幕が下りる時

装幀　岡　孝治

1

宮本康代《みやもとやすよ》はその日のことを、何十年も経った今でも明瞭《めいりょう》に覚えている。九月に入って間もない頃だった。秋保《あきう》温泉で旅館の女将《おかみ》をしている友人から電話がかかってきた。

女性を一人、雇ってもらえないだろうか、というのだった。

女将によれば、その女性は住み込みの仲居《なかい》の募集を見てやってきたらしい。だが仲居の仕事は未経験だというし、さほど若くもないので、女将としては彼女を雇うわけにはいかなかった。ただ、無下に追い返すのも躊躇《ためら》われた。

「御主人と別れたばかりで、身寄りもないそうなのよ。仙台《せんだい》に来たのは、以前旅行で来た時に、奇麗な町だな、こんなところで暮らせたらいいだろうなって思ったかららしいの。少し話したんだけど、物静かな良い人よ。おまけに美人なの。聞いてみたら、水商売の経験なら少しあるそうよ。それで、あなたのところでどうかなと思って」

年齢は三十六歳だが、ずっと若く見える、と女将はいった。

会ってみてもいいかな、と康代は思った。彼女は小料理屋とスナックを経営しているが、スナックで働いていた女性が先日結婚し、辞めてしまったのだ。今は白髪《しらが》頭のバーテンダーがいるだけで、何とかしなければと思っていたところだった。それに女将の人を見る目はたしかだ。

「わかった。とりあえず、来てもらって」康代は受話器に向かっていった。

それから約一時間後、まだ開店していないスナックで、その女性と会った。女将のいう通り、瓜実顔《うりざねがお》の美人だった。三十六歳ということは康代よりもちょうど十歳下だが、たしかにもっと下に見える。化粧をすればさらに映えるだろう。

女性は田島百合子《たじまゆりこ》と名乗った。以前は東京に住んでいたということで、言葉に訛《なま》りはなかった。

水商売の経験というのは二十歳過ぎの頃の話で、新宿《しんじゅく》のクラブで二年ほど働いていたらしい。父親が事故で亡くなり、病弱な母親の内職だけでは食べていけなかったのだという。店を辞めたのは結婚したからで、その数年後に母親は病死したとのことだった。

口数は少ないが、質問には的確に答えるし、言葉遣いも丁寧だ。たぶん頭は良いほうだろう。きちんと目を見て話すところも康代は気に入った。少し表情の変化が乏《とぼ》しいが、陰気《いんき》というほどではない。むしろ男性客の目には愁《うれ》いを帯びて映るかもしれない。

まずは一週間、雇ってみることにした。だめならその時点で切ればいい。だが康代は、何となくうまくいくような気がした。

問題は住むところがないことだった。荷物は、大きめのバッグが二つあるだけだ。

「旦那《だんな》さんと別れて、一体どうやって生きていくつもりだったの？」

思わず康代が訊くと、田島百合子は沈痛そうな表情で俯《うつむ》き、すみません、と小声で呟《つぶや》いた。そして、「とにかく家を出ることしか考えられなかったんです」と続けた。

何か余程《よほど》深い事情があるのだろうなと思ったが、康代は突っ込んだ質問は控えておいた。

康代は国見《くにみ》ケ丘《おか》の一軒家で独り暮らしをしていた。早死にした夫が、店と共に残してくれた家だ。子供を作るつもりだったので、部屋が二つも余っている。その一つを田島百合子に使ってもらうことにした。

「正式に働いてもらうことになったら、部屋を探しにいきましょう。知り合いに不動産会社の人間もいるから」

康代がいうと、田島百合子は目に涙を浮かべ、「ありがとうございます。がんばります」といって何度も頭を下げた。

こうして田島百合子は康代の店――『セブン』で働くことになった。そして、うまくいくのでは、という康代の勘は当たった。客からの評判は上々だったのだ。

康代が店の様子を見に行った時、白髪のベテラン・バーテンダーが耳打ちしてきた。

「拾い物だよ、康ちゃん。百合子ちゃんが来てから、店の空気が変わった。特に気の利いたことを話せるわけじゃないんだけど、彼女がいると場に色気が程よく混ざる。いかにも謎めいていて、わけありって感じでさ。適度に堅くて、適度に隙がありそうなのもいい。彼女は使えるよ」

いわれるまでもなく、店の雰囲気が良くなっていることは康代にもわかった。このまま正式に雇おうと決心するのに時間はかからなかった。

約束通り、二人で部屋を探した。いくつか当たった結果、田島百合子が選んだのは、宮城野《みやぎの》区萩野町《はぎのまち》にあるアパートだった。畳《たたみ》を敷いた和室だという点が気に入ったようだ。行きがかり上、康代が保証人になった。

その後も田島百合子の懸命《けんめい》な働きぶりは変わらなかった。常連客が増え、店はいつも活気に溢《あふ》れていた。無論《むろん》、彼女目当てでやってくる客も多いわけだが、田島百合子は彼等に振り回されることも、トラブルに巻き込まれることもなかった。若い頃の水商売の経験が生かされていたのかもしれない。

日本全体が好景気に包まれていたこともあり、店の経営は安定したまま、月日が流れていった。その間に田島百合子は仙台の町にすっかり馴染《なじ》んだようだ。

だが康代には気に掛かることがあった。付き合いが長くなり、二人で様々なことを話すようにはなったが、田島百合子は完全には心を開いてくれていないように感じるのだ。康代に対してだけではない。ほかの誰に対しても本当の顔を見せていないように思われた。それが彼女の魅力であり、店が繁盛《はんじょう》している一因だとわかっているから、康代としても複雑なのだが。

田島百合子は離婚の原因についても多くを語ろうとはしなかった。夫の浮気ではないのかと康代は勘繰《かんぐ》ったが、そうではないとその点についてはきっぱりと否定した。そして、こう続けた。

「私が悪いんです。失格でした。妻としても……母としても」

子供がいることを口にしたのは、これが初めてだった。聞いてみると男の子らしい。別れた時点で十二歳だったという。

「それは辛かったでしょうね。会いたいとは思わないの？」

康代が訊くと田島百合子は寂しげな笑みを浮かべた。

「会いたがる資格なんて私にはありません。そんなこと、考えないようにしています。結局、縁がなかったんです。あの子とも」

子供の写真を見せてくれないかと康代はいってみたが、田島百合子は首を振った。一枚も持っていないのだという。

「そんなものを持っていたら、いつまでも忘れられませんから」

そういった時の田島百合子の目には、ぎくりとするほどの険しい光が宿っていた。

とてつもなく真面目で、自分に厳しい女性なのだ。もしかしたら夫婦生活が破綻《はたん》したのは、この性格が原因なのかもしれないと康代は思った。

それからさらに時が流れ、田島百合子が『セブン』で働くようになって十年ほどが過ぎた頃、大きな変化があった。彼女が一人の客と深い仲になったのだ。

その客のことを田島百合子は、「ワタべさん」と呼んでいた。康代も店で何度か会ったことがある。いつもカウンターの隅に座り、薄い水割りをちびちびと飲みながら、週刊誌を読んだり、ラジオをイヤホンで聞いたりしていた。年齢は五十代半ばといったところで、中肉中背の体格だが、肉体労働でもしているのか、腕の筋肉には張りがあった。

二人の様子から、ただならぬ気配を感じ取った康代は、田島百合子に確認してみた。彼女は少し申し訳なさそうにしながら、ワタベとの関係を認めた。来店すれば看板まで残っている彼の気持ちには、早々に気づいたらしい。やがて彼女のほうにも彼を待つ気持ちが生じたのだという。

田島百合子は康代に、すみませんと謝った。

「どうして謝るの？　よかったじゃない。私はね、百合子ちゃんにもそういうことがあったほうがいいと思ってたの。向こうは所帯《しょたい》持ちなの？　違うんでしょ？　だったら、何も問題ないわよ。どうせなら結婚しちゃえば？」

この挑発に田島百合子は乗ってこなかった。いいえそんな、と小さく首を振っただけだ。

その後も二人の関係は続いていたようだが、康代は深く詮索《せんさく》しなかった。田島百合子があまり話したがらないからだ。どうやらワタベという男にも、何やら込み入った事情があるらしかった。

やがてワタベが店に姿を見せなくなった。田島百合子に尋ねてみると、仕事で遠いところに行っているとのことだった。電力関係の仕事で、様々な場所へ行くことがあるのだという。

田島百合子に変化が現れたのは、そんな頃だった。体調が良くないといって仕事を休むことが増えたのだ。病状に関する説明は様々だった。少し熱があるという時もあれば、身体《からだ》がだるいということもあった。

「どこか悪いんじゃないの？　病院で、ちゃんと診てもらったら？」

康代がいっても、大丈夫です、という答えしか返ってこなかった。事実、しばらくすると出勤するようになり、店に出れば今まで通り、真面目に仕事をこなしていた。

そのうちにワタベも仙台に戻ってきて、これで一安心だと康代は安堵《あんど》した。きっと一人になって寂しかったのだろうと思った。

そんなふうにして、さらに数年が流れた。バブル景気はとうの昔に弾け、康代の店も安穏《あんのん》とはしていられない状況だ。味と安値で勝負しているが、競合店も増えた。康代の小料理屋のそばには、牛タンの店が二軒もできた。少ない客を奪い合ってどうするのか、と文句をいいたい気分だ。

スナックの『セブン』も怪しくなっていた。またしても田島百合子が体調を壊し、休みがちになっていたのだ。やがて彼女は、辞めさせてほしい、と康代にいってきた。

「こんな状態では迷惑をかけるだけです。もう歳ですし、どうかほかの方を雇ってください」そういって頭を下げた。

「何をいってんの。『セブン』はあなたが支えてきたんでしょ。体調が悪いなら休んだらいい。きちんと治しなさい。それまで待ってあげるから。代わりの人を雇うことになるかもしれないけど、あくまでも代わりだから。それより、ちゃんと食べてるの？　そんなに痩《や》せちゃって……」

実際、田島百合子の身体は痛々しいほどに細くなっていた。頬はこけ、顎《あご》は尖《とが》っていた。瓜実顔から丸みが消えていたのだ。

「ええ、大丈夫です。すみません、御心配をおかけして……」暗い声で彼女はいった。以前から感情を表に出すほうではなかったが、一層表情が乏しくなっているようにも見えた。

ワタベはどうしているのだろうと思って尋ねると、また仕事で遠方に行っているという答えが返ってきた。それで余計に元気がないのか、と康代は察した。

こうして田島百合子は長い休みをとることになった。その間、康代は二軒の店を切り盛りすることになったが、忙しい合間を縫っては電話をかけたり、時にはアパートまで様子を見に行ったりした。

田島百合子の体調は芳《かんば》しくないようだった。布団で横になっていることが多く、食事もろくに摂っていないように思われた。病院に行ったのかと訊くと、行ったが特にどこも悪いところはないといわれた、というのだった。

近いうちにきちんとした病院に連れていかなければと思いつつ、仕事に追われ、その時間がなかなか取れなかった。気がつくと年末が近づいていた。外に出ると、寒さに思わず首をすくめる日が増えた。また一年が過ぎようとしている。

その日は昼過ぎから小雪が舞い始めた。積もったら、元気な人間でも出歩くのが大変になる。田島百合子のことが心配になり、康代は電話をかけた。

ところが電話は繋《つな》がらなかった。呼び出し音は鳴っているはずなのだが、出ないのだ。途端《とたん》に不安になった。康代はフード付きのダウンジャケットに身を包み、ブーツを履いて家を出た。田島百合子は、最初に入居した萩野町のアパートから動いていなかった。

アパートは二階建てで、八つの部屋がある。田島百合子の部屋は、二階の一番奥だった。ドアの前に立ち、呼び鈴《よびりん》を鳴らした。しかし反応はない。

郵便受けにはダイレクトメールやチラシ広告がたくさん押し込まれていた。それを見て、胸騒《むなさわ》ぎがした。康代は、もう一度電話をかけた。

次の瞬間、彼女は息を呑んでいた。ドアの向こうから携帯電話の呼び出し音が聞こえてきたからだ。

康代はドアを叩いた。「百合子ちゃんっ、百合子ちゃんっ、いるの？　いるなら返事してっ」

だが室内で人が動く気配はなかった。ドアノブを捻《ひね》ってみたが、鍵がかかっている。

階段を駆け下り、周囲を見回した。アパートの壁に不動産会社の看板が掛かっているのを見つけ、携帯電話を操作した。

それから約三十分後、康代は不動産会社の社員と共に田島百合子の部屋に入っていた。ドアを開けて最初に目に飛び込んできたのは、台所で倒れている田島百合子の姿だった。康代はブーツを脱ぎ捨てると、彼女の名前を呼びながら駆け寄り、抱き起こした。その身体は冷たくて硬く、そして驚くほどに軽かった。蠟《ろう》のように白い顔は、ほんの少し微笑《ほほえ》んでいるように見えた。

康代は声をあげて泣いた。


間もなく警察がやってきて、田島百合子の遺体を運び出した。一応変死ということになるので、解剖《かいぼう》する可能性があるらしい。その言葉の響きに思わず康代が顔を歪《ゆが》めると、「いや、きちんと元に戻してお返ししますから」と背広《せびろ》姿の刑事はいった。「それに、たぶん解剖の必要はないんじゃないかな。室内は荒らされてないから事件性はないし、自殺ってことも考えにくいんでね」

康代自身も警察署の応接室で話を聞かれることになった。田島百合子との関係や、遺体発見に至った状況などだ。

彼女の話を聞き、「すると身寄りはないってことですか」と刑事は訊いた。

「そのように聞いています。別れた旦那さんとの間に息子さんがいるってことでしたけど、連絡は取っていなかったはずです」

「その息子さんの連絡先は？」

「わかりません。百合子さん自身も知らなかったと思います」

「そうですか」

弱ったな、と刑事は小声で呟いた。

田島百合子の遺体は、翌日には戻ってくることになった。やはり解剖は行われなかったようだ。

「死後二日が経過していたようです。血液検査はしましたが、不審《ふしん》な点は何もないとのことでした。おそらく心不全《しんふぜん》だろう、というのが病院の先生たちの見解です。以前から心臓の機能に問題があったんじゃないか、と」

刑事の話を聞き、康代は深い後悔の念に襲《おそ》われた。やはり、もっと早くに精密検査を受けさせておくべきだったのだ。

簡単な形ででも葬儀《そうぎ》をしてやろうと思い、康代自身が手配を進めた。真っ先に知らせなければならないのはワタベだ。田島百合子の携帯電話を警察から返してもらったので、登録リストを調べてみた。そこに並んでいる名前は、思った以上に少なかった。康代の自宅と携帯電話、小料理屋、『セブン』、よく行く美容院、馴染みの客が十数人といったところだ。履歴によれば、この二週間、田島百合子は自分のほうからは誰にも電話をかけていなかった。着信も康代からのものだけだ。

どれほどの深い孤独感に包まれたまま田島百合子が息を引き取ったのか、康代は想像するだけで身震《みぶる》いがした。誰とも会わず、言葉も交わさず、台所の冷たい床で倒れた時、彼女の脳裏《のうり》によぎったことは何だったのだろう。好きな男のことか。それともたった一人の息子のことか――。

登録リストのワ行に、「綿部」という名字が存在した。こういう漢字だったことを康代は初めて知った。ずっと、「渡部」だと思っていた。

田島百合子の電話を使い、かけてみた。知らない番号からだと警戒されると思ったからだ。電話は、すぐに繋がった。はい、と低い声が聞こえた。

「あ……綿部《わたべ》さん？」

「……そうですが」田島百合子の声とは違うからだろう。警戒する気配があった。

「ごめんなさい。私、宮本です。仙台の『セブン』っていうスナックの。わかります？」

少し間があり、ああ、といってから、「百合子がどうかしましたか」と尋ねてきた。

「はい、あの、落ち着いて聞いてくださいね」唇《くちびる》を舐《な》め、一呼吸置いてから続けた。「百合子ちゃん、亡《な》くなりました」

大きく息を吸い込む音が聞こえた。綿部も田島百合子と同様に表情の変化に乏しい男だったが、さすがに驚きの色を浮かべているのではないかと思った。あるいは、衝撃が大きすぎて、かえって無表情のままか。

咳払《せきばら》いが聞こえた。その後、彼は抑えた声で、「いつですか」と訊いてきた。

「私が遺体を見つけたのは昨日です。でも警察によると、亡くなったのはその二日ほど前だろうということです。心不全だとかで……」

「そうですか。それはどうも御迷惑をおかけしました」綿部の淡々《たんたん》とした口調からは、驚きも悲しみも感じられなかった。もしかするとこうなることを薄々予想していたのか、とさえ康代は思った。

葬儀の手配をしていること、できれば綿部にも線香を上げてほしいことを伝えると、彼は電話の向こうで低く唸《うな》った。

「申し訳ないのですが、それはできません」

「どうしてですか。結婚はしていなくても、何年も付き合った仲じゃないですか。仕事が忙しいのかもしれないけど、何とかならないんですか」

「すみません。こちらにもいろいろと事情があるんです。百合子の供養《くよう》、よろしくお願いいたします」

綿部が電話を切りそうな気配がしたので康代はあわてた。

「待ってください。このままだと、百合子ちゃん浮かばれませんよ。遺骨《いこつ》だって、どうしていいかわからないし」

「それについては考えがあります。近いうちに必ず連絡いたします。あなたの電話番号を教えていただけますか」

「それはいいですけど……」

康代が番号を教えると、必ず連絡します、といって綿部は電話を切った。康代は通話の切れた携帯電話を見つめるしかなかった。

その翌日、葬儀業者の一番小さな部屋を使い、ささやかな葬儀を行った。『セブン』の常連客にも声をかけておいたので、参列者が全くいないということはなかったが、やはり寂しい儀式となった。

火葬を終えると、康代は遺骨を自分の家に持ち帰った。だがいつまでも置いておくわけにはいかない。萩野町のアパートのことも考える必要があった。保証人は康代だから、退去の責任を負っている。それはいいのだが、田島百合子の荷物を何とかしなければならない。すべて処分してしまっても問題ないのだろうか——。

そんなふうに思い悩んでいるうちに日にちが流れた。何度か綿部に電話をかけてみたが、繋がらなかった。

逃げられたのかもしれない、と康代は思うようになった。どうせ正式に結婚していたわけではない。あれこれと面倒《めんどう》なことを押しつけられたら厄介《やっかい》だと考え、このまま連絡をしてこない可能性は大いにあった。

部屋を空けてもらいたい、という連絡が不動産業者から来たのは、田島百合子の葬儀から一週間後のことだった。仕方がない、と康代は腹を決めた。部屋を片付け、不要と思われるものは処分するしかない。おそらく殆《ほとん》どの物に、そういう判断を下すことになるのだろうが。

ところが出かけようと腰を上げた時、携帯電話が鳴った。着信表示によれば、公衆電話からかけてきている。

出てみると、「宮本さんですね」と落ち着いた声が聞こえてきた。「遅くなってすみません。綿部です」

「ああ……」康代は大きく吐息《とい》をついた。「よかった。もう連絡をくれないんじゃないかと思ってたんですよ。だって電話が繋がらないから」

綿部は低く笑った。

「あの携帯電話は解約したんです。百合子との連絡にだけ使っていたものですから」

「そうなんですか。でも、それにしたって……」

「すみません、そのことだけでもお知らせするべきでしたね。だけど安心してください。百合子の遺骨や荷物の引き取り手を見つけました」

「えっ、本当ですか。どういう人ですか」

「百合子の一人息子です。東京にいます。時間がかかったのは、居場所を確認していたからです。でも大丈夫、住所を突き止めました。いいますから、メモしていただけますか」

「あ、はい」

綿部がいった地名は、杉並《すぎなみ》区荻窪《おぎくぼ》だった。そこのワンルームマンションに田島百合子の息子は住んでいるらしい。

「残念ながら、電話番号は突き止められませんでした。だから、手紙を出せばいいと思います」

「そうします。あの、その息子さんのお名前は？　やっぱり田島さんですか」

「いえ、田島というのは百合子のほうの姓です。離婚して元に戻したのです。息子さんの名字はカガといいます。加賀百万石《かがひやくまんごく》の加賀です」

女優の加賀まりこの加賀だな、と康代は文字を思い浮かべた。

綿部によれば、下の名は、「恭一郎《きよういちろう》」といい、今は警視庁《けいしちよう》に籍を置いているということだった。

「警察官なんですか」

「そうです。だから、というのも変ですが、あなたからの連絡を無視するようなことはないと思います。きっと、きちんとした対応をしてくれるんじゃないでしょうか」

「わかりました。あの、それで綿部さんは今後どうするおつもりですか。百合子ちゃんの遺骨が私の手元にあるうちに、一度線香をあげてやってくれませんか」

康代の問いかけに、綿部は一時沈黙した。

「もしもし?」

「いや……それはやめておきます。私のことは忘れてください。今後、私から御連絡することはもうないと思います」

「そんな……」

「では、よろしくお願いいたします」

「あっ、ちょっと——」

待ってください、という前に電話は切れていた。

康代はメモに取った住所と名前を見つめた。加賀恭一郎——最早《もはや》、この人物に連絡を取るしかなかった。

すぐに手紙を書くことにした。悩んだ末、次のような文章をしたためた。

『突然のお手紙、失礼いたします。私は仙台で飲食業を営んでいる、宮本康代という者です。このたび筆をとらせていただいた理由は、ほかでもありません。田島百合子さんについて、とても大事なことをお知らせしたかったからです。

百合子さんは少し前まで、私の経営するスナックで働いておられました。ところが数年前より体調を崩し、先日、自宅で亡くなったのです。どうやら心不全らしい、ということでした。

百合子さんには身寄りがなく、雇い主であり、部屋の保証人でもあることなどから、私がお葬式をあげ、遺骨も引き取りました。ただ、いつまでもうちに置いておくわけにもいかず、こうしてお手紙を出す決心をしたというわけです。

どうか、百合子さんの遺骨並びに遺品を引き取っていただけないでしょうか。もしお越しいただけるということでしたら、万障繰《ばんしょうく》り合《あ》わせますので、ご連絡いただけますと幸いです。私の電話番号と住所を記しておきます。

ぶしつけなお願いで本当に申し訳ございません。ご返答、お待ちしております。』

返事があったのは、手紙を投函《とうかん》してから三日目の午後だった。店が休みなので、自宅で売り上げの計算などをしていたところ、携帯電話が鳴った。まるで見覚えのない番号が表示されている。それを見て、康代は予感めいたものを感じた。

電話に出てみると、「宮本康代さんですか」と低いが、よく響く声が康代の耳に届いた。

「そうですけど」

一呼吸の間があり、「先日、お手紙をいただいた加賀です」と相手はいった。「田島百合子の息子です」

ああ、と康代は安堵の声を漏《も》らしていた。手紙を出したのはいいが、間違いなく届いただろうか、いやそもそも本当にあの住所に加賀という人物が住んでいて、その人は田島百合子の息子なのだろうか、と後になってあれこれと心配していたのだ。

母が、と加賀はいった。「大変お世話になったようですね。ありがとうございます」

康代は電話を握りしめ、首を振った。

「お礼なんて結構です。私のほうだって、百合子さんに助けられたんですから。それより、私が手紙に書いたことですけど、考えていただけましたか」

「遺骨のことですね」

「そうです。私としては、息子さんに引き取っていただくのが一番いいと思うんですけど」

「おっしゃる通りです。自分が責任を持って、後のことは処理いたします。御迷惑をおかけして本当に申し訳ありませんでした」

「それを聞いて安心しました。たぶん百合子ちゃんもあの世で喜んでいると思います」

「だといいんですが。で、いつなら御都合がよろしいんでしょうか。お店を経営しておられるんでしたね。お休みは何曜日ですか」

たまたま今日が休みだと答えると、ちょうどよかった、と加賀はいった。

「自分も休みなんです。これから伺わせていただいてもいいでしょうか。今から準備すれば、夕方までにはそちらに着けると思うのですが」

この提案に康代は少し驚いた。先方にもいろいろと事情があり、行動に移すには準備期間が必要ではないかと想像していたからだ。しかし早く引き取ってもらえる分には、康代のほうに異存はない。

承諾すると、加賀は大まかな到着時刻を述べた後、電話を切った。

康代は仏壇《ぶつだん》に目を向けた。田島百合子の遺骨と写真立てを置いてある。写真は『セブン』の店内で撮ったものだ。田島百合子にしては珍しく明るい笑顔を見せている。葬儀の前、馴染み客の一人が持ってきてくれたのだ。

康代は写真を見ながら、よかったね、息子さんが迎えに来てくれるよ、と心で呟いた。

それから約三時間後に加賀から電話があった。仙台駅に着いたという。タクシーに乗るらしいので、康代は家の目印を教えた。湯を沸《わ》かし、茶を淹《い》れる支度《したく》をしていたら、インターホンのチャイムが鳴った。

加賀は体格がよく、精悍《せいかん》な顔つきをした人物だった。三十歳前後だろうか。彫《ほ》りが深く、目つきが鋭い。いかにも正義感が強そうな印象を受けた。差し出された名刺には、警視庁捜査《そうさ》一課《いっか》という職場名が記されていた。

彼は康代に改めて感謝と詫《わ》びの言葉を述べた。

「そんなことはいいから、百合子ちゃんに会ってあげてください」

康代の言葉に長身の若者は、はい、と神妙な表情で頷《うなず》いた。

仏壇の前で線香をあげ、合掌《がっしょう》した後、加賀は康代のほうを向き、ありがとうございました、といって深々と頭を下げた。

「よかった。これで私も肩の荷が下ります」

「母はいつから宮本さんのお店で？」加賀が訊いた。

康代は指を折って確認し、「今年で十六年になります。九月に入ったばかりの頃でした」と答えた。

加賀は眉根《まゆね》を寄せて何事か考えていたが、やがて小さく頷いた。

「うちの家を出て間もなくです」

「そのようなことを百合子ちゃんもいってました。昔、旅行で来た時、この町が気に入ったんだそうです。それで、離婚して一人になった時、すぐにここで働こうと思ったって」

「そうでしたか。——母が住んでいた部屋は、今はどうなっているんですか」

「まだそのままにしてあります。御案内したいと思っていたんですけど……」

「ありがとうございます。是非、お願いいたします」そういって加賀は、また頭を下げた。

康代の運転する車で、萩野町のアパートに向かった。車中で、田島百合子との出会いなどを手短に説明した。ただ、綿部のことは何となく話しづらく、黙っていた。

田島百合子の部屋に着くと、加賀はすぐには上がり込もうとはせず、靴脱ぎに立ったままで室内をしげしげと眺めた。ベージュの壁紙がすっかり色褪《いろあ》せた、間取りでいえば1Kの部屋だ。畳は日に焼け、赤茶《あかちゃ》けている。卓袱台《ちゃぶだい》が部屋の中央にあり、壁際には小さな戸棚とカラーボックスが並んでいた。

「こんな狭い部屋で十六年も……」加賀が呟いた。思わず声が出てしまったように康代には聞こえた。

「私が来た時、百合子ちゃんは台所で倒れていたんです。その時はもう……」手遅れだった、という台詞《せりふ》は省略した。

「そうですか」加賀は狭い台所にも目を向けた。

「どうぞ、お上がりください」康代はいった。「少し掃除はしましたけど、百合子ちゃんの持ち物は何ひとつ捨てていません。確認してください」

失礼します、といって加賀は靴を脱ぎ、ようやく部屋に上がった。

彼は躊躇いがちに戸棚の引き出しを開け、中を眺めていた。どのように扱っていいか、わからないように見えた。百合子が家を出た時、彼はまだ小学生だったのだ。母親に関する記憶はいろいろとあるだろうが、ある程度は薄れていても不思議ではない。

康代はバッグから部屋の鍵を取り出した。

「もし遺品をゆっくり確認したいということでしたら、これをお預けしておきます。まだあと一週間ぐらいなら、不動産屋さんに説明すれば済むと思います。その間に整理して、運び出すなり処分するなりしていただけたらと思うんですけど……」

加賀は鍵をじっと見つめた後、「わかりました。では一旦お預かりしておきます」といって手を出した。さらに鍵を受け取ると、「ひとつ、お伺いしたいんですが」と少し遠慮がちに口を開いた。「母は家を出たことについて、何かいっていましたか。前の結婚生活に対する不満とか、家出した理由について……」

康代は、ゆっくりとかぶりを振った。

「詳しいことは何も。ただ、自分が悪かったとはいってました。妻としても母親としても失格だった、とか」

「失格……そうでしたか」加賀は無念そうに俯いた。

「お心当たりはないんですか」康代のほうから訊いてみた。

加賀は薄い笑みを浮かべた。

「剣道の夏稽古《げいこ》から帰ってきたら、母の書き置きがありました。何が起きたのか、さっぱりわかりませんでした。ただ、大人に近づくにつれて、わかってきたこともあります」

「どういうことですか」

父は、といって加賀は少し顔をしかめた。「仕事熱心な男です。ただし、その代わりに家庭を顧《かえり》みませんでした。めったに家に帰らず、家庭に関するすべての難問を母に押しつけていたように思います。父は親戚《しんせき》との折り合いも悪く、いつも母が板挟《いたばさ》みになっていました。そうした生活に疲れ果てたんじゃないかなと思います。でもそこから逃げ出したことについて、母は自分を責めていたのかもしれません」

ああ、と康代は頷いた。真面目な田島百合子なら十分に考えられることだ。

不意に加賀が、何かを思い出した顔になって康代を見た。「大事なことを訊くのを忘れていました」

「何でしょう」

「お手紙をいただきましたが、自分の住所はどうやってお調べになったのですか。母が知っていたとは思えないのですが」

この問いかけに康代は頬が強張《こわば》るのを感じた。何とかうまくごまかせないかと思ったが、鋭い目でじっと見つめてくる加賀の表情に、そんなことは無駄だと観念した。相手は警察官なのだ。

「ある人から教えてもらったのです」康代はいった。

「ある人とは？」

「百合子ちゃんが付き合っていた男性です」

加賀の表情は一瞬険しくなったが、すぐに氷が融《と》けるように和《なご》やかなものになった。「詳しいことを話していただけますか」

はい、と答え、康代にしてもさほど詳しいわけではなかったが、綿部について知っていることはすべて話した。

「ごめんなさい。隠す気はなかったんですけど、何となく話しにくくて……」康代は、こう付け加えた。

加賀は苦笑し、首を振った。

「そのお心遣いには感謝しますが、心配無用です。母に、そういう人がいてよかったと思っています。むしろ、何とかしてその方に会ってみたいぐらいです。会って、母のことを聞きたいです」

「そうかもしれませんね。でも、今もいいましたように、その人がどこにいるのかさえもわからないんです」

「あなたのお店以外で行きつけにしていたところはあったのでしょうか」

さあ、と康代は首を捻《ひね》った。「なかったと思います。百合子ちゃんからも聞いたことがありません」

「ではその方に関して、何か記憶に残っていることはありませんか。出身地とか、卒業した学校とか。あるいは、よく行く場所とか」

「場所……」

何かが康代の頭に引っ掛かった。田島百合子が印象的な地名を口にしていたような気がする。

やがて、その文字が浮かんできた。

「そうだ、日本橋《にほんばし》……」

「日本橋？　東京の？」

「そうです。いつだったか、百合子ちゃんがいっていたことがあるんです。綿部さんは時々日本橋に行くことがあるようで、お店とか名所の話をよくしてくれるって。百合子ちゃんは昔は東京に住んでいたけれど、日本橋にはあまり行ったことがなかったみたいなんです」

「綿部さんが何のために日本橋に行っていたのかは、お聞きになっていませんか」

「ごめんなさい。そこまでは……」

「そうですか。いえ、それだけでも十分に参考になります」加賀は再び戸棚に視線を向けた。その横顔は真剣そのもので、目は鋭い光を放っていた。警察官の表情だった。

三日後、加賀が康代のところへ部屋の鍵を返しにきた。田島百合子の荷物はすべて運び出したという。家具や電化製品、寝具は廃品回収業者に引き取ってもらったらしい。

「衣類が案外少ないので驚きました。生きていれば五十二歳……あんなものなのかなあ」加賀は釈然《しゃくぜん》としない様子でいった。

「百合子ちゃんは倹約家《けんやくか》だったから、新しい洋服をばんばん買うようなことはしませんでしたよ。それに、お洒落《しゃれ》をして出ていくようなことも少なかったんじゃないでしょうか」

「なるほど」頷いた加賀の目は悲しげだった。

「百合子ちゃんの衣類、どうされたんですか」

康代が訊くと、「捨てました」というあっさりとした答えが返ってきた。「自分が持っていても仕方がないですからね」

それもそうかと思いつつ、亡き母の洋服をゴミ袋に詰めた加賀の心情を想像すると、康代は少し胸が痛んだ。

二人でアパートに行き、すっかり片付けられた部屋を確認した。戸棚を置いてあったところだけ、畳の色が全く違っている。

「ほかの荷物は加賀さんの部屋に?」康代は訊いた。

「段ボール箱に詰めて送りました。一つ一つ調べて、母がどんなふうにこの十六年間を過ごしたのか、じっくり検証してみたいと思っています」そういってから加賀は少し顔をしかめた。「そんなことをしたところで、何がどうなるわけでもないとは思うのですが」

「とんでもない」康代はいった。「是非、百合子ちゃんの思いを汲《く》み取《と》ってあげてください。十六年間の思いを。私からもお願いします」

加賀は薄く笑って頷き、「ひとつお願いがあるんですが」といった。「例の綿部という男性のことですが、もし何かわかったら、知らせていただけないでしょうか。どんな些細《ささい》なことでも結構です」

「わかりました。必ずお知らせいたします」

「お願いします」

東京に帰るという加賀を、康代は車で仙台駅まで送っていった。さらには改札口まで見送ることにした。

康代に礼を述べた後、加賀は踵《きびす》を返し、大股で歩き始めた。康代はこの時初めて、彼の顔が田島百合子によく似ていることに気づいた。

そんなことがあってから、さらに十年以上の歳月が流れた。その間に康代自身や彼女の周辺にも様々な変化があったが、最も大きな出来事といえば何といっても東日本大震災と原発《げんぱつ》事故だ。地震の時のことを思い出すと、康代は今も身体が震える。壊滅した町を見た時には地獄《じごく》のようだと思ったが、自分たちは幸運だったと思い知るまでに時間はかからなかった。彼女の親戚の多くは気仙沼《けせんぬま》にいたのだが、その大半が津波に呑まれて亡くなった。後日、花を手向《たむ》けようと訪れた時には、あまりの無残さに声を失った。見渡すかぎり、灰色の瓦礫《がれき》の山だった。漁船と車と壊れた家屋が、泥の中で混ざり合っているのだ。それらの中には、まだ発見されていない遺体も、おそらく数多く眠っているのだろうと想像できた。風が吹くと、むせるほどの異臭《いしゅう》が鼻孔《びこう》を刺激した。

経営している二軒の店は、どちらも震災後に閉めた。ライフラインが断たれ、到底営業できる状況ではなかったし、復旧したとしても当分客は来ないだろうと思ったからだ。康代自身も、とうに七十歳を超えている。潮時《しおどき》だとも思った。

景気が良かった時の貯《たくわ》えと年金のおかげで、康代はどうにか困らずに日々の生活を送っている。月に何度かは昔からの知り合いと酒を飲むし、旅行をすることだってある。あの震災に遭《あ》った身としては上々の人生ではないか、というのが自己評価だ。

新聞を読んでいて不意に加賀恭一郎という人物のことを思い出したのは、そんなある日のことだった。社会面に、東京で起きた殺人事件の記事が載っていた。警視庁捜査一課という文字から、彼のことを連想したのだ。もっとも、彼がまだその職場にいるかどうかはわからない。彼は律儀《りちぎ》に毎年年賀状をくれるが、自分のことは殆ど書いていないからだ。彼は綿部に関する情報がほしくて、今も康代との繋がりを保とうとしているのだろう。だがあれ以後、彼女のところに綿部からの連絡はない。

記事によれば、下町のアパートで女性の他殺死体が見つかったようだ。一瞬、田島百合子の遺体を見つけた時のことを思い出した。そして、あの加賀も捜査に当たっているのだろうか、などと康代は考えた。

2

来客室に現れたのは、スーツを着た五十歳前後の小柄な男性と、彼よりさらに背の低い女性だった。頭を下げながら遠慮気味に入ってきて、やや気後れしたような目を松宮《まつみや》たちに向けてきた。無理もなかった。捜査関係者が、五人も並んでいるのだ。しかも若手の松宮はともかく、ほかの連中は揃って強面《こわもて》だ。

「押谷文彦《おしたにふみひこ》さんと奥様の昌子《まさこ》さん、でよろしいですね」松宮たちのリーダー格である小林《こばやし》が書類を見ながらいった。

「はい、押谷です」男性が答えた。

「遠いところをありがとうございます。私は本事件を担当している小林です。どうかおかけになってください」

二人が椅子《いす》に座るのを見て、それまで立っていた松宮たちも並んで腰を下ろした。

「遺品は確認されましたか」小林が訊いた。

「先程見せていただきました」押谷は、ぎくしゃくとした動きで顎を上下させた。言葉に関西弁の響きがある。「家内によれば、間違いないそうです。時計にハンドバッグ、それから旅行バッグも、すべて妹のものだと」

小林の細い目が、押谷昌子に向けられた。「そうなんですか」

はい、と彼女は小声で答えた。その目は充血している。

「よく覚えています。あの旅行バッグは道子《みちこ》さんのお気に入りで、去年一緒に温泉に行った時にも持ってきていました」

小林は吐息をつき、隣にいる係長の石垣《いしがき》と小さく頷きあった後、再び夫妻のほうに向き直った。

「すでに連絡があったと思いますが、指紋《しもん》照合とDNA鑑定の結果が出ています。遺体は押谷道子さんに間違いないということでした。誠に御愁傷様《ごしゅうしょうさま》です。心よりお悔やみ申し上げます」

小林がいい終えるのを待ち、松宮たちも頭を下げた。

ふうーっと押谷が息を吐き出した。

「一体どういうことなんでしょうか。誰かのアパートで見つかったと聞いたのですが」

「そうです。ただ、まずは順番に質問させていただきます。時間はありますか」

「それは大丈夫です。何なりと訊いてください。とはいえ、ふだん一緒に生活をしているわけではないので、全部にお答えできるかどうかはわかりませんけど」

「それで結構です。まず、妹さんと最後に話をされたのはいつですか」

押谷夫妻は顔を見合わせた。口を開いたのは妻の昌子だった。

「先月初めに電話で話しました。京都で花見をする予定を立てるためでした。去年も二人で行ったんです」

「妹は、私よりも家内と仲が良かったんです」押谷が横からいい添えた。

「その電話で、今回の上京の話は出ましたか」小林が訊く。

いいえ、と昌子は首を振った。

「全く聞いていません。だから警察で遺品の写真を見せられた時も、まさかと思いました。東京のアパートで死体で見つかったやなんて……。でも、どれもこれも道子さんが持っていた物とあまりに似ているので……」話しているうちに込み上げてくるものがあったのか、俯いて口元を押さえた。だが辛《かろ》うじて涙は堪《こら》えられたのか、呼吸を一つして顔を上げた。「すみません……」

「捜索願いを出されたのは三月十二日の火曜日だということですが、間違いありませんか」小林が確認した。

「間違いありません」今度は押谷が答えた。「その日、道子の職場の人から電話があったんです。前日の月曜日から無断欠勤してるし、ケータイにかけても繋がらない、部屋も留守のようだけど何かあったのかと。道子は独身なので、緊急連絡先が私のところになってるんです。それで私たちも思いつくところには問い合わせたんですけど、結局何もわからず、警察に届けることにしたわけです」

「職場というのは？」

「ハウスクリーニングをしている会社です」

押谷は妻に向かって何かを目で促《うなが》した。昌子はハンドバッグから名刺を出し、机の上に置いた。「道子さんの上司の方の名刺をいただいてきました」

小林が名刺に手を伸ばした。「お預かりしても構いませんか」

「はい、もちろん。そのために持ってきましたので」押谷が答えた。「その上司の方の話では、その前の金曜日までは変わらず勤務していたそうです。ただ、週末はちょっと贅沢《ぜいたく》をしようかな、というようなことを道子が同僚の人に話してたといっておられました」

「贅沢？　具体的には？」

「わかりません。贅沢としかいってなかったそうです」

松宮は手帳に、『ぜいたく？』とメモしながら考えを巡らせた。押谷たちは滋賀県在住だ。上京すること自体、贅沢に入るかもしれない。しかし目的は何だろう。単なる東京見物か。年齢から考えて、東京ディズニーランドは考えにくい。スカイツリーか。まさか、と却下《きやっか》する。一人で上京してまで見るほどのものではない。

小林は名刺を置き、代わりに一枚の紙を手に取った。そこには『越川睦夫』という名前が印刷されている。それを夫妻に見せた。

「この名前に心当たりはありますか」

「こしかわむつおさん、ですか。さあ、私は知りません」押谷は戸惑った表情で答えてから妻を見た。彼女も、「知らないです」といった。

「では」小林は紙を置いた。「小菅《こすげ》あるいは葛飾《かつしか》という地名を聞いて、何か思い当たることはありませんか。知人がいるとか、かつて行ったことがあるとか。どんな些細なことでも構いません」

だがここでも夫妻の表情に変化はなかった。当惑《とうわく》した様子で顔を見合わせた後、「何もありません。葛飾と聞くと『寅《とら》さん』と思い浮かぶぐらいで……」と押谷が真面目な顔で答えた。実の妹が死んでいるのだ。冗談《じょうだん》をいったわけではないだろう。

そうですか、と小林が沈んだ声を出した。

「あの、どういうことでしょうか。さっきの名前とか、その地名とか、道子にどんな関係があるんですか」押谷が少し身を乗り出してきた。

小林はさっきと同じように隣の石垣と目配せを交わした後、「妹さんの遺体が見つかったのは、葛飾区小菅という町にあるアパートの一室なのです」とまるで何かの宣告をするように強い口調でいった。「そしてその部屋の住人が、越川睦夫《こしかわむつお》という人物なのです」

遺体が発見されたのは、今からちょうど一週間前の三月三十日だ。小菅にあるアパートの一階に住む住人が、天井から異臭のする液体が滴《したた》ってくると管理人に訴えた。管理人は二階の部屋を訪ねたが、返答がない。仕方なく、合い鍵を使って室内に入ったところ、押し入れから強烈な異臭が漂ってくる。開けてみると、女性の遺体が寝かされていた。遺体は、かなり腐乱《ふらん》が進んでいた。

解剖の結果、頸部《けいぶ》圧迫による窒息《ちっそく》死と判明した。しかも首の周りに紐《ひも》状のもので絞めた痕《あと》があった。死後、二週間以上が経っているものと思われた。こうして他殺の可能性が濃厚となり、所《しょ》轄《かつ》の警察署に特捜本部が開設されることになった。警視庁捜査一課から送り込まれたのは、松宮たちの係だった。

当然のことながら、部屋の住人から話を聞くのが先決だ。ところが住人である越川睦夫は、姿を消していた。近所の住民の話では、少なくともここ一週間は姿を見た者はいない模様だった。

室内が徹底的に捜索された。ところが越川の行方《ゆくえ》を推定できるようなものは何ひとつ見当たらなかった。それどころか、越川という人物が何者かを示すものさえないのだ。携帯電話はもちろんのこと、写真、証明書、カード類、書簡類、一切発見できなかった。越川自身、あるいは事件に関わる何者かが意図的に処分したと考えられた。

越川が入居したのは九年前だ。だが住民票は移されていなかった。入居時に提出された書類によれば、前の住所は群馬県前橋市《まえばしし》になっている。その地に捜査員数名が送られたが、越川に関する情報は全く摑めなかった。書類に記載されていたのは、でたらめである可能性が高かった。当のアパートは管理が杜撰《ずさん》で、入居時の条件も緩いのだ。

越川が死亡している可能性も考え、この一ヵ月間に全国で見つかった身元不明死体とのDNA照合も実施されることになった。そのための試料として、アパートの部屋から歯ブラシ、安全カミソリ、古いタオルなどが押収《おうしゅう》されていた。

越川の行方を追う一方、遺体の身元を突き止める作業も行われていた。遺体はハンドバッグと旅行バッグを持っていたが、名刺、免許証、携帯電話、カード類といった身元を示すような物は見つからなかった。

そこでそれらの所持品と共に、遺体が着ていた洋服を写真に撮り、身体的特徴を添えて全国の警察に送付してみた。解剖から死後三週間程度と推察されている。家族がいるなら、最近捜索願いが出されている公算が高い。

すぐにいくつかの警察から反応があったが、詳しい情報をやりとりするうちに、いずれも人違いであることが判明した。日本では毎日のように捜索願いが出されている。こうしたことは珍しくはない。

そんな中、滋賀県警から耳寄りな情報が寄せられた。彦根《ひこね》警察署に捜索願いを出した夫婦が、今回の遺品を見て、失踪中の妹の持ち物に極めてよく似ているといったというのだ。細かくやりとりしたところ、身体的特徴や髪型、血液型、推定年齢なども合致《がっち》している。

滋賀県警を通じてその夫婦に、妹の指紋や髪の毛などが付いている物を東京まで持ってきてもらえるかどうかを打診《だしん》してもらった。すぐに行く、というのが夫婦の回答だった。

こうして昨日やってきたのが押谷夫妻だった。松宮が東京駅で彼等を出迎えた。二人が持参したのは、妹である押谷道子のヘアブラシ、化粧品、アクセサリーなどだった。ヘアブラシには髪が絡みついていた。

押谷文彦は遺体に会うことを望んだが、それはやめたほうがいいと松宮はいった。

「腐乱が進んでいて、顔は確認できない状態です。それにまだ妹さんと決まったわけではありませんし」

身元確認は指紋照合とＤＮＡ鑑定で行うと捜査会議で決まっていた。結果が出るまでに最低でも丸一日はかかる。夫妻に東京で一泊してもらうことには、事前に了解を得ていた。

押谷夫妻は昨夜、都内のシティホテルに泊まったはずだ。夜景が有名なホテルだが、無論そんなものを楽しむ気分ではなかっただろう。そして今日、電話で松宮から、「重大な結果が出ましたので、警察署まで御足労願えますか」といわれた時には、すべてを覚悟したものと思われた。

押谷夫妻が帰った後、松宮は小林たちと共に会議室に戻った。小林は石垣と席で何やら言葉を交わしていたが、顔を上げると何人かの捜査員の名前を呼んだ。彼等に何やら指示をしているのが聞こえてくる。彦根や滋賀という地名が松宮の耳に届いた。

やがて松宮の名が、捜査一課の先輩である坂上《さかがみ》と共に呼ばれた。

松宮は坂上と共に小林たちの前に立った。

「明日、滋賀に行ってきてくれ」小林がいい、名刺を差し出した。先程、押谷文彦から預かったものだ。「職場を当たって、交友関係、東京との繋がりなどを探ってくれ。何かわかったら、すぐに報告するように。必要とあらば、応援を差し向ける」

「了解しました」坂上が名刺を受け取った。

「職場だけでいいですか。被害者の自宅は？」松宮は訊いた。

「おまえが心配しなくても、そちらは別の者たちに当たらせる」小林は不機嫌そうにいった。

「事前の段取りは、今日中に済ませておくように」

「しっかり頼むぞ」石垣がいった。「地元の警察には、俺から電話を入れておく」

はい、と返事をし、松宮たちは二人に一礼し、踵を返した。だが松宮は二、三歩進んだところで足を止め、振り返った。

小林が不審そうに顔を上げた。「どうかしたか？」

松宮は自分の手帳を広げた。

「押谷夫妻によれば、被害者は三月八日の金曜日には通常通り出社し、十一日から欠勤しています。つまり殺害されたのは、九日か十日の可能性が高いことになります」

小林の隣で石垣が腕を組み、じっと見上げてきた。それがどうした、と問いかける顔だ。

「例の新小岩《しんこいわ》での事件は十二日に起きています。首を絞めるという殺害方法も一致していますし、何らかの繋がりがあるように思うのですが」

「新小岩？　ああ……」小林が頷いた。「河川敷《かせんじき》でホームレスが殺された事件か」

「そうです」

その事件は三月十二日の深夜に発生していた。河川敷に作られていたテント小屋が焼け、中から男性の死体が見つかったのだ。当初は単なる事故だと思われ、東京都監察医務院《かんさついむいん》で行政解剖が行われた。ところが死体が煙を吸っていないこと、頸部圧迫の痕があることなどから他殺の疑いがあるとして、現在捜査が行われている。遺体は以前から住んでいたホームレスだと思われるが、身元は不明のままだった。そこでこちらの事件との関連を確認するためにＤＮＡ鑑定が行われたが、焼死体が越川睦夫でないことは判明している。

「たしかにあっちの死体も窒息死らしいが、絞殺《こうさつ》ではなく扼殺《やくさつ》の可能性が高いと聞いている」小林がいった。「発生した日にちが近いというだけで、繋がりがあると考えるのは早計《そうけい》じゃないか」

「日にちだけではありません」松宮は手帳に目を落とした。「今回の事件現場は荒川《あらかわ》のそばで、新小岩の現場も荒川河川敷です。距離は約五キロ。これは近いといっていいのではないでしょうか」

「遠い近いというのは個人の感覚だ」石垣が腕組みをしながらいった。「君の感覚だけで、ほかの事件に手を出すわけにはいかん。向こうには向こうの特捜本部があるわけだしな。ただし、そういう意見があったことは覚えておこう。とりあえず、君たちは明日、しっかりと聞き込みをしてきてくれ」

「わかりました。失礼します」松宮は二人に頭を下げ、その場を離れた。

上司たちにはいえなかったが、二つの事件に繋がりがあるように感じるのは、発生日時や距離が近いからだけではなかった。もう一つ、印象という重要なファクターがあった。

越川の部屋の捜索には松宮も加わった。押入の中、簞笥《たんす》の引き出しなど、すべてを調べた。越川が何者なのかを示すものは見つからなかったが、その暮らしぶりだけはよくわかった。

それを一言でいえば、典型的な「その日暮らし」だった。

将来に対する夢や展望が感じられず、代わりにいつでも死を迎える覚悟を窺《うかが》わせた。食べ物にしろ雑貨にしろ、備蓄してあるものが何もない。何しろ冷蔵庫がないのだ。

松宮は室内を見回し、ここは部屋であって部屋ではない、と思った。そして思い浮かべたのは、ホームレスたちが作る青いビニールシートの小屋だ。あれと同じだと思った。越川睦夫は、この部屋で息を潜めるように生きてきたのではないか。

だから新小岩の事件に対して、何か呼応するものを感じるのだ。

しかし石垣のいう通りだった。感覚だけで動いていては刑事の仕事は務まらない。まずは自分のすべきことに集中しようと考えた。

3

翌朝早く、松宮は坂上と共に新幹線で滋賀に向かった。今日の行動については昨日のうちに打ち合わせてあるが、確認を兼ねて、細かい手順をもう一度話し合った。

押谷道子が働いていたのは『メロディエア』という会社の彦根支社で、サイトによればハウスクリーニング、家事代行、環境衛生サービスなどが主な業務らしい。住所は滋賀県彦根市古沢《ふるさわ》町《ちょう》となっている。地図を見ると彦根駅から近いようだ。すでに先方には連絡してあり、森田《もりた》という支社長が直々《じきじき》に対応してくれることになっていた。

「被害者は外回りの仕事をしていたようです。病院や老人ホームといった施設を回って、清掃などの注文を取っていたみたいです。だから会社内だけではなく、顧客のところも当たる必要があるかもしれません」

松宮の言葉に、坂上は口元を歪めた。強面が一層険しさを増す。

「そういう顧客は二つや三つじゃねえだろう。俺たち二人だけで手分けして回るのか。ちっ、自宅の捜索に回されてたほうが楽だったなあ」

「でも自宅周辺の聞き込みをしなくちゃいけないし、何しろあっちは新幹線じゃなく車で移動ですよ。家具や家電品、衣類なんかを除いて、被害者の室内にあるものを、殆どすべて東京に運ぶかもしれないって話でした」

「だけど女の独り暮らしだろ？　そんなに大荷物にはならないよ。やっぱりあっちがよかったな。ああ、ついてねえ」坂上は座席の背もたれを思いきり倒した。

松宮は先輩の愚痴《ぐち》に苦笑する。こういう場合に文句を口にするのはいつものことだ。しかし手抜きは一切せず、調べるべきところはきちんと当たって漏れを生じさせない。石垣たちもそれがわかっているから、坂上を選んだのだろう。

「ところで松宮、おまえ、新小岩の事件が引っ掛かってるみたいだな」坂上が声を落として訊いてきた。昨日の、小林たちとのやりとりが耳に入っていたらしい。

「引っ掛かってるというより、少し気になってるだけです」

「そういうのを引っ掛かってるというんだよ。もしかして、二つの事件は同一犯だとでも考えてるのか」

「まだそこまでは……。でも、可能性はあるんじゃないでしょうか」

坂上は首を捻った。「俺は、そうは思わないな」

「そうですか……」

「というより、そうでないことを祈るね。そんなことになったら、どっちの特捜本部が先に犯人を挙げるかってことで、どうせまたお偉方《えらがた》が妙な競争意識を働かせるだろうからな」

「いいじゃないですか。競い合って、結果的に早く事件が解決すれば」

坂上は、ふんと苦笑した。「いいねえ、おまえさんは若くて。俺なんか、よそに手柄を取られるくらいなら、お宮入りのほうがましだと思っちまうよ。正義感ってものを、どっかに置き忘れてきたらしいや」そういって肩をすくめた。

二人が乗っていたのは「のぞみ号」だったので、名古屋《なごや》駅で一旦降りて後続の「こだま号」に乗り、米原《まいばら》駅で今度は東海道本線の新快速に乗り換えて、彦根駅に着いたのは午前十時半頃だった。

彦根警察署への挨拶を済ませてから『メロディエア』に向かった。会社は警察署から徒歩で十分ほどのところにあった。ハウスクリーニングという言葉の響きから、白くて洗練されたオフィスビルをイメージしていたが、目の前に現れたのは町工場のような背の低い建物だった。しかし駐車場にずらりと並んでいる営業車両は白を基調にしたデザインで、さすがに汚れている車は一台もなかった。

正面玄関から建物に入ると、小さな町役場を連想させる事務所があった。十名ほどの従業員が机に向かっている。受付らしきものがあったので、そこにいる若い女性に声をかけようと松宮が近づくと、「警視庁の方ですか」と横から声をかけられた。眼鏡《めがね》をかけた、四角い顔の男性がやってきた。

そうですと答えると、彼は名刺を出してきた。この人物が森田だった。支社長と聞いて、もっと威風堂々《いふうどうどう》としたイメージを抱いていたので、腰の低さに意外な思いがした。

松宮たちは応接室に通された。まず森田が会わせてくれたのは、押谷道子の上司である奥村《おくむら》という男性だった。肩書きは営業課長だ。

「やはりそんなことになっとったんですなあ。二週間……いやいや、かれこれ三週間になりますか。何の連絡もなくて、ずっと心配してたんです。もしや何かあったんじゃないかっていってたんですけど、まさかねえ」奥村は眉を八の字にして低く唸り、髪の薄くなった頭を掻《か》いた。

「何も心当たりはないわけですか」坂上が訊いた。

「いやあ、ありません。最後に会ったのは八日の金曜日ですけど、いつもと何も変わりませんでした。むしろ楽しそうでした」

「楽しそう？」その言葉に松宮は食いついた。「押谷さんは同僚の方に、週末は贅沢をする、という意味のことをおっしゃってたそうですね」

「ああ、そうです。その場に私もいたので、よく覚えてます。たしかにそんなことをいってました」

「その贅沢というのが何を指していたのか、わかりませんか。食事とか旅行、あるいは買い物という気がするのですが」

さあ、と奥村は首を捻った。

「何気ない会話でしたからねえ、それ以上のことは聞いてないんです」

その同僚にも来てもらうことにした。押谷道子と年格好が似た女性だった。同様の質問を投げてみたが、彼女からも有益な話は聞き出せなかった。事件について心当たりは何もないし、贅沢が何を指していたのかもわからないという。

「特に深い意味はなく、今週もがんばって働いたから自分に何か御褒美を、ということだろうと思ったんです」同僚の女性は申し訳なさそうな顔をしたが、そのように受けとめても不思議ではなかった。もしかすると、実際にその程度のことだったかもしれないのだ。

この方向では何も出てきそうになかったので、押谷道子の仕事内容について尋ねることにした。

「彼女の仕事は主に施設相手の営業とオペレーションでした」奥村がいった。「定期的な清掃の契約を取ってきたり、そういうお得意さんを回って、何か問題が生じていないか確認してもらっていました。初めてのお客さんから注文を受けた場合は、現状を視察して、どの程度の規模の清掃が必要かを割り出すのも彼女の仕事でした。それがオペレーションです」

「押谷さんは、こちらの会社では長かったのですか」坂上が訊いた。

「そうですね。新卒で入社して以来ですから、二十年ほどになります」

「最近になって仕事でトラブルを起こしたとか、何か揉め事を起こしたということは？」

奥村は激しく首を横に振った。

「そんな話は聞いたことがありません。うちのスタッフの中でも、特に優秀です。もちろん、お客様からのクレームはあります。清掃スタッフも人間ですから、ミスをすることはありますからね。そういう場合でも、押谷君はすぐにお客様のところへ飛んでいってくれて、とても丁寧に対応してくれていました。彼女が担当だからという理由で、契約を続けてくださっているところもたくさんあるんです」

営業課長の言葉に嘘はなさそうだった。そもそも、ここで部下を必要以上に褒める理由がなかった。

その後も松宮たちは、押谷道子と親しかったという何人かの従業員たちに会ったが、同じような話しか聞けなかった。人が好《よ》くて世話好き、少々おしゃべりではあるが人の悪口はいわない、明るくて性格に裏表がない——彼等の話から浮かび上がってくる被害者像は、そういうものだった。

社員旅行をした時の写真があるというので見せてもらうことにした。これまで松宮たちが目にしたのは、押谷夫妻が持参した写真だけだ。親戚の披露宴《ひろうえん》で撮ったという写真に写っていたのは、シックなスーツに身を包み、ややすました表情の押谷道子だった。だが社員旅行での押谷道子は、ずっと生き生きして見えた。やや小太りで決して美人ではないが、楽しい気分が伝わってきそうな明るい表情をしていた。

「ふだん押谷さんが営業で回っていた先というと、どのぐらいありますか」松宮が訊いた。

「顧客ですか。ええと」奥村は額《ひたい》を掻いた。「単に顧客ということになりますと、法人と個人を合わせて百や二百はあるんじゃないですかね」

予想を遙《はる》かに超えていた。松宮は坂上の表情を窺った。頰の肉が少しひきつっている。

「それを常に回っておられるわけですか」

「いや、時期に応じて変わります。一回こっきりの利用で終わってしまったお客さんもいますからね。今の時期だと、せいぜい二十か三十かな」

「押谷さんが最後に出社されたのは三月八日の金曜日ですよね。その週に、どこを回られたかわかりますか」

「わかると思います」

ちょっと失礼といって奥村は席を外した。松宮は湯飲み茶碗《ぢゃわん》に手を伸ばした。最初に出された茶は、すっかりぬるくなっていた。

「何か参考になったでしょうか」そう尋ねてきたのは、そばでずっとやりとりを聞いていた支社長の森田だ。

「もちろんです」坂上が即座《そくざ》に答えた。「とても助かっています。御協力感謝いたします」

「押谷君はねえ、ほんまにいい人だったんですよ。ちょっとお節介《せっかい》なところがあったけど、困っている人を見たらほうっておけないっていう感じでね。どうしてあんな人が、そんな目に遭うかなあ」

「総力をあげて、犯人逮捕に努めます」

坂上が型通りの台詞を吐いたところで奥村が戻ってきた。A4の紙を手にしていた。

「あの週は全部で十三の営業先を回っていますね。病院や養護施設などです」そういって紙をテーブルに置いた。

そこには顧客名と住所や連絡先、担当者名が記されていた。わざわざ印刷してきてくれたようだ。

「押谷さんは一人で外回りをされていたのですか」坂上が訊いた。

「そうです。車を運転して、一人で回っていました」

「なるほど」

坂上は、松宮に目を向けてきた。どうやって全部当たるか、と相談する顔だ。

あの、と森田が口を開いた。

「もし押谷君の営業先を回られるということでしたら、誰か案内につけましょうか。何なら、うちの車を使ってもらっても構いませんけど」

「えっ」坂上が瞬きした。「いいんですか?」

「はい、もちろん。うちみたいな小さな支社では、従業員は家族と同じです。一刻も早く犯人を逮捕してもらいたいんです。そのための協力は惜しみません。本社の社長からも、できるかぎり捜査に協力するようにいわれておりますので」

「それは助かります。お願いいたします」

坂上が頭を下げた。もちろん松宮も倣った。知らない土地で十三もの施設を回るのは、考えただけでも大変だった。

案内役として呼ばれたのは二人の従業員だ。どちらも男性で、清掃スタッフだという。車も二台用意してもらえるということなので、二手に分かれて回ることにした。松宮を案内してくれることになったのは、近藤《こんどう》という若い従業員だった。髪が短く、よく日に焼けているので、高校球児を連想させた。

「お忙しいところをすみません」助手席で松宮は詫びた。

いいえ、と近藤はハンドルを握ったまま、ぎごちない笑みを浮かべた。少し緊張している様子だった。

近いところから順番にということで最初に向かった先は、市内にある病院だ。事務局の応接室で松宮の相手をしてくれたのは、施設課長の肩書きを持つ男性だった。

「うちでは、手術室や集中治療室といった特殊なエリアを除いたところの日常的な清掃を『メロディエア』さんにお願いしています。押谷さんが最後にいらっしゃった時も、それについての打ち合わせをしました。その時も特に何も変わったことは……。あの方がそんな形で亡くなられていたとはねえ」施設課長は顔を強張らせていった。遺体の身元が判明したことは、ネットでも特には取り上げられていない。東京では今朝の朝刊に出たが、こちらでは報道されていないのかもしれない。


「押谷さんは、近々東京に行く、というようなことをおっしゃってませんでしたか」

松宮の質問に施設課長は即座に首を振った。

「聞いてませんねえ。あの方は楽しい人で、よく話が脱線するんですが、そんなことはいってなかったと思います」

どうやらこの病院で得られる情報はなさそうだった。適当に話を切り上げ、松宮は腰を上げた。

次に向かったのは私立の保育園だったが、ここでも収穫はなかった。押谷道子が好人物《こうじんぶつ》で、何とかして料金を下げようと努力してくれた、というエピソードを聞けただけだった。

こんなふうにして六つの施設を回った。有益な情報はなかったが、松宮は聞いた話をとりあえずは手帳に書き込んだ。わざわざ出張してきたのだから、報告書という形に整える必要はある。

「大変ですね、刑事さんの仕事って」それまであまりしゃべらなかった近藤が、運転をしながら口を開いた。七番目の目的地に向かう途中のことだった。

「今日はそうでもないですよ。運転してもらってるし」

「でも、いろんなところに行って、知らない人から話を聞くのって、神経使うやないですか。俺なんか、とても無理です。それで清掃スタッフをしてるんです。こっちなら、あんまり話をしなくてもいいんで」

「ああ、なるほど」

近藤は、また少し黙り込んでから、「こういう案内も、本当は得意じゃないんです」といった。

「けど押谷さんのことを聞いて、何かお手伝いできたらええなと思って、それで引き受けたんです」

「よく知っているんですか。押谷さんのこと」

「よくっていうほどではないけど、時々押谷さんのほうから話しかけてくれました。何かの時に、うちの婆《ばあ》さんが入院してることをちらっといったら、そのことを覚えてくれていて、お婆さんどうなの、元気なのって訊いてくるんです。ほんま、ええ人でした」

「そうらしいね」

「刑事さん。俺からもお願いします。犯人を捕まえてください。捕まえて、死刑にしてください」前を向いたまま、近藤は小さく頭を下げた。

松宮は、必ず、といって頷いた。

七番目に当たることになった施設は、『有楽園《ゆうらくえん》』という老人ホームだった。四階建ての建物だが、壁には幾筋《いくすじ》ものひび割れが生じており、年季を感じさせた。

小さなロビーの片隅で松宮の応対をしてくれたのは、塚田《つかだ》という女性だった。四十歳前後だが、設備の維持管理についてはすべて任されているという。

彼女も押谷道子が死亡したことは知らなかったらしい。松宮の話を聞くと、心臓の高鳴りを鎮《しず》めるように自分の胸を押さえた。

「押谷さんがそんなことに……驚いたとしかいいようがありません。とても信じられないです。強盗か何かに襲われたんですか」

松宮はかぶりを振った。

「まだ何もわかりません。ようやく遺体の身元が判明したという段階でして。だから、どんなことでも結構ですから、何か思い当たることがあれば話していただきたいのです」

「そういわれましても……」塚田は眉間に皺《しわ》を寄せ、当惑したように首を傾《かし》げた。

「最後に押谷さんとお会いになった時、どういう話をしましたか。東京に行くというようなことは、おっしゃってませんでしたか」

「東京……」口の中で呟いた後、塚田は何かを思い出したように、あっと声を漏らした。

「どうかしましたか」

塚田は瞬きし、松宮を見た。「もしかしたら、あの人のことで……」

「あの人？」

塚田は周りを見回すしぐさをしてから、松宮のほうに少し顔を近づけてきた。

「うちで今、ちょっと問題のある人を預かっているんです」

「問題がある、といいますと？」松宮は声を落として訊いた。

少し思案する顔をしてから塚田が話したのは、次のようなことだった。

二月半ばだから、今から一ヵ月半ほど前だ。彦根市内にあるファミレスに一人の女性客がやってきた。六十代後半と思われるその客は、身なりはみすぼらしく、髪も汚かった。だが店としては追い返すわけにもいかず、席に案内した。女性客はいくつかの料理を注文した。やがて食事は終わった様子だが、女はぼんやりと外を眺めたり、持っていた古い週刊誌を読んだりして、なかなか帰ろうとしなかった。そんなふうに三時間あまりが経つと、彼女はウェイトレスを呼び、またしても料理を注文した。ここに至り、店側は怪しみ始めた。無銭飲食《むせんいんしょく》ではないかと疑ったわけだ。

店長は近所の交番に電話をかけた。そこに詰めている巡査とは、ふだんから親交《しんこう》があった。すぐにその巡査が来てくれた。店長が事情を説明していると、食事をしていた例の女が不意に席を立った。さらに店を出ていく素振りを見せた。

巡査は急いで跡を追った。女が駆《か》けだしたので、後ろから肩を摑んだ。アクシデントが起きたのは、その直後だった。女が転び、入り口の前にある階段から落ちた。さらに巡査がその上に覆《おお》い被《かぶ》さる形になってしまったのだ。女は悲鳴をあげた。顔をしかめ、痛い痛いと喚《わめ》きだした。

女は病院に運ばれた。診察したところ、右脚を複雑骨折していた。

巡査は業務上過失傷害《ぎょうむじょうかしつしょうがい》で書類送検《しょるいそうけん》されることになったが、それよりも厄介なのは女の扱いだった。当然のことながら、彼女は無銭飲食を認めなかった。食事の途中で気分が悪くなったので、ちょっと外の空気を吸いに出ただけだという。食事の支払いに十分な金銭を所持していなかったが、「うっかりしていた」といい張るだけだ。

女は名前も住所もいわなかった。そのくせ、「こんな身体にしておいて、どうしてくれるんだ。賠償金《ばいしょうきん》を出せ」と事情聴取をした警察官相手に凄《すご》んだ。

病院からは、早く女を引き取ってくれと警察にいってきた。治療すべきことは済んでおり、あとは安静にしておくだけで、いつまでも置いておくわけにはいかないというわけだ。だが警察が自宅に連れていこうにも、家がわからないのではどうしようもない。女は、自分が完治するまで面倒をみろ、と主張するばかりだ。

　困り果てた警察が頼ったのが『有楽園』だ。警察署長が園長と顔馴染みだったのだ。たまたま空いている部屋があったので、そこに置いてもらうことになった。

「前回押谷さんがいらっしゃった時、その人が松葉杖《まつばづえ》で近くを通りかかったんです。すると押谷さんが、あの人は、と尋ねてこられたので、じつは、と事情をお話ししました。そうしたら、もしかしたら私の知っている人かもしれないといいだしたんです」

　松宮はメモを取る手を止め、顔を上げた。「押谷さんの知り合いだったんですか」

「中学で仲の良かった友達のお母さんじゃないかというんです。だったら、ちょっと声をかけてくれませんかと頼みました。押谷さんが、いいですよといってくださったので、部屋までお連れしました」

「その結果は？」

「部屋に入った途端、やっぱりそうだ、と押谷さんはいいました。アサイさんですよね、とその女性に訊いたんです」

「本人は何と？」

　塚田は首を振った。「違うと答えました」

「すると押谷さんは？」

「納得できない様子でした。アサイヒロミさんのお母さんじゃないんですかって、もう一度訊いてました。でも女性は、違う違う、人違いだって……」

「それで?」

「仕方なく部屋を出ました。でも押谷さんは首を傾げて、間違いないと思うのだけれどといって、まだ釈然としていない感じでした」

「アサイヒロミさん……ですか。どういう字を書くんですか」

「聞かなかったですけど、たぶん——」

アサイは『浅居』ではないかと塚田はいった。滋賀県に多い名字らしい。

「で、そのことで押谷さんは東京に行くとおっしゃったんですか」松宮は訊いた。

塚田は頷いた。

「押谷さんによれば、そのアサイヒロミさんは東京で芝居《しばい》の仕事をしておられるということでした。テレビか何かで知ったとかで、押谷さんも芝居が好きなので、いつかは会いたいと思っていたそうなんです。でも、これといった理由もなく、昔の知り合いに訪ねてこられても、向こうは迷惑なだけかもしれないと思って、これまでは我慢していたといっておられました」

「なるほど。会いに行くのに格好の口実《こうじつ》ができた、というわけですね」

「そういうことです」

「そのことを警察には話しましたか」

いいえ、と塚田は首を振った。

「園長には話しました。でも、とりあえず押谷さんからの連絡を待ってからでもいいんじゃないか、ということになったんです。何しろ、本人が否定していますから。下手に騒いで、もし人違いだったなんてことになったら、また何か難癖《なんくせ》をつけてくるかもしれません。そうなって迷惑するのは、警察よりもうちですから」

問題の女の扱いには、かなり慎重になっているらしい。

「その女性は、まだこちらにいるんですね」

松宮が問うと、塚田は顔をしかめて頷いた。

「かなり自由に動けるようになっているはずなんですけど、起きているのが辛いとかいって、一日中ベッドにいます。ここにいれば食事やお風呂に困らないし、衣類のクリーニングだってやってもらえますからね。全快した後も、あそこが痛いここが痛いといって、ずっと居座《いすわ》る気じゃないかって心配していたところなんです」

「クリーニング？　着替えを持っていたんですか」

「とんでもない。うちが新しく買い揃えたんですよ。不潔《ふけつ》な服で動き回られたら、ほかの人に迷惑ですから」

「代金は？」

「警察署に請求しました」

松宮は思わず天を仰いだ。またとんでもない疫病神《やくびょうがみ》を抱え込んだものだと地元の警察署に同情した。

「その女性に会えますか」

「刑事さんが？　ええ、それは構わないと思いますけど」

松宮は手帳を閉じ、腰を上げた。「お願いします」

案内された部屋は、二階の薄暗い廊下の奥にあった。途中で何人かの老人とすれ違ったが、塚田は一人一人に言葉をかけていた。老人たちも彼女を信頼している様子だった。

部屋の前に立つと、塚田はドアをノックした。どうぞ、と無愛想な声が聞こえてきた。

塚田はドアを開け、「ニイマルイチさんに会いたい、という人がいらっしゃってるんですけど」といった。

松宮は入り口の横を見た。『２０１』と記された札が出ている。それでニイマルイチさんか、と合点《がてん》がいった。

「私に？　誰それ？　会いたない。帰ってもらって」ぞんざいな口調だった。

松宮は塚田の肩を叩いて後ろに下がってもらい、代わりに自分がドアの内側に足を踏み入れた。

部屋には湿布薬《しっぷやく》の臭いが漂っていた。六畳ほどの広さで、窓際にベッドが置いてあった。ほかには棚や小さなテーブル、椅子がある。棚の上のテレビでは時代劇の再放送をやっていた。

ベッドの上には痩せた女が座っていた。灰色の髪を後ろで縛り、化粧気が全くない顔を松宮に向けている。

「あんた、誰？」眉間に皺を寄せ、女は訊いてきた。

松宮はバッジを見せた。

「警視庁の松宮といいます。あなたにいくつか訊きたいことがあります」

女の顔に戸惑いの色が浮かんだ。

「警視庁？　何や、滋賀県警の代わりに警視庁が賠償金を払うてくれるんか」

彼女の言葉を無視し、松宮は一枚の写真を内ポケットから出した。『メロディエア』で借りた、社員旅行の写真だ。それを女のほうに向けた。

「この女性を御存じですね。押谷道子さん、右から三番目の女性です。先月初め、お会いになったと聞きましたが」

写真を見た瞬間、女の目はかすかに泳いだ。だがすぐに女は、ふん、と鼻を鳴らした。

「知らんな。会ったかもしれんけど忘れた」

「そうですか」松宮は写真をポケットに戻してから、「アサイさんっ」と呼びかけた。女の身体が一瞬反応するのを見逃さなかった。「――ですよね、と押谷さんに訊かれたそうですね。あなた、本当にアサイさんじゃないんですか」

「うるさいな。違う。人違いやと何遍《なんべん》もいうたやないか」

「何遍もいった……。それは押谷さんに対してですよね。何だ、忘れたなんていいながら、押谷さんに会った時のことをちゃんと覚えてるじゃないですか」

「それは……あんたがそんなことをいうから思い出したんや」女は顔をそむけ、ぼそぼそとしゃべった。

「その押谷道子さんですがね」松宮は女の横顔を凝視《ぎょうし》しながら続けた。「東京で亡くなりました。

他殺の疑いが濃い、とみられています」

女の瞼《まぶた》がぴくりと動いた。それから彼女はちらりと松宮のほうに目を向け、またすぐにそらした。

「それが……私に何の関係があるんや」

「何か心当たりがあるのではと思いまして」

女はぎごちない笑みを浮かべた。

「あほらしい。知らん人が東京で死んで、心当たりなんかあるわけない」

「押谷さんはあなたのことで東京に行った可能性があるそうです。あなたの娘さんが東京におられるそうですが、御存じでしたか」

「知らんっ。そんなこと、知らん」女は激しくかぶりを振った。

「知らない？　娘なんかいない、ではなく知らないと。つまりあなたにお嬢さんがいることは認めるわけですね」

「うるさいっ。知らんというたら知らん。出ていけっ。もう出ていけっ」女はそばにあったテレビのリモコンを摑み、投げつけてきた。それは松宮の太股《ふともも》に当たり、床に落ちた。

彼はゆっくりリモコンを拾い上げると、ベッドの端に置いた。女は俯いている。顔の色が蒼白だった。

後ろで物音がしたので振り返ると、塚田が覗いていた。「大丈夫ですか」

「ええ、何も問題ありません」松宮は笑顔で答えた後、女のほうを見た。「御協力ありがとうございました。これで失礼させていただきます」

部屋を出た後、松宮は早速スマートフォンを取りだした。無論、小林に報告するためだった。

「やられたな。そっちに当たりくじが入ってたか。おかげでこっちは無駄足だ。施設を六つも回ったっていうのによ」タブレット端末の液晶画面上に指を走らせながら、坂上は鼻の上に皺を寄せた。傍《かたわ》らには食べかけの天ぷら蕎麦《そば》がある。

午後七時過ぎ、松宮たちは彦根駅の近くにある蕎麦屋にいた。東京に戻るよう指示されたのだが、電車に乗る前に調べておきたいことがあると坂上がいったからだ。

押谷道子がアサイヒロミという同級生に会うために上京した可能性は極めて高い。そこで現在は、押谷道子の自宅を調べている捜査員たちが、アサイヒロミの存在を確認しているはずだ。だが坂上は、もっと簡単な方法があるではないかといいだした。アサイヒロミで、あるいは適当に漢字を当てはめてインターネット上で検索すれば、もし有名な芝居関係者なら見つかるかもしれないというのだ。塚田の話では、押谷道子はアサイヒロミをテレビか何かで見たということだから、そこそこ売れている可能性は高い。

やがて坂上が手を叩いた。

「ほら、見つかった。これじゃないか」画面を松宮のほうに向けた。

表示されているのは某《ぼう》フリー百科事典で、『角倉博美《かどくらひろみ》』という人物についての紹介文が載っていた。演出家で脚本家、そして女優らしい。プロフィールの欄に、『本名　浅居博美』、さらに『出身地　滋賀県』とあった。

松宮は特捜本部に電話をかけた。小林が出たので、ネット検索の結果を報告した。

「そうか。わざわざ調べてくれて御苦労だったな。だが、そんなことはこっちでもやっている。現在連絡先を確認中だ。年寄りだからといって見損なうな。油を売ってないでさっさと帰ってこいと坂上にもいえ」

「わかりました」

電話を終えた後、小林の言葉をそのまま坂上に伝えた。

「くっそー、そうか。でも、そりゃそうだよな。本部の連中が思いつかないわけねえよな」坂上は口をへの字に曲げて端末を操作していたが、「だけど、こいつはどうだ。このことは摑んでるのかな」

「このことって?」

坂上が、にやりと笑って画面を指した。

「角倉博美演出の芝居が、今、明治座《めいじざ》でやっている最中だ。出し物は『異聞《いぶん》・曾根崎心中《そねざきしんじゅう》』。大物の役者がずらりと顔を揃えていて、かなり力が入ってる感じだぜ」

「たしかに豪華そうですね」様々な衣装を身に纏《まと》った役者たちが居並《いなら》ぶ画像を見て、松宮はいった。「でも、それがどうかしたんですか」

「問題はこいつだよ」坂上が指を動かした。「公演期間だ。三月十日から四月三十日までとなっている。初日は三月十日。そう聞いて、何も感じないか」

「三月十日って……」手帳を取りだそうとした。だがポケットに手を入れたところで思い出した。「あっ、被害者の……」

「そうだ。押谷さんが会社を無断欠勤したのが三月十一日の月曜日。三月十日は、その前日だ」

4

舞台はクライマックスにさしかかっていた。二人の男女——遊女《ゆうじょ》の初《はつ》と醤油屋《しょうゆや》の手代だった徳《とく》兵衛《べえ》が心中を図るシーンだ。ただしこれは、ある人物の想像である。原作とは違い、今回芝居では、二人の死体が発見されるところから物語が始まる。恋仲だった二人の間に一体何があったのかを徳兵衛の親友だった男が探っていく、というのが大まかな筋だ。いわばミステリ仕立てである。心中事件の関係者が口をつぐんでなかなか真相が見えてこない中、やがて探偵役の男は、裏に金銭絡みのトラブルがあったことを突き止め、徳兵衛は自らの身の潔白を証明するため初を道連れにして自決したのでは、との結論に達する。ところがすべてが解決したと思いきや、初と親しかった遊女の証言から、驚くべき事実が明らかになる。今、舞台の上で繰り広げられているシーンこそ、その意外な真相だった。

拍手と共に幕が下りていく。暗がりの中、博美は握りしめていたハンカチで目の下を軽くぬぐった。涙の跡《あと》を誰かに見られでもしたら、自分が演出した芝居で泣いてりゃ世話がない、と陰口を叩かれるだろう。

深呼吸をしてから立ち上がった。今日も大きなトラブルがなく終了した。それが何よりだった。

明治座の監事室《かんじしつ》は、客席の後ろに設置されている。前面がガラス張りで、舞台全体を見渡すことができるのだ。そこから芝居の出来を確認するのが、博美の日課になっていた。

監事室を出て、楽屋に向かおうとした時、スマートフォンに着信があった。出てみると、事務所で雇っているバイトの女性からだった。

「先生、じつは――」彼女は声を潜めて続けた。「警察の人が来ているんです。先生に折り入って話したいことがあるとかで」

「用件は?」

「それは先生に直《じか》に会って話したいと……。今日は公演ですといったんですけど、先生がお帰りになるまで待ってもいいとおっしゃいますし。どうしましょうか」

「わかった。三十分ぐらいで戻る」

博美は電話を切り、深呼吸を一つした。

たぶん押谷道子のことだろう、と察しがついた。小菅のアパートで見つかった腐乱死体の身元が判明したという記事を、つい最近ネットで読んだばかりだった。

逃げ隠れする必要は何もない――自分にそういい聞かせた。

楽屋で役者たちに声をかけ、スタッフたちと少し打ち合わせをしてから明治座を後にした。タクシーを拾い、六本木《ろっぽんぎ》にある事務所に向かった。

ぼんやりと窓の外を眺めた。車は日本橋を抜け、皇居《こうきょ》に向かっている。時刻は間もなく午後九時になろうとしていた。

押谷道子の顔が頭に浮かんだ。それは最初、中学生時代のものだったが、すぐに最近見たものに切り替わった。太って丸くなり、皮膚《ひふ》がたるんだ顔だ。老けたな、というのが再会した時の第一印象だったが、無論向こうとしても同様だっただろう。何しろ三十年だ。

三月九日のことだった。公演初日を明日に控え、博美は頭に血を上らせていた。演出家として明治座の舞台を使うのは初めてだ。何としてでも成功させねばと思っていた。舞台稽古では声を嗄《か》らし、暑くもないのに額から汗を滴らせていた。

だから休憩中に明治座の女性社員から、「先生に会いたいという方が来ておられるんですが」と話しかけられた時も、正直なところ煩わしいだけだった。そんな暇はない、と相手の顔も見ずに手を振った。

「でも、先生の幼馴染みだとおっしゃってるんです。五分でいいから話をしたいんだと」

「幼馴染み？　名前は？」

押谷道子の名を聞き、無視できなくなった。頭に血が上っていたはずだが、不意に冷静になれた。

明治座の一室を借り、会うことにした。博美の顔を見て、押谷道子は目を輝かせた。

「すっごい奇麗《きれい》になったねえ。テレビで見てたけど、実物はそれ以上」そういってから彼女は両手で自分の頬を包み込み、眉尻《まゆじり》を下げた。「こっちはすっかり、下《しも》ぶくれのおばちゃんになってしもうたけどねえ」

押谷道子は昔のままだった。つまり明るくておしゃべりで、よく笑う女性だった。博美に口を挟むきっかけを与えてくれない。だから彼女が来た目的も、なかなかわからなかった。

「――というわけで、びっくりしてるの。すごいよねえ、次々に話題になって。ほんまに郷土の誇りやわ。あっ、でも、博美ちゃんのこと、そんなに誰にもぺらぺらしゃべってないからね。それはほんまやから」押谷道子は手をひらひらさせてから、その手を口元に持っていった。「博美ちゃんって、馴れ馴れしすぎたかな」

「いいよ、それで。ところで、挨拶《あいさつ》のためだけにわざわざ来てくれたの？」遠回しに用件を催促《さいそく》した。

「あっ、ごめん。関係のないことばっかりしゃべって。忙しいのにねえ」押谷道子は神妙《しんみょう》な顔つきになり、背筋を伸ばした。「じつは重要な話があるの」

そう前置きして彼女が話し始めた内容は、博美の心を激しく沈ませるものだった。

博美の母親らしき女性が見つかった、というのだ。どこかの施設で保護されているらしい。ただし、本人は認めていないとのことだった。

「でもあの人は、博美ちゃんのお母さんに間違いないと思う。浅居さんですよねって訊いた時、ぎくっとした感じやったし」

博美は表情を変えまいとしていた。「それで？」と敢えて淡泊な声で訊いた。

「博美ちゃん……確認してくれない？」

「私が？　どうして？」

「だって、実のお母さんでしょ。博美ちゃんが確認してくれたら、施設の人も助かるし、警察にも――」

早口で話す押谷道子を黙らせるため、博美は彼女の顔の前に手を出した。「断ります」

「……何で？」

「当たり前でしょう、そんなことは。私があの人にどんな目に遭わされたか、あなただって知らないわけじゃないでしょ？」

「いろいろあったとは聞いたけど。借金を作って男の人と逃げたとか、そのおかげで博美ちゃんが転校することになったとか……」

「それだけじゃない」博美はかぶりを振った。「どうして私が転校しなきゃいけなかったか、詳しいことを知らないでしょ」

「そこまでは聞いてないけど」

博美は唾《つば》を呑み込んでから続けた。「父が死んだの。母がいなくなって間もなく、飛び降り自殺したのよ」

押谷道子は目を見開いた後、ぱちぱちぱちと瞬きした。「全然知らなかった。本当？」

「どうしてこんな嘘をつくわけがあるの？」

「それはそうやけど……。でも当時、誰もそんなこといってなかった」

「葬式もしなかったからね。私はすぐに養護施設に移らされた。友達にお別れの挨拶もできなかった」

「うん……浅居さんは転校しましたって、後から先生に教えられただけやった。覚えてる、苗村《なえむら》先生？」

「中学二年の担任でしょ。覚えてるよ」

「ええ先生だったよね。博美ちゃんが転校した後、みんなで励ましの手紙を書こうっていいだしたのも、あの先生だったし。でもお父さんのことは教えてくれへんかった」

「私が頼んだの。いわないでくれって。人に知られたくなかったから」

「あ、そうなんや……」

「そういうわけで、その女性と私とは何の関係もない。あるとすれば、父親を殺したも同然の女だということ。そんな女がどうなろうと私の知ったことではないの」押谷道子に恨《うら》みがあるわけではなかったが、彼女を睨《にら》みつけながらぴしゃりといい放った。

「もう、関係が修復できる見込みはないわけ？」

「絶対に無理」

「そう……仕方ないね」さすがに押谷道子の口も重くなった。

「ごめんね、わざわざ来てもらったのに」

「それは別にいいの。久しぶりに東京に来られて、ちょっと嬉しいぐらいやし。何より、博美ちゃんに会えただけでも感激やわ」

「うん、私も会えてよかった」社交辞令ではあるが、半分は本心だった。辛い少女時代ではあったが、楽しいことがなかったわけではない。「今夜はこっちに泊まるの？」

押谷道子は少し迷った表情を見せてから首を横に振った。

「博美ちゃんから良い返事をもらえたら、泊まろうと思ってたんよ。お芝居も観せてもらいたいかったし」

「そうすれば？　チケットなら何とかなるよ」これまた社交辞令だった。当日券を除いて初日のチケットは完売しており、演出家といえど、今から急遽《きゅうきょ》手配するのは面倒だ。何より、そんな暇はなかった。

「ううん、こう見えても忙しいんよ。ありがとう」腕時計に目を落とし、押谷道子は口を大きく開けた。「もうこんな時間。ごめんね、博美ちゃんこそ忙しいのに」あわてた様子で腰を上げた。

引き留める理由はなかった。博美も立ち上がった。

関係者用出入り口まで見送ることにした。押谷道子は博美の母親の話はしなかったが、歩きながらあれこれと昔話を続けた。よくそんなことまで覚えているなと感心するほど、話が細かかった。

「さっき話に出た苗村先生やけど」押谷道子がいった。「博美ちゃん、年賀状のやりとりとかしてる？」

「私はしてないけど……どうして？」

「うん、それがね、何年か前に同窓会をやろうって話になった時、苗村先生に連絡を取ろうとしても取れなかったことがあるの。いろんな同級生に訊いてみたけど、連絡先がわからへんのよ」

博美は首を傾げ、次には横に振っていた。

「私が最後に連絡を取ったのは、たぶん高校に入った時だと思う」

「そう。良い先生やったから、もう一度会いたいんやけどな。もし苗村先生に連絡がついて、同窓会をやるってことになったら、博美ちゃん来てくれる？」

博美は自然な笑みを浮かべた。こんなことは朝飯前だ。「うん、タイミングが合えばね」楽しみ、と押谷道子はいった。彼女の笑顔は本物に違いなかった。

こうして三十年ぶりの再会の時は終わった。これで何もかもが済むはずだった。だが、そうはならなかった。


六本木の事務所で博美を待っていたのは、警視庁捜査一課に所属する二人の刑事だった。若いほうは松宮と名乗り、もう一人の年上と思われるほうは坂上といった。松宮は上品な顔立ちをしているが、坂上は目つきが鋭く、一癖《ひとくせ》ありそうな面構えだ。博美の知り合いにも刑事がいるが、長年続けているとそれなりの人相になっていくのかもしれない、などと考えた。

アルバイトの女性を帰し、粗末《そまつ》な応接セットで博美は刑事たちと向き合った。

坂上が一枚の写真を出してきた。どこかの観光地らしい。年齢がばらばらの男女が何人か写っている。

「この女性を御存じありませんか」坂上は一人の女性を指した。

ふっくらとした丸顔に下がった目尻《めじり》。その表情はじつに楽しそうだ。

「押谷さんです」博美は答えた。「中学で一緒だった、押谷道子さんです」

「すぐにおわかりになりましたね」坂上は眉を動かした。「私なんかは、中学時代の友人など、街で会っても気がつかないだろうと思うのですが」

「そりゃあわかります。だって、つい最近会ったばかりですから」

「いつですか」坂上が訊く。隣で松宮がメモを取る準備をした。

「三月九日だったと思います。公演初日の前日でした」

坂上が鋭い目をじっと向けてきた。

「よく覚えておられますね。しかも、すらすらとお答えになる。ふつうならカレンダーぐらいは見るところですが」

博美は背筋を伸ばし、刑事に頷きかけた。

「たぶんそのことを質問されるだろうと思ったので、タクシーの中で確認したんです」

「タクシーの中で？　それはつまり――」坂上は再び写真を指した。「我々の用件が、押谷さんに関することだとわかっておられたわけですか」

「それ以外に考えられなかったものですから」博美は二人の刑事の顔を交互に見た後、改めて坂上に視点を戻した。「何日か前の記事で読みました。どこかのアパートで見つかった遺体の身元が判明したって」

「そうでしたか。驚かれたでしょう」

「それはもちろん。信じられませんでした。そして信じたくなかったです。記事には滋賀県在住とまで書いてあったけど、同姓同名の女性だと思いこもうとしていました。ついさっき、事務所に警察の人が来ていると知らされるまでは」

二人の刑事は顔を見合わせた。交錯する視線の意味を博美は察した。目の前にいる女のいっていることが信用に足るかどうか、瞬時に意見交換を行ったのだろう。

「押谷さんとお会いになるのは中学以来ですか」坂上がテーブルの端に目をやりながら訊いてきた。そこには灰皿が置いてある。博美自身は吸わないが、ここで打ち合わせをする相手の中には、まだ喫煙者が何人かいるのだ。

そうです、と答えながら博美は灰皿を坂上の前に移動させた。

坂上が眉を上げげた。「煙草《たばこ》、いいんですか?」

「ええ、どうぞ」

では、といって坂上は内ポケットから煙草の箱と使い捨てライターを出してきた。箱から抜き取った一本の煙草を指に挟み、もう一方の手でライターを摑んだ。

「すると約三十年ぶりですね。用件は何だったんでしょうか」

「それは……」博美はライターから坂上の顔に視線を戻した。「すでにお調べになっているから、こちらに来られたのではないんですか」

「まあそうなんですが」坂上は苦笑いを浮かべた。「一応確認させていただきたいんです」

「わかりました」

博美は頷き、押谷道子からの頼みと、それを断ったことを、かいつまんで話した。

「そういうことですか。なるほど」坂上がゆっくりと首を上下させた。博美の話を聞いている間、彼は火のついていない煙草を指に挟んだままだった。

今まで黙っていた松宮が不意に、私は、と口を開いた。「問題の女性に会ってきました。あなたのお母さんと思われる女性です」

博美は、そうなんですか、と感情を殺した口調で応じた。

「その女性がどんな様子だったかなど、もしお知りになりたいということでしたら、支障《ししょう》のない範囲内でお話しすることもできますが」

「いえ、結構です」

「実の母親が今どうしているか、知りたいとは思わないんですか」

「思いません」若い刑事を見て、きっぱりと答えた。「今もいいましたように、私たちを捨てて出ていった人です。私の人生には関係のない存在です」

そうですかと松宮はいい、再びメモを取る体勢に戻った。

「押谷さんと別れたのは、三月九日の何時頃ですか」坂上が訊いた。

「舞台稽古の休憩中でしたから、たぶん午後五時頃だと思います」

「その後、押谷さんはどうするとおっしゃってましたか」

「私には、その日のうちに帰るといいました。忙しいとかで」

「押谷さんと話したのはそれきりですか。電話がかかってきたとかは……」

ありません、と博美は答えた。

「では最後に」坂上が改まった口調で続けた。「事件について、何か思い当たることはありませんか。どんなことでも結構です。その日の会話の中で、押谷さんが気に掛かることを口にしたとか……」

少し間を置いてから、博美は首を振った。

「ごめんなさい。私も何か力になりたいんですけど」

「では、もし何か思い出されましたら連絡をください。御協力いただきありがとうございました」結局坂上は煙草には火をつけず、ライターと共にポケットに戻した。

二人の刑事は立ち上がり、出口に向かった。だが松宮は途中で足を止めた。彼が見ているのは、壁に掛けられたコルクボードだ。幅が一メートルほどあるもので、たくさんの写真が画鋲《がびょう》で留《と》められている。数えたことはないが、二百枚は超えているだろう。役者やスタッフたちとの記念写真もあれば、取材で訪れた先で撮ったものもある。

「どうかされました？」博美は訊いた。

「いえ……写真がお好きなんですね」

「写真が好きというより、人との出会いを大切にしているんです。いろいろな人たちのおかげで今の自分があると思っていますから」

博美の答えに納得したらしく、「素晴らしいですね」といって松宮は微笑んだ。「ここに写っているのは、あなたの人生に関係のある人たちばかりだということですね」

先程の母親に対する彼女の台詞を皮肉《ひにく》ったのかもしれない。その通りです、と博美は答えておいた。

刑事たちが帰った後、博美はもう一度ソファに腰を下ろした。自宅は青山《あおやま》だが、すぐに動く気にはなれなかった。

実の母親が今どうしているか、知りたいとは思わないんですか――松宮の言葉が耳の奥に残っている。

正直なところ、自分でもよくわからなかった。少し前までは思い出すのも嫌だった。封印してしまいたい過去だった。だが今は本人に訊いてみたい気持ちもあった。あの時、なぜあなたはあんなことができたのですか、あんなひどい仕打ちをして娘が不幸にならないとでも思ったのですか、あなたにとって家族とは何だったのですか――。


仲人《なこうど》に騙《だま》された、というのが厚子《あつこ》の口癖だった。

博美の両親は見合いで結婚したらしいが、厚子はことあるごとに、それを後悔する台詞を実の娘に向かって吐いた。特に彼女が不満に感じていたのは、忠雄《ただお》の経済力についてのようだった。

「化粧品やアクセサリーを扱う洋品店で、繁盛してるっていうから、ずいぶんと儲かってるんやろうと思ったけど、蓋《ふた》を開けたらさっぱりやがな。店に並んでるのは安物ばっかりで、買いに来る客も近所の貧乏人《びんぼうにん》だけ。それでも自分の家があるだけましかと思うてたけど、土地は他人様からの借り物やというんやから詐欺《さぎ》やで。あの仲人、うちが恨んでることを知っとるから、結婚した後は顔を見せよらへん」

化粧台に向かい、商品棚から勝手に持ち出した化粧品を顔に塗りたくりながら、憎々《にくにく》しげに母親が話す光景も、博美の脳裏に焼き付いている記憶の一つだ。真っ赤に塗られた唇が動く様子は、そこだけが別の生き物のように見えた。

結婚した時、厚子はまだ二十一歳だったらしい。かつての仲間たちは、まだ青春を謳歌《おうか》している真っ最中だ。そんなことも彼女を苛立《いらだ》たせたのかもしれない。

それでも博美が小学生だった頃までは、厚子も辛うじて妻と母親の役目を果たしていた。店の手伝いをすることもあった。博美のことをかわいがってもくれたし、博美も母親のことが好きだった。

様子がおかしくなり始めたのは、博美が中学校に上がった頃だった。厚子の外出が増え、時には夜遅くに帰ってきたりするようになったのだ。そんな時は大抵《たいてい》酒に酔っていた。

博美の父である忠雄は、おとなしくて温厚な人物だった。戦争で父親を亡くした後は、母親が細々と続けていた洋品店を手伝い、やがては後を継いだという話だった。娘の目から見ても真面目で仕事熱心で、しかもお人好《ひとよ》しだった。客に値切られると嫌だとはいえず、さほど大きくない儲けをさらに薄くしていた。

そんな忠雄だから、若い妻の夜遊びについても、なかなか文句をいおうとしなかった。ようやく注意をしたのは、厚子のでたらめな生活が三ヵ月以上も続いてからだった。博美の制服が全く洗濯されていないことに気づいたのがきっかけだ。

うるさいなあ、と厚子は呂律《ろれつ》の怪しい口調でいい返した。

「制服が汚れてる程度のことが何やの。そんなに気になるんやったら、あんたが洗《あ》ろたったらええやないの。洗濯機を回すだけのことや。どうってことないやろ」

「そういうことだけをいうてるんやない。夜遊びもほどほどにせえ、もっと母親らしゅうせえというてるんや」

忠雄にしては珍しく、強くいい放ったのだったが、そのことが厚子の癇《かん》に障《さわ》ったようだ。彼女は途端に目をいからせた。

「何をいうてるんや。そんなことをいうんやったら、あんたこそもっと夫らしくしたらどうやねん。若い女を嫁にもろといて、ろくなこともできんくせに大きな顔さらすな」

この反論の意味を、その時の博美は理解できなかったが、今になって思い返せば容易に察しがつく。無論、性生活のことをいっていたのだろう。いい返せず、気まずい表情で黙り込んでしまった忠雄の顔は、博美の目に焼き付いている。ふん、と夫を小馬鹿《こばか》にしたように鼻を鳴らした母親の顔も――。

狭い町で、商店主の妻が夜な夜な遊び呆けていては、噂にならないわけがない。何かの会合で、大人たちが厚子のことを話しているのを博美は盗み聞きした。その時、忠雄は席を外していた。

「札付きのズベ公やったらしいぞ」一人が声をひそめていった。「中学の頃から悪さばっかりして、親を困らせとったみたいや。子供を堕《お》ろしたこともあるそうやで。それで親がどないかせんといかんと焦って、人に嫁ぎ先を探してもろうたらしい。それで引っ掛かったのが浅居さんや。三十半ばになっても独り身で、誰かええ相手はおらんかと探してたところやった。女のほうの釣《つり》書《がき》には嘘ばっかり並べ立ててあったけど、浅居さんは人がええし、両親も早うに亡くしてたから、聞き合わせをすることもなく信用したんやな。結果的に、えらい女を嫁にもらうことになったというわけや」

「しかし、そんなひどい女やったら、会《お》うた時にわかるんと違うか」ほかの男が訊いた。

「そら、最初から地《じ》を出してたらわかるやろ。けど、あの女もあほやない。ここらで誰かの嫁になっといたほうが、今後のことを考えたら得やと計算しよったんと違うか。結婚前はもちろんのこと、結婚してからも何年間かは猫を被っとったみたいやな。ところが芝居は所詮芝居、ここへきて本性を現しよったというわけや。聞くところによると、昔の遊び仲間と付き合うようになったらしいで」

「そういうことか。浅居はんも大変やな」

「ほんまやで。娘さんがおるから、別れることもできんのやろな」

大人たちのやりとりを聞き、博美は気持ちが塞《ふさ》いだ。たしかに今はぎくしゃくしているが、いずれは仲の良い両親に戻ってくれると信じていた。だが彼等の話が本当ならば、それが叶《かな》う見込みはない。かつての厚子は、妻や母親を演じていただけということになるからだ。

そしてその暗い想像が杞憂《きゆう》でなかったと思い知るのは、それから間もなくのことだった。ある日突然、厚子が家を出たのだ。いつものように着飾って外出したまま、夜遅くになっても帰ってこなかった。やがて彼女から電話がかかってきた。その時の忠雄の狼狽《ろうばい》した声は、今も博美の耳に残っている。

「帰らへんてどういうことや。今、どこにおる？　……どうでもええわけないやろ。……はあ？　……何や、慰謝料《いしゃりょう》て。何で、そんなもんを払わんといかんのや。とにかく帰ってこい。……待て、おいっ」

電話は一方的に切られたようだった。受話器を手に呆然《ぼうぜん》としていた忠雄だったが、我に返ったような顔をすると、簞笥の引き出しや厚子の鏡台《きょうだい》を調べ始めた。やがて判明したのは、宝石や貴金属類はすべてなくなっているということだった。それだけではなく、忠雄名義の銀行預金口座から、ほぼ全額が引き出されていた。御丁寧なことに、定期預金までもが解約されていた。厚子が電話でいった慰謝料とは、このことのようだった。

すぐに忠雄は厚子の実家に連絡した。すると実家の両親は、すでに事情を知っていた。厚子から電話があったのだという。

結婚生活に嫌気がさした、あんな男とはもう別れる——厚子は母親に、そんなふうにいったらしい。居場所を尋ねても答えなかったそうだ。実家に帰る気もない、これからは好きなように暮らす、といって電話を切ったとのことだった。

それからしばらくの間、忠雄は厚子が帰ってくるのを待っていたようだ。彼は妻の行動範囲や交友関係を全く把握《はあく》しておらず、捜す手立てがなかったのだ。

やがて、厚子が住民票を移している可能性に思い至った忠雄は、転出届から居場所を見つけられるかもしれないと思って役場に出かけていき、とんでもない事実を知らされることになった。厚子に勝手に離婚届を提出され、すでに離婚が成立してしまっていたのだ。

もちろんこれは犯罪で、離婚を無効にする手段がないわけではなかったが、この時点で忠雄はあきらめた。ある夜、彼は博美にこういった。

「しょうがない。あんな母親のことは忘れろ。最初からおらんかったと思うことにしよ」

この言葉に博美は同意し、頷いた。厚子が家出をする以前からの、父の苦悩を近くで見てきたから、こうなって却《かえ》ってよかった、これで父も気持ちが楽になるのではないか、とさえ思った。

厚子のことはすぐに噂になった。学校に行くと、同級生たちにからかわれた。誰がいいだしたのかはわからないが、売春婦《ばいしゅんふ》の娘、ということになっていた。

それでも守ってくれる人間はいた。たとえば押谷道子だ。小学生の時から仲が良かった彼女は、以前と変わらず家に遊びに来たり、また逆に博美を遊びに誘ったりしてくれた。そのせいで彼女自身も周りから白い目で見られているに違いなかったが、そんな気配を博美には感じさせなかった。

担任教師だった苗村誠三《せいぞう》も、心強い味方の一人だった。彼はいつも博美のことを気にかけてくれていた。じつは彼女の制服が何日も洗濯されていないことに気づき、忠雄に問い合わせたのは彼だった。厚子が出ていったと知った後は、時折家まで様子を見に来てくれたりした。年齢はおそらく四十歳を越えていただろうが、顔や体つきに中年臭さがなく、言動は若々しかったので、博美も内心では憧れていた。関東の大学にいたということで、標準語のアクセントで話すのも魅力的だった。

だが苗村たちに守られて博美が穏やかな気持ちで日々を過ごせたのも、長い期間ではなかった。さらなる悪夢が博美たちに襲いかかってきたのだ。

その日、博美は店番をしていた。忠雄が問屋《とんや》に出ていったからだ。すると背広を着た二人の男がやってきた。店に男性客が来ることは珍しい。おまけに、どちらも人相が良くなかった。

一方の男が、「お父さん、おるか?」と訊いてきた。出かけていると答えると、「そしたら、待たせてもらうわ」といって客用の椅子に腰掛け、煙草を吸い始めた。そして二人して舐め回すように博美の顔や身体を眺めては、ひそひそと何か囁《ささや》き合い、意味ありげな薄笑いを浮かべるのだった。

やがて忠雄が戻ってきた。二人の男を見て、彼もただならぬ気配を感じたらしく、表情に険しさを漂わせた。

奥にいなさい、といわれて博美は部屋に入った。しかし気にならぬわけがなく、耳をそばだてた。聞こえてきた会話は、目眩《めまい》がしそうになるほど衝撃的で絶望的なものだった。男たちは借金の取り立てにやってきたのだ。無論、忠雄が借りた金ではない。借りたのは厚子だった。家出をする数日前に忠雄の実印を勝手に持ち出し、大金を借りていた。身に覚えがないと忠雄が主張したところで、相手が納得するはずがない。

その夜、博美は久しぶりに酒に酔う父親の姿を見た。安物のウイスキーをストレートで飲み、大声で何事かを喚いた。元々、酒に強いほうではない。トイレの前で嘔吐《おうと》したかと思うと、その汚物《おぶつ》にまみれたまま、眠り込んでしまった。その目の下には涙の跡があった。

借金取り立ての男たちは、毎日のようにやってきた。彼等の目的は博美だった。今すぐに金を返せないなら娘を渡せ、と忠雄に迫っているようだった。

ある日、学校からの帰り道を歩いていると、博美の横に一台の車が近づいてきた。彼女の歩く速度で走行し始めると、助手席から男が声をかけてきた。送ってやるから乗れ、というのだった。身の危険を感じた博美は、一目散《いちもくさん》に逃げだした。男たちは追ってはこなかったが、恐怖が彼女の全身を貫《つらぬ》いた。

家に帰ると、そのことを忠雄に報告した。彼は何もいわなかった。ただその後はずっと暗い顔つきで、何事かを考え続けているようだった。それを博美は、この苦難を何とかして乗り切る方法、生き抜いていく手段を探しているのだろうと思った。

しかし実際には違った。すでに父の目には死への道が映り始めていたのだと知るのは、それから間もなくのことだった。

5

腕時計で時刻を確認し、松宮は明治座を出た。とはいえ、舞台を観に来たわけではない。彼が訪れたのは劇場の横にある事務所のほうだ。押谷道子がやってきた時の様子などを、応対した社員たちに訊くのが目的だった。要するに、浅居博美の話の裏取りをしたのだ。

押谷道子と浅居博美は二人だけで会っていたそうなので、どのようなやりとりがあったのかを知っている者はいなかった。だが何人かが、押谷道子を出口まで送っていく浅居博美の姿を目撃している。彼等は皆、二人とも極めて和やかな様子だった、といっている。それらの言葉に嘘はないように感じられた。

浅居博美の経歴は大体のところが明らかになっている。地元の小学校、中学校と通っていたが、中学二年の秋に両親が離婚、彼女自身は父親に引き取られた。だが間もなくその父親が死亡し、やむなく養護施設に預けられることになった。父親の死は借金を苦にしての自殺で、近所の建物から飛び降りたのだという。転校した中学を卒業後は、県立高校に通い、そこを卒業後、上京して劇団『バララライカ』に入団した。ここまでの経歴は、養護施設に記録が残っていた。その後についてはインターネットでも簡単に調べられる。二十代の頃は女優として舞台に立っていたが、三十歳を過ぎてからは脚本家や演出家として注目を浴びるようになり、いくつかの代表作をものし、現在に至っている。結婚歴は一回。二十八歳の時で、相手は『バラライカ』の代表だった諏訪《すわ》建夫《たけお》。ただし、わずか三年後に協議離婚している。子供はいない。

押谷道子の上京目的が、浅居博美に会うためであったことは間違いない。だがどう考えても、浅居博美が押谷道子を殺害する動機はないように思われた。また殺害現場となった小菅のアパートとの関連も見つからない。

押谷道子の上京には、もう一つ別の目的があったのかもしれない、というのが特捜本部での主たる意見だ。東京在住の知り合いが浅居博美のほかにいないか、現在調査中だ。携帯電話に登録してある名前の中に、該当者はいなかった。

遺体が見つかったアパートの住人である越川睦夫は依然《いぜん》として行方不明のままだが、越川が強引に押谷道子を部屋に連れ込んだのではないか、という意見もある。目的は乱暴や金品強奪《きんぴんごうだつ》などだ。しかし越川がそういう凶暴な男なら、これまでにもトラブルを起こしている可能性が高いはずだが、近所での聞き込みではそういう情報は上がってきていない。また、いくら強引に連れ込むにしても、近所からでないと無理なわけで、ではなぜ押谷道子がそんな場所にいたのかという謎が発生してくる。

死体発見から十日。捜査は難航していた。

歩きながら、松宮は再び時計に目を落とした。約束の時刻である午後七時を少し過ぎていた。しかし相手はこちらの事情を知っているし、そもそも少しの遅刻程度で気分を害する人物ではなかった。

約束の店は甘酒横丁《あまざけよこちょう》にあった。通りに面した和食料理店で、店名を記した暖簾《のれん》の向こうにガラス張りの引き戸が入っている。その戸を開き、店内を見回した。真ん中の通路を挟んで、四人掛けのテーブル二つと六人掛けのテーブル四つが並んでいる。今はそれらの半分ほどが埋まっていた。

待ち合わせの相手は、四人掛けのテーブルにいた。おしぼりと茶碗を脇に置き、新聞を読んでいる。上着は脱いで椅子の背もたれにかけているので、ワイシャツ姿だった。ネクタイは締めていない。

お待たせ、といって松宮は向かい側の椅子を引いた。

加賀は顔を上げ、新聞を畳み始めた。「仕事は終わったのか」

「とりあえずね」松宮も上着を脱ぎ、椅子に座った。脱いだ上着は隣の椅子に置いた。

店のおばさんが注文を取りにきた。加賀はビールを頼み、すでに空になっていた茶碗をおばさんに渡した。

「このあたりには久しぶりに来たので懐かしいよ。あまり変わってないな」

「変わらないのが、この町のいいところだ」

「たしかに」

おばさんがビールと二つのグラス、そして突き出しを運んできた。今夜の突き出しは、空豆《そらまめ》だった。加賀がビールを注いでくれたので、どうも、と松宮は首をすくめた。

加賀は松宮の従兄《いとこ》だった。警視庁捜査一課の先輩でもある。ただし現在は日本橋署の刑事課に籍を置いていた。何年か前、日本橋署に殺人事件の特捜本部が開設された時には、一緒に捜査に当たった。

今夜は松宮のほうから誘った。確かめておきたいことがあったからだ。

「何だ、この近くに来る用事って。どこに行ってたんだ」

「明治座にちょっとね」周囲に人がいるので、捜査や聞き込みとはいえない。

「明治座？　これか？」加賀が親指で壁を指した。

松宮が見ると、そこには大きなポスターが貼られていた。『異聞・曾根崎心中』――明治座のサイトで紹介されている画像と同じものだ。

「ああ、そうそう。ふうん、こういうところにもポスターを貼るんだ。さすがは人形町《にんぎょうちょう》の店だな」

「用事というのは芝居見物か？　羨《うらや》ましい仕事だな」

「そんなわけないだろ。事務所に行ってきたんだよ」

ふうん、と関心がなさそうに鼻を鳴らし、加賀はおばさんを呼んだ。そしていくつかの料理を注文した。慣れているらしく、メニューを見ることもない。その様子を眺めながら松宮は空豆を口に入れ、ビールを飲んだ。

「で、俺に用というのは何だ」加賀が訊いてきた。

「うん、じつはこの芝居に関係があるんだ」

「こいつに？」加賀は再びポスターに目を向ける。「この芝居がどうかしたのか。かなり話題にはなっているようだが……おっ」何かに気づいたように一点を凝視し始めた。

「どうかした？」

「いや、ちょっと知ってる名前があったものだからな」

「やっぱり」

松宮の言葉に、加賀は怪訝《けげん》そうな目を向けてきた。「やっぱり、とはどういうことだ」

「その人って、角倉博美さんだろ。演出家の」

加賀は少し身を引いた。「どうして知ってる？」

「角倉さんの事務所で写真を見たんだ。あれはどこかの道場だと思うけど、角倉さんと恭さんが一緒に写ってた。周りには子供もいたな」

ああ、と加賀は頷いた。「そういうことか。腑《ふ》に落ちた」

「浅居さん……じゃなくて角倉さんとは前からの知り合い？」

「いや、あの時に初めて会ったんだ。あの剣道教室で」

「剣道教室？」

「日本橋署主催の、少年剣道教室だ」

それは加賀が日本橋署に赴任《ふにん》して間もなくのことだったらしい。日本橋署では定期的に少年向けの剣道教室を開いているのだが、彼の剣道の経歴を知った署長から、是非講師をしてくれと頼まれたという。新参者《しんざんもの》としては断りづらく、浜町《はまちょう》公園内にある中央《ちゅうおう》区立総合スポーツセンターへ出向いていった。そこの地下一階にある道場が会場になっていたからだ。

集まった子供たちは三十人ほどいた。経験者が多いが、初体験という者も少なくなかった。中でも三人の未経験者は、特殊な事情を抱えていた。彼等は皆、子役だったのだ。出演する芝居の関係で剣道をする必要が生じ、急遽習いに来たのだという。そして、彼等に付き添っていたのが演出家の角倉博美だった。

「芝居に必要なら、剣道のできる子役を使ったらどうなのかといってみたんだが、どうやらそう簡単なものではないようだな。演技力やイメージというものが重要らしい」

「そりゃそうだよ。で、結局恭さんが指導したと？」

加賀は箸《はし》でつまんだ蕗《ふき》の煮物を口に入れ、頷いた。

「とりあえず格好だけでもつくようにしてもらえないかと角倉さんから頼まれたので、特訓に付き合うことにした。剣道教室本来の趣旨からは若干外れるような気もしたが、これもまあサービスと割り切った」

「なるほど。それ以来、付き合いができたというわけだ」

「付き合いというほどのものはない。たまにメールが来る程度だ。そういう時には、こっちからも返信するけどな。まあ、時候の挨拶だよ。俺があの剣道教室で教えてたのは一ヵ月ほどで、それ以後は会ってない。それにしても、この芝居があの人の演出だとは知らなかった。今度観てみるか」加賀は再びポスターを見上げた。「おっ、もうあまり日にちがないじゃないか。急がないと」手帳を出し、何事かをメモに取った。

それからしばらくはどちらもあまりしゃべらず、黙々と箸を動かした。加賀は、何のために松宮が浅居博美に会いに行ったのかを尋ねようとはしない。捜査の一環に決まっているのだから気になっているに違いなかったが、訊いてはいけないと思っているのだろう。

松宮はビールを飲み、周囲を見回した。客の数は半分ほどに減っている。しかも残っている客の席は離れていた。

恭さん、と改まった声を出した。「ちょっと訊いてもいいかな」

加賀は、何だ、といって刺身に箸を伸ばした。

「浅居さん……いや、角倉さんか。面倒臭いな。あの人、本名は浅居博美さんというんだ。そっちで呼んでいいか」

「俺はどっちでもかまわんよ」

「じゃあ、浅居さんでいく。あの人のこと、どう思った？」

加賀は眉をひそめた。「抽象的な質問だな」

松宮はもう一度周りの様子を確かめてから、少し身を乗り出し、「もし被疑者なら？」と小声で訊いた。

加賀の口元が引き締まり、眼光《がんこう》が鋭くなった。

「俺が会ったのは数回だけだ。個人的な話など、あまりしていない。それで何が判断できる？」

「でも恭さんは人間の本質を見抜く名人だ」

「買い被《かぶ》るな」加賀は瓶《びん》に残っていたビールを二つのグラスに均等に注ぎわけた。

「印象だけでもいいんだ。たとえば、犯罪に手を染めるような人かな」

「人は見かけによらない。俺たちの稼業《かぎょう》じゃ、何度も思い知らされることだ」加賀はグラスを手にし、「疑われてるのか、彼女」と低い声で訊いてきた。

「まだそこまでは。ただ、被害者の上京に大きく関係している。現時点では、浅居さん以外に東京の知人はいない」

加賀は小さく頷くとビールを一気に飲み干し、ため息をついた。「場所を変えるか」そういって上着に手をかけた。

店を出ると、歩道をたくさんの人々が歩いていた。年配の女性が多い。面白かったわね、よかったわねえ、という声が松宮の耳に届いた。

「明治座からの帰りらしいな。芝居が終わったんだろう」加賀がいった。「『異聞・曾根崎心中』は、なかなか好評のようだ。楽しみだな」どうやら本気で観に行く気らしい。

人の流れに任せて松宮たちも移動した。人形町通りに出ると、ファーストフード店に入り、コーヒーを買って二階に上がった。客はほかにいなかった。

松宮は、小菅アパート女性殺害事件の概要と、これまでの捜査で明らかになったことについて少し詳しく話した。ふつうなら相手が警察官であっても、めったなことでは捜査の内容を漏らしたりしないが、加賀は別だ。

「今までの話を聞いたかぎりでは、やはりポイントは被害者の足取りだな」加賀はコーヒーを一口啜《すす》ってからいった。「俺も被害者が無理矢理アパートに連れ込まれた可能性は低いように思う。それをするなら車が必要だし、被害者を眠らせるか、抵抗しないよう拘束しなければならない。そんな痕跡《こんせき》はなかったんだろ？」

「死体検案書《けんあんしょ》にはなかった」

「すると、被害者は自分の意思で小菅に行ったことになる。角倉……違った。浅居博美さんの話では、本人は日帰りするといったんだったな」

「そう。浅居さんから色よい返事をもらえたら、一泊するつもりだったとか」松宮は手帳を開いた。「だけど結局、その夜は泊まっている。茅場町《かやばちょう》にあるビジネスホテルだ。予約は上京前日の金曜日に入れている。残念ながら押谷さんのことを覚えている従業員はいなかったけれど、午後九時過ぎにチェックインをした記録が残っていた。ホテルによれば、余程のことがないかぎりキャンセル料は取らないそうだから、お金が惜しくて泊まったのではないと思う」

「茅場町か。ここから目と鼻の先だな」

「わざと明治座の近くにしたんだと思う。浅居さんから良い返事をもらえてたら、翌日は芝居を観るつもりだったみたいだ。ただ浅居さんによれば、チケットは持ってないようだったということだけどね」

「翌日の日曜日は芝居の初日か。当然、浅居さんも明治座に行ったんだろうな」

「それもさっき確認してきた。浅居さんは午前中から明治座に来ていた。舞台、楽屋《がくや》、スタッフルームと動き回って、公演が始まってからは監事室という部屋に籠《こ》もり、舞台の様子を見ていたそうだ。その後も何だかんだで明治座に残っていて、帰ったのは夜遅くじゃないかってことだった」

「だったら、小菅になんか行ってる暇はないな」

「その通り」

しかし、と加賀はいった。「その日に行かなきゃいけないわけでもない」

「そうなんだ」松宮は大きく頷き、さすがだなと従兄の顔を眺めた。

「何らかの方法で被害者の自由を奪っておき……極端な話、殺してしまい、一旦は近くに遺体を隠す。そして後日、車で小菅まで運ぶ。それなら可能だ。浅居さんは車の運転ができるのか」

「できる。プリウスに乗っていて、公演初日はそれに乗って明治座に行っている。その車は関係者用駐車場に駐められていた」

「動き回っているわけだから、言い方を変えれば、誰の目にも留まらない場所にいたとしても、怪しむ者はいない。その隙に被害者を駐車場に連れていき殺害、そして遺体をトランクに……」

呟くようにいった後、加賀は首を横に振った。「いや、それはないな」

「どうして?」

「舞台の前だからだ」

意味がわからないので松宮は眉根を寄せた。

「さっき剣道教室の話をしただろう。剣道を習いに来た子役たちに、浅居さんはよくいっていた。どんなに大きな悩みがあっても、舞台の前は忘れなさい。あれこれ考えたり、悩みを解決しようとするのは、舞台が終わってからにしなさい、と。あの言葉は彼女の信念だと感じた。おいそれとは曲げたりはしないと思う」

「じゃあ後なら？　舞台の後なら可能性はあるってことか。浅居博美という女性は、そういうこともできる人なのか」

松宮の問いかけに、加賀はすぐには答えなかった。コーヒーの入ったカップをじっと見つめている。

「恭さん」

子供を、と加賀は徐《おもむろ》に口を開いた。「子供を堕ろしたことがあるそうだ」

「えっ？」松宮は瞬きした。何の話をしているのか、わからなかった。

「彼女だよ。浅居さんだ。子供たちに剣道を教えている時、俺が何気なく尋ねた。お子さんは、とね。深い意味はない。返ってきた答えは、いません、だ。そうですか、と俺はいった。それだけの会話になると思った。すると彼女が続けたんだ。妊娠はしたけど、堕ろしたんです、と。笑いながらな」

松宮は息を呑み、背筋を伸ばした。その時の様子を想像すると、なぜか寒気を覚えた。

「俺は驚いた。そういう話をするのはいい。だけど、どうして俺なんかにするんだ？　数回しか会ってない人間だぞ。それをいうと、だから話したんです、と彼女は答えた。これから何度も会う相手なら話さないとね」

松宮は首を傾げた。理解できなかった。

「私には母性がない、といってたよ」加賀は続けた。「母性がないから、仕事を犠牲にする気になれなかった、子供がほしいとも思わなかった、と」

「堕ろしたのは誰の子供だったんだろう」

「もちろん、当時の旦那さんの子供だ」

「それなのに？　よく御主人が承知したな」

「御主人には内緒で堕ろしたそうだ。妊娠したこともいわなかったらしい。結婚する時、子供は作らないと二人で決めたそうだ」

「だからって……」松宮は思わず唸っていた。世の中には、そんな女性がいるのか。

「ところが、たまたま自宅に病院から問い合わせがきて、その電話に御主人が出た」

「それで？」

「妊娠と堕胎《だたい》が御主人にばれた。結婚前の取り決めがあったからといって、相談しないのはひどいではないかと責められた。結局、それが原因で離婚することになったそうだ」

松宮はため息をついた。聞いているだけで疲れるような話だ。

「心に深い闇を抱えているんだと思う」加賀はいった。「その闇を作り出している傷があって、それがまだ癒えてないんじゃないか。だからその傷に触れようとする者がいたなら、あるいは――」

「どんなことでもするというのか？　人殺しでも……」

加賀は渋い表情で口元を曲げた後、首を振った。

「動機がないんだろ？　ここから先の話は、万一動機が見つかった時にしよう」

「……そうだね」たしかにそのほうがいいような気がした。

松宮はコーヒーを飲み干した。その直後、スマートフォンが着信を告げた。坂上からだった。

おいシャーロック・ホームズ、と先輩刑事は呼びかけてきた。

「はあ？　何をいってるんですか」

ちっちっち、と舌を鳴らす音が聞こえた。

「いいことを教えてやろうと思ってさ。ホームズさんの名推理、もしかしたら当たってるかもしれないぜ」

「何のことです」

「おまえ、あの事件のことを気にしてただろ。新小岩の河川敷で、ホームレスが殺されて焼かれたやつだ」

「ああ……あれで何か進展があったんですか」

「うん、これはまだ公にはなってないんだけどさ」坂上の声が一段低くなった。「焼かれた遺体、ホームレスじゃなかった可能性があるらしい」

「えっ、どういうことですか」

「あっちの特捜本部にタレコミがあったそうなんだ。焼かれた小屋に住んでた男が、別の場所で暮らしてるって。電話をかけてきた男もホームレスらしいが、連中にもちょっとしたネットワークがあるようだな」

「で、確認したんですか」

「したんじゃねえか。だからこっちの本部にも情報が回ってきたんだろう。詳しいことは、まだわかんないけどな」

「小屋の主が生きてたってことは、遺体は誰なんでしょう」

「それだよ。片や他人のアパートで女の死体が見つかり、片や他人の小屋で男が焼かれた。共通点はある。だからいったんだ。おまえがいってた連続殺人の可能性が出てきたって」

松宮は唾を呑み込んだ。「こっちで何か動くことは？」

「まだ何も指示が出てない。とりあえずおまえさんに知らせてやろうと思ってな」

「わかりました。ありがとうございます。これから署に戻ります」

電話を切り、吐《と》息《いき》をついた。さらにスマートフォンを操作し、新小岩の事件に関する情報を見直した。

「何か変化があったようだな」加賀が訊いてきた。「遺体は誰か、とかいってたな。新たに事件が起きたのか」

「そうではなくて、すでに起きた事件の話なんだ」

松宮は新小岩の事件について手短に説明し、坂上から聞いたばかりの話も付け足した。

「今のところ、明確な関連はない。小屋の本来の持ち主が見つかったからといって、こっちの事件と繋がっていることにはならない。だけど、何となく気になってね。何しろ、事件が起きた時期と場所が近いから」

「時期と場所ね。気になる理由はそれだけか」

「いや……」どうしようか、と松宮は迷った。あの話をしたほうがいいだろうか。越川睦夫の部屋に入った時に受けた印象についてだ。駆け出しの癖にベテラン刑事みたいなことをいうな、と鼻先で笑われるだろうか。

だが、この人物はそんなことはいうまい、と目の前の従兄を見て否定した。それに、これについて相談できる人間はほかにいない。

松宮は、小菅のアパートのことを話した。夢も希望もなく、死を迎える覚悟を窺わせる気配だけが漂っている部屋。部屋であって部屋ではなく、ホームレスたちが作る青いビニールシートの小屋と共通した哀しさを持つ狭い空間――。

「要するに、同じムードを感じたってことなんだけど」松宮は話しながら少し苛立った。自分の思いがうまく伝わっているのかどうか、自信が持てなかった。「これじゃ、わかんないかな」

腕組みをして松宮の話を聞いていた加賀は、思案する顔でゆっくりと両手をテーブルの端に置いた。

「焼死した遺体が小菅のアパートの住人でないことは確認されている、といったな。DNA鑑定の結果か」

「そうだけど」

「鑑定に使ったのは何だ」

ええと、と松宮は手帳を開いた。

「部屋に残されていた、歯ブラシ、安全カミソリ、古いタオル……などだね。これらのものには他人のDNAが混入しにくい」

「その通りだが、犯人がすり替えた可能性はないか」

加賀の言葉に、ぎくりとした。これまで、考えもしなかったことだ。

「何のために？」

「無論、捜査を攪乱するためだ。行方不明になった人間が一人。身元不明の焼死体が一体。事件発生の距離と時期が近ければ、おまえのように関連づけて考える者も出てくる。同一人物じゃないかと疑う。それを回避したいと考えた何者かが、警察がDNA鑑定に選びそうなものを別人のものとすり替えておいた。どうだ、ありえないことではないだろう？」

松宮は頭の中を整理し、頷いた。いわれてみればその通りだった。

「たしかにそうだ。でもそれをどうやって確認したらいいだろう。何しろ、今はまだよその案件だ。余計な手出しはできないし……」

「おまえたちにできることをやればいい。DNA鑑定に使った品物の本当の持ち主を突き止めれば、道が拓《ひら》けてくるんじゃないか」

「持ち主を突き止める？」松宮は肩をすくめ、お手上げのポーズを作った。「一体どうやって？もし犯人がすり替えたのだとしたら、どこかから拾ってきたものに違いない。そんなものの持ち主なんて見つけようがない」

「そうかな。俺はそうは思わないが」

「どうして？」

「拾ってきたものではないと思うからだ」加賀は右手を広げ、指を折り始めた。「歯ブラシ、安全カミソリ、古いタオル。これらから検出されるＤＮＡは同一でなければならない。別々に拾ったのではだめだということだ。だったら、誰かの住《す》み処《か》から持ってくるしかないんじゃないか」

「誰かの住み処……」はっとして松宮は口を開けた。「焼失した小屋か」

加賀がにやりと口元を緩めた。「ようやく俺のいいたいことがわかったようだな」

「小屋の本来の持ち主が見つかっている。その男が使っていた品かもしれないわけだ」

「俺は、そのセンが濃厚だと思う」

松宮は勢いよく立ち上がり、あわてて容器やトレイを片付けた。こうしてはいられない。

「悪いけど、ここで失礼させてもらう」

「ああ、しっかりな」

加賀の声を背に、松宮は階段を駆け下りた。

6

楽屋で役者たちに声をかけた後、別室で明治座のプロデューサーと打ち合わせをした。プロデューサーは大学の演劇科を出ている男性で、博美よりも十歳近く若い。だが信頼できる人材だった。『異聞・曾根崎心中』は博美が長年温めてきたアイデアで、四年前に大阪の小さな劇場で初めて公演を果たしたのだが、その作品に注目し、今回のチャンスを与えてくれたことには大いに感謝していた。「やるからには派手にいきましょう」と豪華な役者を揃え、しかも五十日という異例に長い公演期間を提案してきた時には正直臆《おく》したが、今はそれでよかったと思っている。興《こう》行的《ぎょう》にも大成功といっていいからだ。

「先日の新聞を見ましたか。反響は益々大きくなってきています」プロデューサーは嬉しそうに目を細めた。「社長は上機嫌だし、早くも再演の話が出ています。先生、いかがですか」

「私は声をかけていただければ喜んで」

「そうですか。では上の者と相談しておきます。とりあえずチケットは当日券を除いて、千秋《せんしゅう》楽《らく》までほぼ完売状態。いやあ、じつにうまくいきました」プロデューサーは最後まで威勢がよかった。

握手をして別れた後、博美は客席を覗くことにした。公演中はほぼ毎日、監事室から舞台を観ているが、その前に客の様子を観察するのが習慣になっている。客の顔を見ておかないと客の喜ぶものを作れない——それは別れた夫から叩き込まれたことだ。

明治座の一階席は、建物の三階にある。博美は右の十番扉から場内の様子を窺った。開演までまだ三十分近くあったが、早くも席が埋まり始めていた。やはり年配の女性客が多い。友人知人で誘い合って来ているのだろう。明治座の顧客リストには十万人の名前が並んでいるそうだが、大半は女性だ。もし再演するなら、どうやって男性客を誘い込むかが課題といえる。さらにいえば、もう少し若者を呼びたい。とはいえ、アイドルタレントを出演させるような安易なことはしたくない。

そんなことを考えながら客席を眺めていて、はっとした。知っている顔を見つけたからだ。長身で肩幅が広い。そして彫りの深い顔立ち――。

博美は、その人物に近づいていった。相手はまだ彼女には気づかない様子で、手にしたチケットと座席の番号を見比べている。

お久しぶりです、と後ろから声をかけた。

相手の人物――加賀は、ぴんと背筋を伸ばしてから振り返った。ああ、と目を見張った。

「まさかこんなところでお会いできるとは思いませんでした。御無沙汰《ごぶさた》しています」頭を下げてきた。

「席が見つからないんですか」

「いえ、大丈夫です。席の大体の位置を覚えておこうとしていただけです」

「そうですか。お連れの方は？」

「いえ、一人で来ました」

「だったら、お茶でもいかがですか。まだ少し時間がありますし」

「構いませんが、お忙しいいんじゃないんですか」

博美は苦笑した。「演出家が、今さらじたばたしても仕方がありません」

「なるほど。では喜んで」加賀は白い歯を覗かせた。

二階にラウンジがあり、幸い空席が見つかったので二人で腰掛けた。どちらもコーヒーを注文した。

「その節は大変お世話になりました。おかげで良い芝居になって、評判も上々だったんです。本当にありがとうございました」

その節というのは五年ほど前だ。子役たちに剣道を教えてもらった。

「お役に立ったのなら何よりです。彼等はその後、剣道を続けているのかな」

「女の子が一人いたでしょう？　あの子は中学で剣道部に入ったそうです」

「それは頼もしい。やっぱり女性の時代なんだなあ」加賀は目を細めた。

眼光鋭く精悍な顔つきながら、人間らしい優しさを感じさせるのは五年前と変わっていなかった。無理な頼みを聞いてくれただけでなく、「教える以上、手抜きはしません。全員が完璧な剣士に見えるよう、やれるだけのことをやります」といって、時間を過ぎても指導を続けてくれた。毎回、「もうそろそろ……」と切り出すのは博美のほうだった。優しいだけでなく、誠実な人柄でもあった。

それにしても、と加賀が周囲を見回した。「盛況《せいきょう》のようですね。チケットを確保するのに、少々苦労しました」

「私にいってくだされば、何とかなりましたのに」

いやいや、と加賀は手を振った。

「そういう苦労も、観劇《かんげき》の楽しみの一つです。その代わり、つまらなかった時には大声でいえる。金返せ、とね」

「あっ、それは大変。幕が下りた後が心配」

「そんなことはないでしょう。客は正直です。今の時代、口コミがなければ何事も流行《はや》らない。これだけ人気があるのは、芝居の出来がいい証拠です」

「それと同じ台詞を、帰る時にもいってくださるといいんですけど」

「そういいながら、内心では大丈夫だと思っておられるはずだ」

「それは、まあ」

「やっぱり」

コーヒーが運ばれてきた。博美はブラックで口にした。

「でも意外です。前にお会いした時には、芝居にはあまり興味がなさそうにお見受けしたんですけど、最近は見られるようになったんですか」

加賀は頬を緩め、首を振った。「仕事以外で観劇に来たのは久しぶりです」

「じゃあ、どうして……」

「いきつけの定食屋で、たまたまポスターを目にしたんです。あなたの名前を見つけて、懐かしいなと思いまして。明治座で公演されることもあるんですね」

「明治座は初めてです」博美はいった。「長年の夢だったんです。この劇場で私が演出した芝居を公演することが」

「そうなんですか。たしかに立派な劇場ですからね」

「単に立派なだけではなく、特別な思い入れがあるんです。私がまだ駆け出しの女優だった頃、最初に上がった大きな舞台がここでした。それまでは小さな芝居小屋ばかりで。だから演出を任されるようになってから、いつかは明治座で、と思っていました。でもなかなかチャンスがなかったんです」

「なるほど。そういうことでしたか。それはおめでとうございます」加賀は真顔になり、改めて頭を下げてきた。

ありがとうございます、と博美も応じた。

その後、明治座の歴史などについて少し話した。加賀は興味深そうに聞いている。彼が日本橋という街自体に強い関心を抱いていることは、前に会った時にも感じた。

それにしても——。

ブラックコーヒーを啜りながら、加賀が来たのは単なる偶然なのだろうか、と彼女は考えていた。あまりにもタイミングが良すぎる。だが彼は日本橋署の刑事だ。押谷道子殺害事件には関係していないはずだ。

「どうかしましたか」思索《しさく》の気配が顔に出てしまったのか、加賀が尋ねてきた。

「いえ、あの、じつは」迷いつつ、彼女は話し始めていた。「先日、警察の方が尋ねてこられたんです」

「あ、そうなんですか。それはええと、交通事故か何かで？」

「いえ、違います」博美は周囲に視線を走らせ、聞き耳をたてている者がいないことを確認してから、声を落として続けた。「殺人事件の捜査です」

「ははあ」加賀が戸惑いの色を浮かべた。「なぜあなたのところに？」

「被害者が私の古い知り合いだったからです。小菅の古いアパートで腐乱死体が見つかった事件、御存じないですか。二週間ほど前ですけど」

「小菅で……そういえば、ありましたね。あれはどうなったのかな」首を捻っている。

「身元が判明したんです。被害者は私に会うために滋賀県から上京してきました。実際、殺される前に会いました。この明治座で」

「そうだったんですか。それはお気の毒なことでした」加賀は神妙な顔でいった。

「やっぱり、ほかの警察署で扱っている事件のことはわからないものなんですか」

「わかりませんね。基本的に捜査情報というものは外部に漏らさないことになっていますから。外部だけでなく、捜査関係者同士でも、必要以上には情報のやりとりはしません」

「そうでしたか……」

「もしかすると、その事件の捜査がどうなっているのか、お知りになりたかったのですか」加賀が尋ねてきた。

図星《ずぼし》だった。彼に声をかけたのは、単に懐かしかったからだけではない。ええまあ、と歯切れ悪く答えた。

「そういうことでしたら、できる範囲で調べてみましょう。捜査一課には知り合いが何人かいます。うまくすれば、教えてくれるかもしれません」

「お願いしてよろしいでしょうか」

「もちろんです。ただ、あまり期待はしないでください」そういって加賀は手帳とボールペンを出した。「捜査状況といってもいろいろありますが、どういうことをお知りになりたいんでしょうか」

「それは……」

彼の大きな手を見つめるうちに、不意に別の思いが博美の胸に去来《きょらい》した。

「あっ、あの、加賀さん」彼女は声を出していた。「ごめんなさい。結構です。そんなことしてくださらなくていいです」

加賀が当惑したように瞬きした。

「いいんですか？　でも、お知りになりたかったんでしょう？」

「そうだったんですけど、やっぱり御迷惑です。そんなことお願いできません」

「大した手間ではありませんよ。知り合いに当たってみるだけです」

「でも結構です。ごめんなさい、変なことをいっちゃって。加賀さんはお芝居を楽しみに来られただけなのに……」いい終わると博美は下唇を嚙んだ。

加賀は頷き、筆記具を懐《ふところ》にしまった。

「では、もしまた気が変わるようなことがあればいってください。連絡先は以前お教えしたままです」

「ありがとうございます。でも、お願いすることはないと思います。加賀さんは――」博美は彫りの深い顔を見つめて続けた。「加賀さんは私にとっては剣道の先生であって、警察官ではないんです。だから、こんな話をするべきじゃなかったんです。本当にごめんなさい」

加賀は彼女の言葉の意味を吟味《ぎんみ》するように黙っていたが、やがて、わかりましたといって微笑んだ。

博美は伝票を手にした。「ここは私が」

「いや、それは――」

困ったような顔をした加賀を、博美は手で制した。

「『異聞・曾根崎心中』、楽しんでくださることを祈っています。いつか、感想を聞かせてくださいね」立ち上がり、踵を返して歩きだした。

7

『私の将来の夢は、看護婦さんになることです。盲腸《もうちょう》で入院した時、病院の看護婦さんがとても優しくしてくれました。きびきびと仕事をしている姿は格好よく、たのもしかったです。また祖母が亡くなった時にお世話になった看護婦さんは、泣いている私を慰めてくれました。そういう素晴らしい人たちを目指したいと思います。』

文集から顔を上げ、松宮は指先で首筋を揉《も》んだ。読んでいたのは、押谷道子が中学校卒業時に書いたものだ。実際彼女は看護学校に通ったが、最終的には看護師にはならず、『メロディエア』に就職している。だが人の役に立ちたいという思いは、昔からあったようだ。そういう好人物が殺されたというのは理不尽としかいいようがない。何としてでも犯人を見つけださねば、という気持ちになる。

松宮は警察署内の小会議室にいた。机の上に積まれた資料、床に積み上げられた段ボール箱を見渡し、ため息をついた。少し離れたところでは、坂上がパソコンの画面を覗き込んでいる。

ドアが開き、小林が入ってきた。松宮と坂上を交互に見た。「おう、どんな具合だ」

坂上が顔をしかめ、頭を掻きむしった。

「だめですね。とりあえず似た感じの顔はピックアップしてますけど、当たりっていう手応えはありません。そもそもこの似顔絵、本当に似てるんですか?」そういって坂上が手にしたのは、男性の似顔絵だ。越川睦夫の顔を見たことがあるという人々に協力してもらい、警視庁で作成したものだ。

「似顔絵班の実力は折り紙付きだ。それに、手がかりはそれしかないんだから、つべこべいうな」

「まあ、それはわかってますけどね」坂上は下唇を突き出す。

「そっちも何もなしか」小林は松宮に訊いてきた。

「今のところは……」

「そうか。まあ、そう簡単にはいかんだろうな」小林は他人事のような気軽な口調でいいながら、ポケットから取り出した手袋をはめ、そばに置いてあった段ボール箱の中を探り始めた。

「やけにかわいいものが入ってるな」

そういって取り出したのは、カレンダーだった。越川睦夫の部屋から押収したものだ。あの部屋は恐ろしく殺風景で装飾品らしきものは何ひとつなかったが、窓際の壁に、子犬の写真を集めた月めくりカレンダーが掛けられていたのだ。

「ブツ取《ど》り班によると、全国展開しているペットショップが販促品として製作したもので、かなりの数が出回っているそうです」松宮がいった。「近所の住民の話などからも、越川がペットを飼っていたという話は出てきませんし、部屋にもその痕跡はなかったので、どこかから拾ってきたものじゃないでしょうか」

「ふうん、カレンダーが必要な生活を送っていたとは思えんが……」小林はカレンダーを何枚かめくった後、「この書き込みは何だ」と訊いた。

小林が指差しているのは、四月のカレンダーの右隅だった。サインペンのようなもので、『常盤橋《ときわばし》』と書かれている。

「それ、ブツ取りの奴らも首を捻ってましたね」坂上がいった。「ほかの月にも書き込みがあるみたいですよ」

小林は険しい顔つきでカレンダーを何枚かめくった。「ほんとだな……」

そのことは松宮も知っていた。すべての月に書き込みがあるのだ。一月のカレンダーの隅には、『柳橋《やなぎばし》』と書き込まれている。二月は『浅草橋《あさくさばし》』、三月は『左衛門橋《さえもんばし》』で四月が『常盤橋』だ。その後、五月『一石橋《いちこくばし》』、六月『西河岸橋《にしがしばし》』、七月『日本橋』、八月『江戸橋《えどばし》』、九月『鎧橋《よろいばし》』、十月『茅場橋《かやばばし》』、十一月『湊橋《みなとばし》』、十二月『豊海橋《とよみばし》』とある。

「すべて日本橋にある橋だそうです」坂上はいった。「それでそういう橋で何か行事があって、越川はそれに出向いてたんじゃないかってブツ取りの連中は調べたらしいですけど、結局何も出なかったとか」

「それで報告が来てないのか」小林はカレンダーを置き、腕組みした。「何だろうな」

さあ、と松宮も首を傾げるしかなかった。

「まあ、いい。そのうちに何か出てくるかもしれんしな」小林は腕時計を見た。「おっと、こんな時間か。こうしちゃおれん。おまえらも時間を無駄にせず、引き続きよろしく頼むぞ。時は金なり常盤橋ってな」はははは、と悦《えつ》に入《い》った顔で笑うと、坂上の肩をぽんと叩き、小林は部屋を出ていった。

坂上が口元を曲げた。「何だよ、あれ。時は金なり常盤橋？ ひでえ駄洒落《だじゃれ》だ」

「小林さん、珍しく機嫌が良かったですね」

「管理官に褒められたそうだからな。おまえの手柄だけど」

「いや、俺は別に……」

「謙遜《けんそん》すんなって。わかってるから」そういって坂上は作業を再開した。

松宮も手近な資料に手を伸ばした。押谷道子の自宅にあったパソコンに入っていた、すべてのテキストデータをプリントアウトしたものだ。もちろん遺族の許可は取ってある。消去されたデータも復元されているので膨大《ぼうだい》な量になる。

現在の松宮と坂上の仕事は、押谷道子と越川睦夫の共通点を見つけ出すことだった。坂上は、押谷道子が所持していた写真に越川らしき男が写っていないかどうかを調べている。そして松宮は、様々な文書を当たり、越川に繋がりそうな記述を探していた。

どちらも地道な作業ではあるが、徒労感《とろうかん》はなかった。これまでの捜査は手探りの内容ばかりで、果たして自分たちが正しい方向に進んでいるのか自信が持てなかった。だが今は違う。この先に必ず答えがあると確信している。押谷道子が殺されたのは金目当てでも、乱暴目的でもない。彼女と越川睦夫の間には、必ず何らかの共通点があるはずなのだ。

ここ数日で、捜査状況は大きく変化した。

加賀が予想した通りだった。焼失した小屋に住んでいた男のDNAを調べたところ、越川睦夫の部屋にあった歯ブラシ、安全カミソリ、タオルから採取されたものと、ほぼ完全に一致したのだ。

男は田中《たなか》と名乗っているが、本名かどうかはわからない。住所不定で、現在のところ本籍も不明。年齢すら自分でもよく覚えていないという。見た目は七十歳ほどだが、もっと若いのかもしれない。十年ほど前までは建築作業員などをしていたが、仕事がなくなってからは住む所も失い、様々な場所を転々としてきたようだ。今は空き缶を集め、日銭を稼いでいるらしい。

小屋が焼かれたことについては何も知らない、と田中は答えている。食べ物を調達しに歩き回っているうちに帰るのが遅くなり、戻ってみると火事で大騒ぎになっているので、責任を問われたらまずいと思い、しばらく別のところで暮らすことにした、ということだった。歯ブラシや安全カミソリ、タオルがいつ盗まれたのかもわからないといっている。

田中がどこまで本当のことをいっているのかは不明だが、おそらく事実に近いのだろう、というのが大方の意見だ。少なくとも、事件に関与している可能性が極めて低いことは間違いないと思われた。

もう一つ、別のDNA鑑定が行われることになった。そのため、小菅のアパートが改めて徹底的に捜索された。目的の品は、住民である越川睦夫のDNAを検出できるものだ。髪や体毛《たいもう》、血痕《けっこん》があれば理想的だが、唾液《だえき》、汗、体液が染《し》みた布でもいいし、爪《つめ》、表皮、フケなどでもいい。しかし後で松宮が聞いたところでは、室内はじつに奇麗に清掃がなされており、確実に越川のDNAが検出できると断言できるものは、なかなか見つからなかったらしい。だからこそ最初の鑑定では歯ブラシや安全カミソリなどが試料として採用されたのだが、犯人の冷静さと計算高さを感じずにはいられなかった。加賀のアドバイスがなければ、今も自分たちは騙されたままだったのではないかと松宮は思った。

そして部屋の捜索から二日後、正式なDNA鑑定の結果が出た。布団や枕などから検出されたDNAが新小岩の焼死体と合致した。

こうして二つの事件は完全に繋がったのだった。


「恭さんには感謝してるよ。おかげで捜査が大きく前進した。DNA鑑定の試料が、すり替えられたものじゃないかって俺がいった時には、考えすぎだって渋い顔をしてた連中も、今じゃ手のひらを返したような態度だ」

「まさか、日本橋署の刑事がいいだしたことだなんていってないだろうな」加賀はコーヒーカップを口元に運びながら訊いた。

「いいたいけど、黙ってるよ。そのほうがいいんだろ」

「当たり前だ。管轄《かんかつ》でもない、よそ者の刑事に口出しされたと知って、誰が愉快《ゆかい》になる？」

「俺は人の手柄を横取りしたみたいで、何となく寝覚めが悪いんだけどなあ」

「それぐらい我慢しろ。社会人なんだから」

「わかってるよ。だから黙ってるといってるじゃないか」松宮はコーヒーカップにミルクを入れ、スプーンでかきまぜた。

再び人形町に来ていた。以前加賀と一緒に捜査に当たった時、何度か入ったことのある喫茶店にいる。創業が大正八年という老舗《しにせ》で、座席が赤色というのが却って古風な印象を醸《かも》し出している。

「そんな礼をいうためだけに俺を呼び出したのか。だとしたら、お互いにとって時間の無駄だといっておこう。こう見えても、俺にだってやらなきゃいけないことはたくさんある」

「今、忙しいのか」

「まあな。たい焼き屋の売り上げが盗まれた事件とか、焼き鳥屋で酔っ払い同士が喧嘩《けんか》して、挙《あ》げ句《く》に店の看板をぶっ壊した事件とか、いろいろと抱えてるんだ。昼間に従弟と呑気《のんき》にコーヒーを飲んでいる暇はない」

淀《よど》みなく話す加賀の口元を、松宮は思わず見つめていた。すると、「どうかしたか」と加賀が訊いてきた。

「いや、本当にそんな事件を抱えているのかなと思って」

「本当だ。嘘をいって何になる」

「恭さんは日本橋署に来て、変わった。ものすごく街に溶け込もうとしている。街の隅々《すみずみ》に気を配って、ここに住む人たちのことをすべて把握しようとしているように感じる」

「俺のことをどれだけ知っているというんだ。別に俺自身は変わっちゃいない。昔からよくいわれるだろ？　郷に入っては郷に従え。刑事っていう仕事にしても、その土地によってやり方を変える必要があるってことだ」

「それはわかるけど、恭さんの場合は少し違うように思う」

加賀はコーヒーカップを置き、小さく手を振った。

「そんなことはどうでもいい。無駄話をしてないで、ほかに用があるのか、それともないのか、はっきりいってくれ」

松宮は少し腰を浮かせ、椅子に座り直した。

「ここから用件に入る。日本橋署の加賀警部補にお尋ねしたい」

加賀は身構える表情になった。「何だ？」

「先日、明治座に行っただろ？　芝居を観に」

予期しない質問だったらしく、加賀は戸惑いの色を浮かべた。だがすぐに合点したように首を縦に動かした。

「そうか。張り込みの刑事に見られたか」

「浅居さんの動向は、捜査員が交代でチェックしている。いつもと違う行動を取ったりしたら、すぐに本部に報告が届く」

「俺と会っていたことも報告されたというわけだな」

「単なる知人と思われる、というのが張り込んでいた捜査員のコメントだけどね。写真は撮っていた。うちの係の者は殆どが恭さんのことを知っている。係長なんかは写真を見て驚いたらしい。それで俺が訊かれたんだ。加賀警部補と浅居博美の関係を知っているかってね。隠す必要もないと思ったから、包み隠さず話した」

加賀は頷いた。「それでいい。何ら問題ない」

「係長たちも納得していた。剣道教室の話を聞いて、加賀君も大変だなといって笑ってた」

「職場の空気を和《なご》ませる役に立ったのならよかった」

「だけど俺としては、それだけで済ませるわけにはいかない。何しろ加賀警部補は小菅の事件について詳しいからな」声を落とし、続けた。「浅居博美とはどんな話を？」

加賀が、じろりと睨んできた。「被疑者でもないのに呼び捨てか」

松宮は唇を舐めた。「浅居さんとはどんな話をしたんだ？」

加賀はコーヒーを口に含んだ後、ふっと息を吐いた。

「大した話はしちゃいない。ほんの挨拶程度だ」

「本当に？」

「おまえに嘘をいってどうなる？　彼女は嬉しそうに明治座のことなんかを話していた。あそこで公演するのが長年の夢だったとか」

「夢……そうなんだ」

「それから」加賀は水の入ったグラスを摑み、ごくりと飲んだ。「事件のことも少し話した。彼女のほうから切りだしたんだ」

松宮はテーブルに片手を載《の》せ、少し前屈みになった。「それで？」

「最初彼女は、事件の捜査状況について俺から何らかの情報を引き出せるかもしれないと考えたようだ。無論、俺はおまえのことも、事件について多少知っていることもいわなかった。そうした上で、何か知りたいことがあるなら調べてみましょうかと振ってみた」

加賀の狙いは松宮にもわかった。もし浅居博美が事件に関与しているのなら、捜査陣が何をどこまで摑んでいるのか、きっと知りたいに違いない。

「彼女は何と？」

「少し考えた後、やっぱり結構ですといった。変なことをいって申し訳ないと謝られた」

「それから？」

「それで終わりだ。芝居を楽しんでくださいといって、コーヒー代を払ってくれた」

「それだけ……」松宮は椅子の背もたれに身体を預けた。拍子抜けした思いだ。

「期待させたようですまないが、本当にそれだけだ。ほかには何もない」

「そうなのか。じゃあ、印象はどう？　浅居さんに会うのは久しぶりだろ。会ってみて、何か感じることがあったんじゃないか」

松宮の言葉に加賀はしかめっ面をした。

「またそれか。俺の印象なんか、あてにされても困る。まあそうだな、五年前よりもさらに落ち着いたように思う。達観《たつかん》している、とでもいうのかな」

「犯罪を隠している様子は？」

「さあな、ノーコメントとしておこう」加賀は財布から小銭を出し、テーブルの上に並べ始めた。二人で飲食した時には必ず割り勘だ。

松宮はその小銭を眺め、「金をどうしてたか……も謎なんだよな」ぽつりと口にした。

「金って？」

「小菅のアパートに住んでた越川睦夫だよ。どうやって収入を得ていたのか、まるでわからない。仕事をしていた様子はないし、通帳もない。そういうところはホームレスと一緒だ。だけど家賃《やちん》や光熱費《こうねつひ》は毎月遅れずに支払っていた。どういうことだと思う？」

加賀は思案する顔をした後、「誰かから金を貰っていた」といった。「あるいは、まとまった大金を持っていた」

「部屋から現金は一円たりとも見つかっていない」

「一円も？　それは不自然だな。誰かが持ち去ったと考えるのが妥当だろう」

「俺もそう思う。でも想像だけじゃ、何も始まらない」松宮は頷きながら自分の財布を開け、コーヒー代を取り出した。「恭さんのおかげで捜査が大きく進展したのはたしかだけど、まだ入り口を彷徨《さまよ》っている感じだな。二人の被害者の共通点が全く見つからない。押谷道子さんについてはともかく、越川睦夫という人物に関する情報が少なすぎる。写真はない。住民登録はしてない。当然健康保険にも入ってない。付き合いのあった人間も見当たらない。どんなふうに生きていたのか、さっぱり見えてこないんだ。一体どんな人生だったんだろう」

「さあな。だが逆に考えると、それがわかれば一気に解決するのかもしれないぞ」加賀は腕時計を見て、立ち上がった。「さて、署に戻るか。さっきもいったように、やることはいっぱいあるからな」

「俺も本部に戻るよ。時は金なり常盤橋だからな」

加賀が怪訝そうな顔をした。「何だ、それは」

松宮は肩をすくめた。

「仲間内で流行ってるんだよ。小林さんがいいだした駄洒落だ」

「あの人が駄洒落を？　珍しいな」

「越川の部屋にあったカレンダーに書き込みがあったんだ。常盤橋とか日本橋とか。意味はわかんないけど」松宮はコーヒーの代金を集め、支払いのためにカウンターに向かいかけた。だが突然、右肩をぐいと摑まれた。さらに後ろに引っ張られた。すごい力だった。

松宮は振り向いた。「何すんだよ」

するとそこに加賀の険しい顔があった。射貫《いぬ》くような目を向けてきた。

「その話、詳しく聞かせろ」松宮の服の袖《そで》を摑んできた。

「その話って……」

「カレンダーの話だ。どんなふうに書き込みがあったんだ」

「ちょっと、放してくれよ」

加賀の手を振り払い、松宮は元の席に戻った。加賀もさっきと同じように向かい側に座った。

松宮は例の子犬のカレンダーに書き込んであった内容について、ざっと話した。

「四月が常盤橋だというのは確かなんだな。で、一月が柳橋だといったな。二月はどうだ、どこの橋だった？」加賀は勢いこんで尋ねてくる。

「どこだったかな」松宮は首を捻った。順番をはっきりと覚えているわけではない。

「浅草橋じゃなかったか」

「あっ、そうだったかも」

「で、三月は左衛門橋だ。四月は常盤橋で、五月は一石橋」

松宮は息を呑み、目の前の従兄の顔を凝視した。身体が熱くなってきた。

「恭さん、あの書き込みの意味がわかるのか？」

だが加賀は答えない。先程までの殺気だった気配は消え、能面《のうめん》のように表情が乏しくなっている。

「知っているのなら教えてくれ。あの書き込みの意味は何なんだ。日本橋に詳しい人にいろいろ当たってみたけど、誰も知らなかったという話だ。なぜ恭さんにはわかるんだ」

加賀はゆっくりと人差し指を唇に当てた。「でかい声を出すな」

「だけど――」周りを見てから松宮は声を落とした。「捜査に協力してくれ」

「しないとはいわない。それに、協力できるかどうかもまだわからない。見当外れかもしれない」

「どういうことなんだ」

加賀は、ぐいと顎を引き、松宮を見つめてきた。「頼みがある。一世《いっせ》一代《いちだい》の頼みだ」

8

遠方に見える山の上には、まだうっすらと雪が残っていた。生憎《あいにく》の曇《くも》り空だが、手前に広がる草原は、力強さを感じるほどに青々としている。

「まさか今回の事件で、恭さんと一緒に動くことになるとは思わなかった」コーヒーの入った紙コップを手に松宮はいった。

「それは俺だって同じだ。行きがかり上、おまえの仕事に口を出していたら、火の粉が急に自分の身に降りかかってきたんだからな。狐につままれたよう、というのはこういうことをいうんだろうな」隣に座っている加賀が応じた。彼が手にしているのは、今回の事件に関する捜査資料の写しだ。

「だけどこれで事件解決に近づけるかもしれない」

「だといいんだが」加賀は慎重な物言いだ。

二人は東北新幹線の『はやて』に乗っていた。向かう先は仙台だ。ある人物に会うのが目的だった。

昨日の夕方、松宮は加賀と共に警視庁の一室にいた。彼等の向かい側にいたのは小林と係長の石垣、そして管理官の富井《とみい》だった。富井は今回の事件の実質的な責任者だ。彼は加賀を見ると、「久しぶりだな」と表情を和ませた。加賀のほうも、「御無沙汰しています」と頭を下げた。かつて加賀が捜査一課にいた頃、富井の部下だったということを松宮は初めて聞かされた。
だが挨拶はそこまでで、すぐに本題に入ることになった。まず小林が、十数枚の写真を机の上に並べた。それらの写真には、拡大された文字が写っていた。それは『橋』であったり、『浅草』であったり、『日本』であったりした。
「結論からいう」小林が加賀を見つめながら口を開いた。「越川睦夫の部屋にあったカレンダーの書き込み、そして加賀君から提出されたメモ、この二つの筆跡《ひっせき》を詳細に鑑定した結果、同一人物によるものとみてまず間違いないという結果が出た」
松宮の横で加賀が一瞬身を硬くしたのが気配でわかった。松宮自身も興奮していた。
「君が持っていたメモは、お母さんの遺品だということだったね」石垣が加賀に尋ねた。
「そうです。厳密にいいますと、母の部屋にあったメモです。だから母のものだったのかどうかは不明です。筆跡は明らかに母とは異なります」
そのメモとはＡ４用紙に次のように書き込まれたものだった。
『一月　柳橋
二月　浅草橋
三月　左衛門橋
四月　常盤橋
五月　一石橋
六月　西河岸橋

七月　日本橋
八月　江戸橋
九月　鎧橋
十月　茅場橋
十一月　湊橋
十二月　豊海橋』

これを加賀から見せられた時、松宮は衝撃を受けた。越川睦夫のカレンダーの書き込みと内容が完全に一致しているからだ。だが驚いているのは加賀も同様のようだった。そこで彼は「一世一代の頼み」として、二つの書き込みの筆跡鑑定を捜査幹部に提案してもらえないかと松宮にいったのだった。

加賀は、母親は綿部俊一《しゅんいち》という男性と付き合っていたらしい、と富井たちにいった。

「したがってメモは、その綿部氏のものである可能性が高いと思われます。しかしながら私は、綿部氏が何者なのか、何ひとつ把握しておりません。この書き込みの意味についても自分なりに調べてみましたが、依然として不明のままです」

「そのお母さんの遺品の中に、その綿部なる人物に繋がりそうな品はほかにないのかね」石垣が訊いた。

「わかりません。あるのかもしれませんが、私には見分けられません。しかしもし今回の捜査に役立つかもしれないということであれば、母の遺品のすべてを捜査資料として提出することには何の問題もありません」

加賀の言葉に三人の捜査幹部は満足そうに頷き合った。

「この件については、すでに捜査一課長や理事官にも話してある」富井がいった。「この書き込みの謎を解明する必要もあるし、本件については日本橋署にも協力を要請することになった。今頃は署長に連絡がいっているはずだ。たった今から君にも捜査に加わってもらう。それでいいな」

「指示に従います。よろしくお願いいたします」加賀はそういって頭を下げた。

「君に一つ質問がある」小林がいった。「君自身は綿部という人物について何ひとつ把握していないということだが、綿部氏を知っている人間、会ったことのある人間に心当たりはないか」

「それはあります。一人だけ」加賀は即答した。

「存命中か」

「そのはずです。仙台に住んでおられます」

よし、と小林は気合いの籠もった声を出し、一枚の紙を加賀に差し出した。それは例の越川睦夫の似顔絵だった。「早速仕事だ。その人物に会ってきてくれ」


松宮は時計を見た。午前十一時になろうとしている。

「あともう少しだな」加賀も腕時計で時刻を確認すると、読んでいた資料を鞄に入れた。

「なあ、恭さんはどのくらい知ってるんだ」

「何を？」

「亡くなったお母さんのこと。俺が知ってるのは、仙台で亡くなったお母さんの遺骨や遺品を、恭さんが一人で取りに行ったということだけだ」

松宮がそのことを聞いたのは、加賀の父親である隆正《たかまさ》が病気で倒れた時だ。母の克子が教えてくれたのだ。

「そんなことを聞いて、どうするんだ」

「どうするってわけでもないけど、知りたがっちゃいけないか？　忘れてるかもしれないけど、俺たちは親戚なんだぜ。それもただの親戚じゃない。俺と母さんは伯父《おじ》さんに助けてもらった。伯父さんは恩人なんだ。その人がどうして奥さんと別れることになったのか、知りたくなって当然だろ」

松宮の言葉をやや苦い顔つきで聞いていた加賀だったが、やがて何かを吹っ切ったように頷いた。「そうだな。そろそろ話してもいいか。親父も死んだしな」

「何か特別な秘密でもあるのか」

「そんなものはない。何となく話しづらかっただけだ」加賀は苦笑を浮かべてから、真顔になって続けた。「遺骨を抱えて東京に戻った俺は、久しぶりに親父と会った。お袋の仙台での暮らしぶりを伝えるためだ。お袋はおそろしく狭い部屋で、つましく暮らしていた。そんなことを親父に話した後、これまた久しぶりに尋ねた。俺が子供の頃に一体何があったんだ、何が理由でお袋は家を出ていったんだ、とね。それまで俺は、すべての原因は親父にあると思い込んでいた。親父が家庭を顧みず、家のこととか、子育てとか、いくつかのぎくしゃくした人間関係を全部お袋に押しつけていたものだから、嫌気《いやけ》がさしてお袋は出ていったんだろうと想像していた。だけど仙台に行って、そうじゃなかったのかもしれないと思った。お袋は周囲の人に、何もかも自分が悪かったんだと話していたらしいんだ」

「伯父さんは何と？」

加賀は肩をすくめた。

「最初は答えちゃくれなかった。もう済んだことだとか、今さらいっても仕方がないとか、言葉を濁してた。それで俺は親父に怒鳴ったんだよ。せっかくあんたみたいな男の女房になってくれたっていうのに、その女を幸せにできなかったんだ。だったらせめて、この遺骨の前できちんと言い訳ぐらいしてみたらどうなんだってね」

「へえ、恭さんが伯父さんに……。珍しいね」

加賀は、ふっと口元を緩めた。

「柄《がら》にもなく青臭《あおくさ》いことをいったもんだ。親父を責めたのは、あれが最後だ」

「それで伯父さんは？」

「ようやく重たい口を開いてくれたよ。親父は、まずこういった。百合子のいったことは正しくない。あいつは何も悪くない。悪いのは、やっぱり自分だってな」

松宮は眉をひそめた。「どういうこと？」

「そこから親父の昔話が始まった。まずはお袋との出会いからだ。二人は新宿のクラブで知り合ったらしい。お袋は、その店でホステスをしていたんだそうだ。といっても親父は客として行ったんじゃなく、ある事件の容疑者が出入りしていることを嗅ぎつけて、お袋に捜査協力してもらったということだった。その縁で付き合うようになったといっていた」

「ふうん、恭さんのお母さんも水商売を……」

加賀が松宮の顔を見て、小さく頷いた。

「そういえば叔母《おば》さんも昔、飲み屋で働いていたんだったな」

「高崎《たかさき》にいた頃だ。伯父さんから援助してもらう前の話だよ。何しろうちの母は親戚から嫌われてたから、頼れる人間がいなかった。女手ひとつで子供を育てようとしたら、やっぱり水商売になってしまう」

「それが現実だろうな。だけど親戚から嫌われてたのは叔母さんだけじゃない。うちの家だって似たようなものだった」

「恭さんのところが？　どうして？」

「だから水商売の話をしている。由緒《ゆいしょ》正しき加賀家の長男が、こともあろうにホステスを嫁にするとは何事か、と親戚中から攻撃されたらしい。うちが由緒正しき家柄だったというのは俺にしても初耳だったけどな」

「それは職業差別だ。ひどい偏見《へんけん》だな」

「今とは時代が違う。それに親父にいわせれば、うちの親戚には頭の固い連中が多かったらしい。俺は付き合いがないから、そのへんのところはよくわからんのだが」

「そういえば伯父さんの三回忌《さんかいき》の時も、親戚は誰も来てなかったね」

「俺はあまり覚えちゃいないんだが、お袋がまだ家にいた頃、よく親戚と揉めたらしい。親父は忙しいから、親戚との付き合いはお袋に任せるしかない。ところがそうした場で、お袋は露骨《ろこつ》な嫌がらせを受けたようだ。そのことをお袋は黙っていたんだが、結局親父の耳に入った。親父は激昂し、親戚との縁を切ろうとした。するとまた騒ぎが大きくなり、お袋への風当たりが強くなったというわけだ。そんな時に親父が風よけになれればいいんだが、仕事で家に帰らないことのほうが多いという有様だ。一方、お袋は実の母親つまり婆さんが寝込んで、その看病もしなけりゃいけなかった。さらには、腕白ざかりだった息子を育てるという仕事もあった。精神的に参って当然だ」

「たしかに聞いているだけでも大変そうだ」

加賀は顔をしかめ、吐息をついた。

「やがて婆さんが亡くなった。それで楽になったかというとそうではなく、たぶん心の支えをなくしたんじゃないかっていうのが親父の説だ。それまではいろいろと辛いことがあっても、母親という、彼女の話を親身になって聞いてくれる相手がいた。たぶん励まされることもあっただろう。ところが、そういう存在もいなくなり、完全にひとりぼっちになっちまった。幼い一人息子では、彼女の精神的な支えにはなれないわけだしな。もっとも、そんなふうに親父が思い至ったのは、それからずいぶん後になってかららしい。なぜなら、その時にはお袋の変化に気づかなかったからだ」

「変化って？」

「精神的変化だ。親父の目には何も変わっていないように見えたが、お袋の内面では、何かが大きく変わっていたんだ。そのことに気づくきっかけになったのは、ある夜のお袋の態度だった。夕食の途中、突然お袋が泣きだしたそうだ。自分は駄目な人間だ、良い妻にも良い母親にもなれない、今のままでは二人を不幸せにしてしまうといってな。親父は面食らったらしい。だがひとしきり泣いた後、お袋は我に返ったように謝った。ごめんなさい、今のことは忘れてくださいといってな。その時のことを、俺もかすかに覚えている。錯覚かもしれんが」

「それって……」松宮は頭に浮かんだことを口にすべきかどうか迷ったが、遠慮している局面ではないと思い、言葉にした。「うつ病……じゃないのか」

加賀は、ゆっくりと息を吐き出し、顎を引いた。

「その可能性が高いと思う。自分自身を低評価し、生きる気力をなくすというのは、うつ病の典型的な症状だからな。親父も、ずいぶん後になってから、そう考えるようになったようだ。しかし当時は殆どの人間が、うつ病に関する知識を持っていなかった。たぶんお袋自身、病気だとは認識していなかっただろう」

「だとすれば、ずいぶんと苦しかったんじゃないかな」

「おそらくな。お袋はその苦しみを表に出さず、それからさらに何年間も耐え抜いた。しかしついに限界が訪れ、家を出ていった、というわけだ。俺は知らなかったが、置き手紙があったそうだ。そこには、あなたの妻であり、恭一郎の母親でいる自信がなくなりました、と書いてあった。それを読んで親父は、うつ病という知識はなかったものの、何かとても重い精神的負担があったようだと解釈したらしい」

「伯父さんは、どうして捜さなかったのかな」

加賀は口の片端を曲げて笑った。

「去る者は追わず、そのほうがお互いのためだと思ったってさ。だが仮にうつ病が原因だったとしても、そのことに気づいてやれず、精神的負担を取り除いてやれなかったという点において、すべての非は自分にある。百合子は何も悪くない――親父はそういった。さらに、こう付け加えた。死ぬ前に、一目でいいから我が子に会いたかったはずだ。それを思うと胸が痛む、と」

松宮がその言葉を聞くのは初めてではなかった。何年か前のことを思い出した。

「伯父さんと恭さん、約束してたんだったな。たとえ伯父さんが危篤状態になることがあっても、恭さんはそばにいないって。伯父さんは一人で死んでいくと決めてたんだろ。実際、伯父さんが息を引き取る時、恭さんは病院の外にいたよな」

「それがお袋に対する、せめてもの詫びのつもりだったんだろうな。男の意地でもあったかもしれない。気持ちはわかったから、俺も付き合うことにしたが……」加賀は少し苦々しい顔つきでいった。あの時の行為が正しかったのかどうか、未だに答えが出せないでいるのかもしれない、と松宮は従兄の表情を見て思った。

「伯父さんとしては、それで決着をつけたつもりだったんだろうな」

「親父はそれでよかったのかもしれない。だけど俺は違う」加賀は険しい目を松宮に向けてきた。「うちを出た後、お袋がどんな思いで残りの人生を過ごしたのかを、どうしても知っておきたい。俺や親父のことを忘れ、完全に新しい人生を送っていたというのなら、それはそれでいい。だけどもし、俺たちに対して何らかの思いを抱いていたのだとしたら、それを汲み取るのが俺の役目だと思う。なぜなら、あの人がいなければ、俺はこの世には生まれてこなかったからだ」強い口調でいった後、加賀は少し照れたように頬を緩めた。「すまん。少し力みすぎた」

「いや、気持ちはよくわかるよ。それに俺も、恭さんのお母さんがどんなふうに生きていたのか、とても興味がある」

「とにかくそういうわけで、俺としては何としてでも綿部という人物について知りたかった。できれば、何とかして捜し出したいと思っていた」

「そうらしいね。じつは昨日、恭さんが帰った後、富井管理官から聞かされた。恭さん、もう何年も前から捜査一課に戻らないかって誘われてるんだろ?」

　加賀は顔をしかめた。「その話か」

「ところがどういうわけか、恭さんはずっと日本橋署への異動を志願してたそうじゃないか。それは綿部という人を捜すためだったんだな」

「まあな。あのメモに書かれた十二個の橋の意味を解き明かしたかった。そのためには、あの土地に腰を据えなきゃいけないと思った。だけど心配するな。公私《こうし》混同《こんどう》しないよう気をつける。おまえたちの捜査の邪魔をする気はさらさらない」

「そんなことは最初から考えてないよ」松宮は顔の前で手を振ってから、じっと加賀の目を見つめた。「大事な話を打ち明けてくれてありがとう」

「おまえにだけは、いつか話さなきゃいけないと思っていたよ」そういって加賀は白い歯を見せた。

今回は仙台市内で聞き込みなどをする予定はなく、地元の警察への挨拶は省略してもいいだろうと上司からはいわれている。仙台駅に着くと、ＪＲ仙山線《せんざんせん》を使って東北福祉《とうほくふくし》大前《だいまえ》駅に向かった。そこが最寄《もよ》り駅だからだ。

駅からは徒歩だ。しかもなかなかの上り坂だった。刑事だから歩き回ることには慣れているが、ふつうの人が生活するにはどうなんだろうと松宮は思った。だが小学生らしきグループが楽しそうに歩いているのを見て、ここに住んでいる人たちにとってはこの程度の坂道は何でもないらしいと悟った。

国見ケ丘は閑静《かんせい》な住宅地だった。建ち並んでいる邸宅《ていたく》は、いずれも立派で気品《きひん》があった。

加賀が足を止めたのは、宮本、という表札の出た家の前だった。彼がインターホンを鳴らすと、はい、と声が聞こえた。

「東京から来ました。加賀です」

「はあい」

しばらくすると玄関のドアが開き、白髪の女性が顔を出した。彼女は驚いたような顔をした後、満面の笑みを浮かべ、ゆっくりと階段を下りてきた。白いニットの上から薄紫色のカーディガンを羽織っている。

「まあ、加賀さん、立派になられて」金縁《きんぶち》眼鏡の奥の目を細めた。

「お久しぶりです。その節はお世話になりました」加賀が頭を下げた。「このたびは、突然無理なお願いをして申し訳ありません」

「そんなの全然構わないのよ。どうせ暇なんだから。昨日電話をもらった時には、少しびっくりしましたけどね」そういいながら彼女は視線を松宮のほうに移した。

「紹介します。こちらは警視庁捜査一課の松宮巡査です」

加賀の言葉を受け、松宮です、と頭を下げた。

「加賀さんの従弟さんなんですってね。宮本です。嬉しいわ、若い男性が二人も訪ねてこられるなんて」白髪の老婦人は自分の胸に両手を当てた。彼女の下の名前が康代だということは、ここへ来る前に聞いていた。

松宮たちはソファのある居間に案内された。宮本康代は二人のために日本茶を淹れてくれた。

この家で彼女が四十年以上も独り暮らしをしていると聞き、松宮は驚いた。

「主人が急死したものですからね。でも、だからあの時、百合子ちゃんを雇おうって気になったのかもしれません。私も寂しかったですから」そういって宮本康代は薄い笑みを加賀のほうに向けた。

「母は宮本さんに助けられたのだと思います。もしあの時あなたに拾っていただけなかったら、母はどうなっていたかわかりません」

加賀は、百合子がうつ病だった可能性があることを打ち明けた。

「そうですか。そういわれると、思い当たるふしがないこともありませんね」当時のことを思い出しているのか、宮本康代はしんみりといった。

「それで、昨日電話でお話しした件なのですが、綿部俊一さんについては、やはりその後何の情報も入ってきていないわけですね」

「はい、残念ながら」

加賀は頷き、松宮に向かって目配せした。松宮は自分の鞄から五枚の紙を取り出した。

「その綿部俊一さんですが、宮本さんは今も顔を覚えておられますか」

松宮が問いかけると、宮本康代は少し背筋を伸ばし、小さく顎を引いた。

「会えばわかると思います。写真でも」

「では、これから五枚の絵を見ていただきます。いずれも男性の似顔絵です。その中に綿部さんに似ているものがあれば教えてください」

「はい」

やや身構えた様子の宮本康代の前に、松宮は似顔絵を並べていった。その順番は彼自身でもわからぬよう、予《あらかじ》め裏返しの状態でシャッフルしたものだ。

四枚目の絵を見た時、宮本康代の目が見開かれたことに松宮は気づいた。それでも何食わぬ顔で五枚目の絵を置いた。彼女はその絵にもちらりと目を向けたが、またすぐに四枚目の絵に視線を戻した。

「いかがでしょうか」答えを聞くまでもなかったが、松宮は一応尋ねた。

宮本康代の手が躊躇いなく四枚目の絵に伸びた。

「この絵が似ています、綿部さんに」

「確認させてください。ここには五枚の絵しかありません。この中で強《し》いて似ているといえば、この絵だということですか。それとも、明白に似ているのですか」

「似ています。私が知っている綿部さんが、あのままお年を召したのだとしたら、こういう感じじゃないかと思います。少し目尻が下がっているところとか、鼻が大きめなところとか、とてもよく特徴をとらえています。そういうはっきりとした形だけじゃなくて、何といいますか、感情を表に出さない感じなんかが伝わってきて、綿部さんらしいなあと思うんです」

　松宮は加賀と顔を見合わせ、小さく頷いた。宮本康代の回答は彼等が満足できるものだった。彼女が手にしている似顔絵こそ、越川睦夫のものだったからだ。絵を見ての感想も期待通りだった。彼女は単なる顔かたちだけでなく、絵を見た印象で語っている。かつて警察で頻繁に活用されたモンタージュ写真がすたれたのは、あまりに具体的すぎて、抽象的な印象を伝えられないからだ。逆に似顔絵は、目撃者の話を聞いた係官がイマジネーションを働かせて描くだけに、印象を優先させたものとなり、見た人間の記憶を刺激しやすくなるのだ。

　わざわざ仙台まで来たが、いい土産ができた、と松宮は思った。越川睦夫は、かつて綿部俊一と名乗っていた男だ。

「この人が、どこかで見つかったのですか」宮本康代が訊いてきた。

「そうです。先月、殺されました」

　さらに松宮は事件の概要を話した。それを聞き、彼女は口元を手で押さえた。そのまま加賀に目を向けた。

はい、と加賀は寂しげな笑みを浮かべた。「ようやく綿部さんを見つけたわけですが、すでにこの世の人ではなかったというわけです」

宮本康代は絵をテーブルに置いた。「何といっていいかわかりません……」

「でも恭さんの――」松宮は口元を手の甲でぬぐってからいい直した。「加賀の、綿部俊一さんについて調べたいという気持ちには変わりはないようです。そして何より我々は、彼を殺した犯人を捕まえる必要があります。事件について、何か少しでも思いついたことがあれば話していただきたいのですが」

宮本康代は辛そうに顔をしかめた。無数の細かい皺が歪んだ。

「何とか協力したいです。でも、本当に綿部さんについては何も知らなくて……。そんなところに住んでおられたというのも初めて知りました」

加賀が上着の内ポケットから紙切れを取り出した。「これはいかがでしょうか」

宮本康代がそれを受け取った。松宮は横から覗き込んだ。そこに書いてあるのは、例の、『一月　柳橋　二月　浅草橋……』だった。

「母の遺品にあったメモの写しです」加賀はいった。「これと同じことが、小菅のアパートにあったカレンダーにも書き込まれていたんです。何のことなのか、全くわかっていません。宮本さんはいかがですか。何か思いつくことはありませんか」

さあ、と彼女は首を捻り、ごめんなさいと小声で謝った。

「宮本さんが謝る必要はありません。息子である自分が母親の遺品から何も察せられないのがいけないのです」加賀は紙切れを懐に戻した。

宮本康代が、あの、とやや躊躇いがちに口を開いた。

「これは今になって思うことなんですけどね、百合子ちゃんと綿部さんの関係は、単なる男女の仲ではなかったような気がするんです。いえそれどころか、もしかしたら恋愛関係にはなかったんじゃないかとさえ思ったりします」

加賀が怪訝そうに眉をひそめた。「どういうことですか」

「当時は、そんなふうには思わなかったんですよ。でも改めて振り返ってみると、二人の間には艶《つや》っぽい雰囲気というか、楽しい気配というか、そういうものがなかったように思うんです。心に傷を抱えている者同士が、その傷を舐め合っていたような……そんな気がします」

「心の傷を……」

「ごめんなさい。私の気のせいかもしれません。忘れてください」宮本康代は申し訳なさそうな顔で両手を合わせた。

「いえ、宮本さんがそうお感じになったのなら、きっと的外れではないと思います。参考にさせていただきます」そういって加賀は頭を下げた。

似顔絵について確認できたのは大きな収穫だったが、宮本康代からはこれ以上の情報を得られそうになかった。松宮は辞去を口にした。

「せっかくお会いできたのに残念です。今度は是非、お仕事抜きでいらしてください。仙台名物のおいしいものを御馳走させていただきますので」玄関先まで見送りに出てくれた宮本康代がいった。

ありがとうございますと松宮は加賀と共にいい、宮本邸を後にした。

来た時と同様、東北福祉大前駅まで歩くことにした。時計を見ると、まだ午後二時にもなっていない。この分なら夕方には東京に戻れるだろう。

「少し寄り道してもいいかな」歩きながら加賀がいった。

「それはいいけど、どこへ？」

「萩野町というところだ」加賀は答えた。「お袋が住んでいた場所だ」

松宮は足を止めた。「恭さん、それはないぜ」

加賀も立ち止まり、振り返った。「何がだ」

「それは寄り道じゃないという意味だ。行っておかなきゃいけない。個人的にも、刑事としても」

加賀はにやりと笑い、頷いた。

最寄り駅は仙石線《せんせき》の宮城野原《みやぎのはら》駅だという。東北福祉大前駅からだと仙台駅で乗り換えて二駅だった。

宮城野原駅に着くと、加賀は少し戸惑った表情を見せた。地図を表示させたスマートフォンをしばらく眺めた後、ようやく歩き始めた。

道路の右側は広々とした公園だった。その先には競技場らしきものがある。そして道路の左側には厳粛《げんしゅく》な雰囲気を備えた建物が何棟《なんとう》も並んでいた。駐車場も広大だ。国立病院機構仙台医療センターの文字が見えた。

「前に来た時と様子が違ってるのか」松宮は訊いた。

「そうだな。病院らしき建物があったのは覚えているが、これほど立派なものじゃなかったような気がする」

しばらく真っ直ぐ歩き続けていると、前方に鉄道が見えた。どうやら貨物鉄道のようだ。道は、その下をくぐるように作られていた。

そこから先が萩野町だった。加賀は時折立ち止まっては周囲を見回し、少し迷った様子を窺わせながら歩いている。あまり自信がなさそうだが、松宮としてはついていくしかなかった。

この町は国見ケ丘と違い、様々な建物がひしめきあっていた。塀《へい》に囲まれた一軒家があるかと思えば、迷子石《まいごいし》のようにぽつんと建てられた小さな家がある。巨大な集合住宅の隣に二階建ての古いアパートがある。飲食店や小売店だけでなく、工場や倉庫まであった。美容院のすぐ隣に託児所《たくじしょ》があるのは、水商売をしている女性がターゲットだろうか。

同じような道を歩き回り、最終的に加賀が足を止めたのは、すぐそばに細い水路がある駐車場の前だった。十台以上は駐められそうだが、今は四台が並んでいるだけだ。地面は土のままで、つい最近雨が降ったらしく、水たまりがいくつかある。

「この場所だ。間違いない」加賀は駐車場を眺め、呟いた。

「ここにアパートがあったのか。じゃあ取り壊されたってことか」

「どうやらそうらしいな」

「そうなのか。やっぱり震災の影響かな」

「どうだろうな。俺が来た頃、すでにかなり古くなっていた。震災より、もっと前に取り壊されていた可能性が高いんじゃないか」

加賀の言葉を聞き、松宮は周りを見渡した。この場所で従兄の母親が亡くなったのかと思うと不思議な感じがした。彼女にとっては縁もゆかりもなかった土地のはずだ。

死ぬ前に、一目でいいから我が子に会いたかったはずだ。それを思うと胸が痛む——加賀の父親の台詞が蘇《よみがえ》った。

「行こうか」そういって加賀が歩きだした。

9

男性俳優《はいゆう》が台詞をしゃべっている途中で、諏訪建夫はそばのパイプ椅子を蹴っ飛ばした。

「遅いんだよ。それじゃタイミングが合わない。何度もいわせるなよ。そこで間が空くのは、ほんとにまずいんだ。おまえ、観客の身になって考えてみろよ。次に何が出てくるんだって、わくわくしてるんだぞ。台詞が終わった後、ちょっとでも間があったら、この場面はぶち壊しなんだ」

どうやら諏訪が叱《しか》りつけているのは、台詞をしゃべった役者ではなく、そばに置かれた机の陰に隠れている若い男性に対してのようだった。彼は首をすくめ、申し訳なさそうに謝っている。

周りにいる、ほかの役者たちは無表情だ。自分の演技だけに集中しているように見えるが、下手に口出しして諏訪から睨まれたら損だと割り切っているように見えなくもない。

松宮は北区《きた》王子《おうじ》にある、劇団『バラライカ』の稽古場に来ていた。小さな体育館といった感じの空間に机やら段ボール箱やらが置かれ、それを大道具に見立てて劇団員たちが芝居の稽古をしている。来月の公演を控え、追い込み中だということだった。

あのう、と横から声をかけられた。小柄な若い女性がそばにいた。ウインドブレーカーを羽織り、手には軍手《ぐんて》を嵌《は》めている。

「この分だと、いつ休憩に入るかわからないので、別室でお待ちいただけますか」

「そういう部屋があるんですか」

「はい。そんなに奇麗じゃないんですけど」

「わかりました。じゃあ、移動しましょう」

女性が案内してくれた部屋には、八人程度が囲める机と椅子があった。周囲の棚には小道具やら工具やらが並んでいる。机に置かれた灰皿は、今時珍しく吸《す》い殻《がら》で溢れていた。

お茶かコーヒーをお持ちしましょうかと訊かれたが、松宮は断った。彼女にも彼女なりの仕事がたくさんあるに違いないからだ。『バラライカ』では大道具は外注するが、小道具と衣装は役者たちが自前で準備するのが基本だと聞いていた。彼女にしても、今は裏方をしているが、役者に回ることもあるはずだった。

松宮は意味もなく腕を組み、吐息をついた。

新小岩で焼死したのが小菅のアパートの住人である越川睦夫、その正体はかつて加賀の母親と深い仲にあった綿部俊一――ここまで判明したのは大きな進展だった。だがそこから先の捜査は難航していた。押谷道子と越川睦夫殺しには必ず繋がりがあるはずなのだが、二人の接点は未だに摑めていなかった。宮城県警にも協力を要請し、綿部俊一と名乗っていた人物の情報を得ようとしているが、何ひとつ手がかりらしきものは得られていない。

かつて浅居博美と結婚していた諏訪建夫に会いに来たのも、特にこれといった目星《めぼし》があるわけではなく、消去法の一つに過ぎなかった。何の情報も得られないであろうことを確認しに来たわけだ。

ぼんやり待つこと約一時間、何か飲み物でも買ってこようかと腰を浮かしかけた時、ドアが開いた。

入ってきたのは、ポロシャツの上にダウンベストを羽織った諏訪建夫だった。

「お待たせしました。どうも、すみません。今日は予備の時間を取ってなくて」無愛想な口調でいい、椅子に腰を下ろした。だからさっさと用件を済ませろ、ということらしい。

「お忙しいところ、申し訳ありません。警視庁捜査一課の松宮といいます」

「前にも別の刑事さんが来ましたよ。浅居の中学時代の知り合いが殺されたとか。心当たりはないかと訊かれたけど、何もないとしか答えようがない。浅居と結婚してたのは、ずいぶん前のことだし、彼女が滋賀県にいた頃のことについては殆ど何も知りませんから」足を組みながらいう。鋭い目つき、高い鼻、そしてがっしりとした印象の顎は、舞台に立てば映えたに違いない。諏訪もかつては舞台俳優だったという話だ。

「お手間は取らせません。見ていただきたいものがあるんです」松宮は鞄から一枚の紙を取り出し、諏訪の前に置いた。例の越川睦夫――綿部俊一の似顔絵だ。

「誰ですか。これ」諏訪が訊いてきた。

「それを知りたくて、こうしていろいろな方のところを回っているんです。諏訪さんが知っておられる人の中に、この絵に似ている方はいませんか」

「私が知っているだけじゃなく、浅居に関わりがある人間の中でってことでしょう？」

「そのことはとりあえずお考えにならなくても結構です」

「そうはいっても、浅居のセンから私のところに来られたんでしょ？」諏訪は絵をちらりと見てから机に戻した。「いませんね。私の知り合いに、こういう人物はいない」

「もう少しじっくりと見ていただけませんか。そっくりでなくてもいいんです。雰囲気が似ているというだけでも結構です。もしそういう人がいるなら教えていただけませんか。その方には決して迷惑がかからないようにいたしますので」

諏訪は改めて絵に視線を落とし、ため息をついた。

「仕事柄、役者の知り合いはたくさんいます。ベテランの男優もね。彼等にこの絵を見せて、雰囲気の似た人物になってくれと頼めば、たちどころに化けてくれるでしょう。そういう意味では、数え切れないほどいるということになる」

「でもこの顔は素顔のはずなんです。メイクをしているわけでも、演じているわけでもありません」

「同じことですよ。役者の中には、ふだんでも素顔をさらさない人だっている。キャラクターを作っているわけです。そういう人の素顔は、我々だって知らない」

なるほど、と松宮は納得し、さすがは演出家だと感心した。こんな発想を持つ者は、特捜本部には一人もいなかった。

「ではそれらの人の中に、最近姿を見ないとか、連絡が途絶えている人はいませんか」

この質問に諏訪は少し身体を揺すって苦笑した。

「それまた数え切れませんね。何しろ浮き沈みの激しい世界ですから。あなた方だって知っているはずだ。ある芸能人がいつの間にかテレビに出なくなっていても、なかなか気づかない。それと同じですよ」

たしかにいわれてみれば、その通りかもしれない。松宮は頷かざるをえなかった。

「では役者さん以外ではどうですか。似た人はいませんか」

諏訪はうんざりした様子で、もう一度絵を見た。「この人、何歳ぐらいなんですか」

「正確なところは不明ですが、七十代ではないかとみられています」

「七十か……。強いていえば、ヤマさんに似てるかなあ」独り言のように呟いた。

「ヤマさん？」

「ヤマモトさんっていいます。舞台照明のプロで、昔よく一緒に仕事をしました。浅居も何度か世話になってるんじゃないかな」

「その方の連絡先はわかりますか」

「そりゃわかりますけど、番号が変わってるかもしれませんよ」諏訪は尻のポケットからスマートフォンを出してきて操作し、「この人です」といって画面を松宮のほうに向けた。

そこには山本という人物の電話番号とメールアドレスが表示されていた。松宮はそれを手帳に書き留めた。

「すみませんが、今かけてみていただけませんか」

「えっ、今ですか?」

申し訳ありません、と松宮は頭を下げた。

諏訪は不満げな顔つきで電話を操作し、耳に当てた。

「一応呼び出し音は鳴ってますね。……あっ、ヤマさん? 諏訪です。どうも御無沙汰しています。……いやじつはね、うちに警察の人が来てるんですけど、ヤマさんに用があるそうで。ちょっと替わります」

諏訪が差し出した電話を松宮は受け取った。

「もしもし、山本さんですか」

「はい、そうですけど」男性の低い声が戸惑ったように答えた。

「警視庁の松宮といいます。このたびは突然申し訳ありません。ちょっとした確認だけでしたので、お気になさらないでください。では諏訪さんに戻します」

松宮が電話を返すと、諏訪は当惑した表情で受け取り、再び耳に当てた。

「もしもし、まあそういうことでかけさせてもらいました。……いや、俺にもよくわからないんですよ。……ええ、また今度ゆっくり。……はい、どうも」電話を切った後、諏訪は怪訝な顔を松宮に向けてきた。「何のための電話ですか」

「今の方は間違いなく山本さん御本人でしたか」

「だと思いますよ。声がそうでしたから」

「そうですか」

無論、改めて確認する必要はあるが、おそらく山本本人だったのだろう。つまり外れだということだ。

「刑事さん、ある程度のことを話してもらえないと協力できませんよ」諏訪が声に怒気《どき》を含ませた。

「すみません。じつはこの似顔絵の男性は亡くなっているんです。警察では、殺害されたとみています」

諏訪の表情が少し引き締まった。

「殺害……浅居の同級生が殺された事件と関係があるんですか」

「その可能性が高いと考えています。ところが身元がはっきりしなくて困っているんです」

「そういうことですか。それで似顔絵を……。こんな面倒臭いことを、いちいちやってるわけですか」

「仕方がありません。それが我々の仕事ですから。ところで諏訪さんは、越川睦夫、あるいは綿部俊一という名前に心当たりはありませんか」松宮は手帳を開き、諏訪のほうに向けた。そこに二人の名前が書いてあるのだ。

「越川……綿部……いやあ、知らないなあ」諏訪は首を振った。

松宮は手帳を閉じ、似顔絵に手を伸ばした。

「ほかにこの絵に似ていそうな人はいませんか」

「思い当たりませんね。申し訳ないけど」

「そうですか」松宮は頷き、似顔絵を鞄に入れた。

「やっぱりあいつ、疑われてるんですか」諏訪が訊いてきた。「浅居のことですが」

「そうではなく、関係者全員について、こうしたことを調べているんです」

「じゃあ、私のことも調べてるんですか」

「それはまあ、それなりに」言葉を濁した。

諏訪は、ふっと唇を緩めた。「私はもう関係者じゃない」

「でも浅居さんと結婚しておられた」

「さっきもいいましたけど、ずいぶん前のことです。それにたったの三年です」

「そうらしいですね」離婚の理由については加賀から聞いて知っていたが、ここでは黙っていることにした。なぜ知っているのかと訊かれた時、答えに困るからだ。「でも結婚前の交際期間があるでしょ? 同じ劇団におられたわけだし、お二人とも、お互いのことは誰よりもよく御存じだったんじゃないんですか」

諏訪は、とんでもない、とでもいうように手を振った。

「何も知りませんでしたよ。たしかに一緒にいる時間は長かったけど、話をするにしても話題は芝居のことばかり。彼女の生い立ちすらよく知らない。彼女も私の過去には興味がないらしく、訊いてくることはなかった」

「好きな相手のことなら、何でも知りたくなるような気がしますが」

「それはふつうの恋人の場合だ。我々はそうじゃなかった。お互いの才能に惹かれ合って結婚したようなものです」

「では恋愛感情はなかったと？」

「全くなかったといえば嘘になりますがね。私のほうは女性としても彼女に惚れていました。でも向こうはどうだったんだろう。最初から、愛なんていう感情はなかったんじゃないかな」

「そんなことはないでしょう。別れた後だから、そう思うだけではありませんか」

「刑事さんは何も知らないからそんなふうにいうんです。浅居はね、一度たりとも私の子供をほしがらなかった。私のことを愛していれば、そんなことはないはずです」

それは加賀の話を聞いた時に松宮も感じたことだったが、簡単には同意せず、「おっしゃってることはわかりますが、一概にはいえないいんじゃないですか」といってみた。もう少し諏訪にしゃべらせてみようと思ったからだ。

「それだけではないんですよ」案の定、諏訪は話を続けた。「浅居には、私の前に深い関係になっていた男がいたんです。おそらくその男のことが、ずっと忘れられなかったんじゃないかな」

これは聞き捨てならない情報だった。「詳しく話していただけますか」

諏訪は肩をすくめた。

「詳しくもなにも、私が知っていることはそれだけです。その男がどこの誰かは知らない。彼女に男がいたというのは、別の人間から聞いたんです。浅居と仲の良かった女優ですよ。あ、でも今は芝居はやめちゃってるな」

月村《つきむら》ルミという芸名《げいめい》だと諏訪はいった。

「浅居が二十四、五の時だったと思うんですが、少し様子がおかしかったんです。ぼんやりすることが多く、稽古に身が入っていない。何やってるんだ、と叱りました。そうしたらエミコが教えてくれたんです。あっ、エミコというのは月村ルミの本名です。恋人と何かあったらしい、別れたのかもしれないってね」

「本当のところはどうだったんですか」

「わかりません。しばらくしたら、浅居も元気を取り戻しました。その少し後かな、私たちが付き合いだしたのは」

「つまり前の恋人と別れ、あなたとの交際をスタートさせたというわけですね」

「表面的にはそうですが、実際にはどうだったのかな」

「浅居さんは前の恋人のことを忘れていなかったんじゃないか、というんですか」

「まあ、そういうことです」

「そうお考えになる理由は何ですか」

「理由ねえ。そんな気がするとしかいいようがないが……」諏訪は首を傾げて考え込んでいたが、やがて何かが閃いたように顔を上げた。「一言でいうと彼女が女優だからかな」

「どういう意味ですか」

「そのままの意味ですよ。女優だから必要に応じて役を演じる。女優の表の顔なんか信じられないってわけです」諏訪は腕時計を見て、椅子から立ち上がった。「そろそろ時間だ。このへんで勘弁してください。浅居のところほどじゃないが、こっちも大きな公演を控えているんでね」

稽古場を出た後、松宮は道路脇に立って電話をかけた。相手は加賀だ。繋がるといきなり、何の用だ、と尋ねてきた。

「進捗《しんちょく》状況を知りたいと思ってね」

加賀たち日本橋署の捜査員は、例のカレンダーと橋の関係について調べているはずだ。

「こちらの捜査方針については特捜本部の石垣係長に伝えてある。今はそれにしたがって動いているところだ」

「それはわかってるよ。何か摑めたのかなと思ったんだ」

「おまえは自分に与えられたことだけをやっていればいいだろう」

「気になるんだよ。何しろ、親戚が関わっている事件だからな」

加賀のため息が聞こえた。

「うまい言い訳を思いついたものだな。率直《そっちょく》にいうと進展なしだ。例の似顔絵を使って聞き込みをしているが、これといった情報は摑めていない。俺もこれから一通り巡ってみるところだが、あまり期待はしてない」

「巡ってみるって？」

「橋巡りだ。あの書き込みにある橋は、神田川《かんだがわ》と日本橋川《にほんばしがわ》にかかっているんだが、その二つの川を船で回ってみようと思ってね」

「船？」松宮は電話を握りしめた。「その船、どこから出るんだ」

「浅草橋だ」

「出発は何時？」

「三時だが」

松宮は時計を見た。間もなく二時半になろうとしている。

「恭さん、頼む。俺もそれに乗せてくれ」そういいながら手を挙げた。うまい具合にタクシーの空車が来たからだ。

「おまえが？　何のために？」

「乗りたいんだよ。あの書き込みの橋を全部巡れるなら、こんな機会を逃がす手はない」

「構わんが、時間に遅れるなよ。待ってる余裕はないからな」

「わかってる。もう向かっている」タクシーに乗り込み、浅草橋まで、と運転手にいった。

神田川のそばにある乗船場に着いたのは、午後三時より数分前だった。加賀が入り口で待っていた。

「よく間に合ったな。あと一分待って来なかったら、出発するつもりだった」

「連れは？」松宮は訊いた。

「いない。俺一人だ」

「だったら、少しぐらいは待てるだろう」

「そういうわけにはいかない。捜査協力ということで、スケジュールの合間を縫って特別に出してもらうことになった船だ。おまえの都合には合わせられない」

加賀のあとについて階段を上り、乗船場に入っていった。小さな事務所があり、その前を通り過ぎる。不安定な足場の先に待っていたのは、詰めれば二十人ほどが乗れそうな船だった。甲板にベンチが一つ、設置してあった。

船に乗り込み、ベンチに座って周囲を見回した。神田川には大小様々な船が係留《けいりゅう》されていた。そして当然のことながら、川沿いの建物がすべて頭上にあった。こういう景色を見るのは、長年東京に住んでいながら初めてだった。

髪を茶色に染めた男性が乗り込んできた。年齢は三十代半ばだろうか。体格がよく、腕っ節が強そうだ。

よろしくお願いします、と加賀が挨拶した。顔見知りらしい。

松宮は名刺を出そうとした。すると男性は、顔をしかめて手を振った。

「いいです、いいです。加賀さんのお知り合いでしょ。それでいいです」

男性は藤沢《ふじさわ》と名乗った。

「加賀とはかなり長い付き合いなんですか」松宮は訊いてみた。

「どうかなあ。加賀さんが日本橋署に来てからだよね」男性が加賀に同意を求めた。

「そうですね」加賀が頷く。

「いきなり変なことを尋ねてきましたよね。七福神《しちふくじん》みたいに、橋を巡ったら御利益《ごりやく》があるっていう話はないかとか。そんな話聞いたことないって何度いっても、なかなか納得してくれなかった」藤沢は苦笑した。

やはり加賀は、ずっと前から十二の月と橋の関係について調べていたらしい。そう思うと松宮の胸の奥が少し熱くなった。

ふと思いつき、松宮は鞄を開けた。「見ていただきたいものがあるんですが」

「例の似顔絵なら、もう見てもらったぞ」加賀がいった。

「あっ、そうなんですか」松宮は藤沢を見上げた。

「さっき加賀さんから見せてもらいました。申し訳ないんですけど、あの絵に似ている人は知りません。たくさんのお客さんを乗せているから、その中にはいたかもしれないけど、お客さんの顔をじろじろ見ないのが俺たちのルールなんで……すみません」

「あっ、いえ、そういうことなら結構です」松宮は鞄を元に戻した。

「似顔絵というのは扱いが難しい」加賀がいった。「人間の感性に頼ったものだからな。宮本康代さんのようなケースは稀《まれ》だと思っていたほうがいい」

その通りだと思い、松宮は黙って頷いた。

大きな音をたててエンジンが始動した。それから少しして船が動きだした。脇に並べられた屋形船を追い越すように、神田川を上流に向かって進んでいく。

「川の両側にあるビルを見てみろ」加賀がいった。「こちら側に窓がたくさんあるビルと、極端に少ないビルがあるだろう。なぜだかわかるか」

　さあ、松宮は首を捻った。

「建てられた時期が関係している。昔は、川に向いた側など建物の裏に過ぎないという考えが主流だったから、窓が少ないんだ。しかし最近は、川を見下ろせることを一つの価値として考えるようになったから、積極的に窓を作るようになったというわけだ」

「へえ、よく知ってるな」

「もちろん、藤沢さんの受け売りだ」そういって加賀は操縦席《そうじゅうせき》に笑顔を向けた。

　これまでにも何度か、こうして橋を巡ったことがあるらしい。

　前方にひとつ目の橋が近づいてきた。

「左衛門橋だ」加賀が指差した。「現在、川の右側は台東《たいとう》区で左側は中央区だ。しかしあの橋をくぐると、左側は千代田《ちよだ》区になる」

「カレンダーの書き込みによれば」松宮は手帳を開いた。「三月の左衛門橋の次は、四月の常盤橋だ」

「知っていると思うが、常盤橋は日本橋川に架かっている橋だ」

「この船は日本橋川にも行くのか」

「もちろんそうだ。水道橋《すいどうばし》の先に分かれ道がある」

　それからしばらく船は真っ直ぐに進んだ。川から眺める景色は、松宮にとって新鮮なものだった。万世橋《まんせいばし》の駅舎跡《えきしゃあと》には明治を感じさせる雰囲気があった。そして聖橋《ひじりばし》を越えた先からは緑溢れる渓谷《けいこく》が続き、周囲の高層ビルがなければ、ここが東京であることを忘れそうだった。

「東京をこんなふうに眺めたのは初めてだ」

「一方向から見ているだけでは、本質はわからないってことだ。人にしても土地にしても」

加賀の言葉に、たしかに、と松宮は頷いた。

「浅居さんの元夫に会ってきた。諏訪という人物だ。その人がいってた。浅居は女優だから表の顔なんて信じられないって」

さらに松宮は、浅居博美は以前の恋人のことを想い続けているのではないか、と諏訪が疑っていることについても加賀に話してみた。

「心の恋人ってわけか。彼女なら、そういうこともあるかもしれない。意志が強そうだからな」

加賀は松宮のほうに顔を向けてきた。「特捜本部ではまだ彼女に疑いを?」

「一応マークはしている。だけど、疑いが薄れてきているのもたしかだ。押谷道子の件はともかく、越川睦夫殺しについては女には無理な犯行だという声が強い。共犯者がいれば話は別だけど」

「彼女に例の似顔絵は見せたのか」

「坂上さんが見せにいったらしい。似ている人間の名前を何人か挙げたらしいけど、全員今も生きていた」

「綿部俊一という名前については?」

「知らないそうだ。でも信用はできない。何しろ、女優だからな」

「ふん、なるほど」

船が水道橋を過ぎ、さらに進むと、川の分岐点があった。左側に、ほぼ直角に枝分かれしている。これが日本橋川らしい。

「日本橋川の存在って、あまり意識したことがなかったな」松宮は思わず呟いた。

「じつは俺もそうなんだ」加賀がいった。「その理由は間もなくわかる」

船が向きを変え、日本橋川を下り始めた。すると急に暗くなった。首都高速道路が真上にあるからだ。道路を支える太い柱が、川の真ん中に並んでいる。

「こいつのせいだ」加賀が上を指差した。「この先、隅田川《すみだがわ》に合流する手前まで、この無粋《ぶすい》な高速道路が続いている。東京オリンピックのために高速道路建設が不可欠だったが、用地を確保できなくて、苦し紛《まぎ》れに選んだコースがこれだ。おかげでグーグルの地図を見ても、高速道路のせいで日本橋川は殆ど存在感がない。それぞれの橋を渡る時も、川を渡るというより、道路の下をくぐるというイメージだ。だから東京に住んでいる俺たちでさえ、ふだんあまり意識しないというわけだ」

「なるほどね。納得」

「江戸時代は、この水運が経済や文化に大いに役立ったんだろうけどなあ」薄暗い川面《かわも》を見ながら加賀は吐息をついた。

船は下り続け、常盤橋に近づきつつあった。

「一月柳橋、二月浅草橋、三月左衛門橋、四月常盤橋……」手帳を開き、松宮は自分のメモを読み上げた。「一体どういうことなんだろうな。それぞれの橋が竣工《しゅんこう》した月かな」

すると今度は加賀が自分の手帳を開いた。

「柳橋の竣工は昭和四年七月、浅草橋は昭和四年六月、左衛門橋が昭和五年九月。全く一致していない」

さすがに、そんなことはすでに調べたらしい。

船が常盤橋をくぐり始めた。石造りのアーチが歴史を感じさせる。

「小菅のアパートにあったカレンダーってのは、月めくりだといってたな」手帳をしまいながら加賀が訊いてきた。

「そう。子犬の写真がついた月めくりカレンダーだ」

「その隅に橋の名前が記されていたんだったな。毎月、一つずつ」

「そうだけど、それが何か？」

うーん、と加賀は小さく唸った。

「たとえば今は四月だ。カレンダーの隅には『常盤橋』とだけ記されている。つまり四月中は、それ以外の橋のことは考えなくていいということじゃないか」

松宮はカレンダーが壁に掛けられていた状況を思い浮かべ、頷いた。

「覚え書きの意味を考えれば、たしかにそうかもしれない」

「越川睦夫が殺されたのは三月だが、四月以降のカレンダーにもすでに橋の名前が書かれていたんだったな。おそらくカレンダーを手に入れた時、すぐに書き込んだということになる。それほど大事なことだったわけだ」

次の橋が近づいてきた。一石橋だ。

「月が変わって五月になれば、カレンダーを一枚めくる」そういいながら加賀はカレンダーをめくる動作をした。「すると一石橋という書き込みが現れる。それを見て、越川睦夫はどう思っただろう」腕組みをした。「五月は一石橋。では今月は一石橋に行かなきゃいけないな……そんなふうに考えたんじゃないか」

「そうかもしれないけど、五月の何日？」

「わからん。何となく五月五日じゃないかって気がするが、こどもの日と一石橋には何の関係もない。五月三日の憲法記念日とも無関係だ」

一石橋を通過した。次に近づいてくるのは西河岸橋だ。周囲を見回し、六月に関する何かがないかと探すが、川縁《べり》の先に見えるのはビルばかりだ。

西河岸橋の次は、いよいよ日本橋だ。

「七月といえば七夕《たなばた》だ。日本橋で何か催《もよお》しはないのかな」松宮はいった。

「『七夕ゆかたまつり』というのがある」

「えっ、そうなのか」

「七月七日は『ゆかたの日』らしい。その日は銀行や旅行社の窓口業務の人たちも浴衣姿になるんだそうだ」

「じゃあ越川睦夫も、その日に日本橋に来ていたかもしれない」

「だが残念ながら、橋そのものには殆ど関係がない。そのイベントが催されるエリアは広く、東は浅草橋までである。関連はないと思う」

「なんだ、そうか」松宮はがっかりしながらも、さすがに加賀はいろいろなことを調査済みなのだなと感心した。

船の上から日本橋を見上げた。電飾灯《でんしょくとう》の麒麟《きりん》像が荘厳《そうごん》なオーラを発していた。

その後、江戸橋、鎧橋、茅場橋、湊橋と通過し、豊海橋の下をくぐって船は隅田川に出た。上流に向かって進んでいくと、神田川との合流点があった。本来の観光コースでは、ここからさらに隅田川を上り、最終的にはスカイツリー付近まで行くそうだが、今日はこのまま神田川に入っていった。

柳橋の下を通り、スタート地点の浅草橋に戻った。

「いかがでしたか」船を降りた後、藤沢が松宮に尋ねてきた。刑事たちの会話の邪魔をしてはいけないと思っていたのか、操船《そうせん》中、彼は殆ど無言だった。

「いい経験になりました。今度は仕事抜きで乗ってみたいです」

「是非そうしてください。隅田川から小名木川《おなぎがわ》に入っていくコースもお勧めです。扇橋閘門《おうぎばしこうもん》というのがあるんですがね、二つの水門を使って、水位が全然違う川を船が行き来できるようにした仕組みです。楽しいと思いますよ」

「わかりました。今度是非」

藤沢はにっこりと笑って頷いた後、やや躊躇いがちに口を開いた。

「お二人の話を伺ってて、ちょっと気になったことがあるんですけど」

「どんなことですか」

「七夕の話をしてましたよね。『ゆかたまつり』というのがあるけど、日本橋の橋自体とは関係がないとか」

「あの話が何か」松宮は訊いた。「じつは関係があるんですか」

「いや、たぶん『ゆかたまつり』と橋自体は関係ないです。そんな話は俺も聞いたことがありません。そうじゃなくて、橋自体が問題なら、七月にはもっと大きな行事があるだろうと思ったんです」

「どういう行事ですか」

「橋洗《はしあら》いです」

あっ、と加賀が声を発した。「そうだ、橋洗いがあった。たしかにあれも七月だ」

「橋洗いって？」

「デッキブラシやたわしを使って、日本橋を洗う行事です」藤沢が答えた。「放水車が橋に向かって水を撒いたりもします」

松宮はスマートフォンを取り出し、検索した。たちまち、たくさんの画像が見つかった。大勢の人々が橋の周囲に集まり、放水の模様を眺めている写真もあった。

「ほんとだ。なかなか大きな行事ですね」

「ちょっと見せてくれ」

加賀がいうので、画像を表示させたスマートフォンを渡した。

画面をじっと見つめていた加賀は、思案を巡らせる顔でスマートフォンを返してきた。

「何か？」松宮は訊いた。

「今は誰もがカメラを持ち歩いている時代だ。プロアマ問わず、橋洗いの様子を撮影したカメラマンを回れば、膨大な数の写真を集められるだろうな」

「そりゃそうだろう。ネット上でさえ、これだけあるんだから」

「逆にいうと、もし橋洗い見物に行ったならば、誰かが撮った写真に写っている可能性もあるわけだ」

「そうだけど……つまり、越川睦夫が写っているかもしれないと？」

加賀は黙って頷いた後、藤沢のほうを向き、「今日は、本当にありがとうございました」と礼を述べた。

「力になれたのならいいんですけど」

「十分です。ではこれで失礼します」加賀は大股で歩きだした。

松宮も藤沢に礼をいい、あわてて加賀を追いかけた。

「橋洗いの写真を集めるのか？」

「そうしてみようと思う。まずは主催者のところへ行ってみる」

「集めてどうするんだ。越川の顔なんてわからないのに」

「とりあえず、似顔絵に似た人物を探すしかないだろうな。そうして何人かをピックアップした上で、今度は越川を知っている人たちに見てもらう。場合によっては、宮本康代さんにも」

「ちょっと待てよ。どれだけの数になると思ってるんだ。そもそも、越川が橋洗いを見に行ってたかどうかもわからないのに」

「その通りだ。だから無駄に終わる可能性のほうが高い」

「それでもやるのか」

「当然だ。それが俺たちの仕事だ」

通りに出た加賀は、遠くに目をやった。タクシーを捕まえる気らしい。その横顔を見ているうちに思いついたことがあった。

「どれだけ無駄足を踏んだかで捜査の結果が変わってくる——だな?」

加賀は松宮を見て、にやりと笑った。「まあ、そういうことだ」

松宮がいった言葉は、亡くなった加賀の父親の口癖だった。

10

待ち合わせの店は銀座《ぎんざ》にあった。一階が洋菓子屋になった喫茶店だ。階段を上がっていくと、窓際にその姿があった。真剣な表情でテーブルに置いたパソコンを見つめている。

「ああ、やっぱりいた。あの人は、めったに時間には遅れないっていったでしょ」金森登紀子《かなもりときこ》は、後ろからついてくる佑輔《ゆうすけ》にいった。頷く佑輔は少し緊張気味だ。刑事に会うのは初めてだといっていた。

テーブルに近づいていくと、気配に気づいたらしく加賀が顔を上げた。登紀子たちを見て、やあどうも、と立ち上がった。「わざわざすみません」

「御無沙汰しています。お元気でした？」登紀子は訊いた。

「まあ、何とか」

「健康診断、してますか？」下から睨んでみる。

「今度受ける予定です。――ええと」加賀は、ばつの悪そうな顔をしてから、登紀子の後ろに視線を向けた。

「御紹介します。弟の佑輔です」

「そうですか。このたびは無理なことをお願いして、本当に申し訳ありません」加賀は名刺を差し出した。

「僕の写真なんかが、何かの役に立つんでしょうか」佑輔も自分の名刺を出している。まだ顔つきには学生っぽさが残っているが、一応名の通った出版社の写真部員なのだ。

「とにかく今は資料を集めている段階なんです。数があればあるほどありがたいという状況でして」

三人が席につくとウェイトレスがやってきた。何でも好きなものを注文してくれと加賀はいったので、登紀子はアイスミルクティーを注文した。しかし佑輔は、すぐに行かねばならないからといって辞退した。

「そんなにお忙しい中、御協力ありがとうございます」加賀が丁寧に頭を下げた。

「日本橋の橋洗いですよね」佑輔はジャケットのポケットから一枚のメモリーカードを出し、加賀の前に置いた。「これがそうです。百枚ぐらい入っていると思います」

「確認させていただいてよろしいでしょうか」

「もちろんです」

加賀はカードリーダーを使い、パソコンにメモリーカードの内容を読み込ませた。口元には薄い笑みが浮かんでいるが、目つきは鋭かった。その表情は、かつて登紀子の担当患者だった加賀隆正を想起させるものだった。加賀の父親だ。誇り高く、鉄の意志を持った人物だった。別れた妻が孤独死したという理由から、自らも一人で死んでいこうと決めていた。それに付き合う息子も息子だと思ったが、結局登紀子は彼等の気持ちを尊重した。内心では、今生《こんじょう》の別れをわざわざ離れた場所で迎えようとした父子に、それは違うのではないかと一言いいたかった。

そんな登紀子のところに加賀からメールがあったのは、昨日の夕方だ。連絡がほしいとのことだった。病院の仕事が一段落したところだったので電話をかけたところ、「弟さんについて、ちょっと訊きたいことが」と彼はいった。

「たしか、弟さんは出版社でカメラマンをされていたのではないですか」

驚いた。加賀のいう通りだった。

「なぜ御存じなんですか」

「法事を手伝っていただいた時、ちらりと耳にしました」

登紀子が加賀の法事を手伝ったのは事実だ。一周忌《いっしゅうき》もしていないのに三回忌もしないと聞き、お節介と思いつつ口出ししたのだった。だが弟の話をした覚えはなかった。

「カメラマンですけど、それが何か」

　すると加賀は、さらにおかしなことを訊いてきた。

　日本橋の橋洗いの撮影をしたことはないか、というのだった。

「橋洗い？　何ですか、それは」

「有名な行事なんです。出版社でカメラマンをされているのなら、もしかしたら撮影に行かれたこともあるかもしれないと思いまして。訊いてみていただけませんか」

　断る理由もなく、了承して電話を切った。すぐに佑輔に連絡してみたところ、「ああ、あるよ」と軽い答えが返ってきた。「三年ほど前に江戸の特集があって撮りに行った。それがどうかしたのか」

　ちょっと待ってといって電話を切り、再び加賀に連絡をした。佑輔の言葉を伝えると、是非ともその時の写真をお借りしたい、何とか頼めないか、というのだった。

　間に入って交渉するのも面倒臭い。そこで今日、こうして三人で会うことにしたのだ。

「なるほど、さすがはプロだ。いい写真ですね」加賀がノートパソコンをくるりと反転させた。液晶画面に日本橋がアップになっている。日本橋、と彫られた文字をめがけて放水車から水が噴《ふん》射《しゃ》されていた。

「かなり歴史のある行事だそうですね」佑輔がいった。「あのう、一応会社には断ってありますが、もしこの中の写真を使用する場合には……」

「大丈夫です。必ず、御連絡します」加賀はきっぱりといった。

「よろしくお願いします」

飲み物が運ばれてきた。いいタイミングだと思ったか、佑輔が荷物を抱え、立ち上がった。

「じゃあ、僕はこれで失礼します。メモリーカードは、不要になった時点で姉に返していただければ結構です」

「わかりました。間違いのないよう扱います」

「あとそれから……加賀さんって独身ですか」

この問いかけに、登紀子は驚いて佑輔を見上げた。こいつ、何をいいだす気なのか。

「そうですが」

だったら、と佑輔はいった。「今度、姉を誘ってやってもらえませんか。食事でも飲みにでも」

「ちょっとあんた、何いってんのよ」

「姉、かなりヤバイんですよ。若く見えるけど、三十をはるかに越えちゃってるし。親からも、もういい加減何とかしろっていわれてるんです。だからその、冷やかしでもいいんで」

「馬鹿っ。何が冷やかしよ。早く行きなさいっ」

「あっ、じゃあ、そういうことでよろしく」佑輔は片手を上げて席を離れ、階段を下りていった。

加賀は少し呆気《あっけ》にとられた様子だ。すみません、と登紀子は頭を下げた。

「あいつ、いつもああなんです。くだらないことばっかりいって。冗談ですから、気にしないでください」

「楽しい弟さんだ。それに写真の腕もたしかだ」そういって加賀はパソコンの画面に視線を向けた。

登紀子はミルクティーを飲んだ。「今、加賀さんが担当している事件に、橋洗いが関わっているんですか」

加賀の鋭い目が彼女に向けられた。ごめんなさい、とすぐに手を上げた。「そんなこと、いえませんよね。捜査上の秘密だから」

加賀はノートパソコンを畳み、おそらく冷めているであろうコーヒーを口にした。

「事件にも関わっているんですがね、それ以上に俺自身の問題でもあるんです」

えっ、と訊いた。「加賀さん御自身に関係が？」

「まだ何ともいえません。ただ最近起きたある事件の被害者と、仙台で亡くなった母に繋がりがある可能性が高いんです。だから今回の事件の謎を解けば、母のことも何かわかるかもしれない」

「そうだったんですか……」

「もちろん、公私混同は論外ですがね」加賀は明るい口調でいった。

「お母様のこと、やっぱり気になりますよね」

登紀子の言葉に、加賀は微苦笑を浮かべた。

「今さらとは思うんです。でもやっぱり、知りうるものなら知っておきたい。母がどんな気持ちだったのかをね。まあ、いい歳をした男のマザコン話です」

「私には何もわかりませんけど、亡くなる時、お母さんは一人息子のことだけを考えていたんじゃないかと思います」

「そうなのかな」

「そうに決まっています」登紀子は思わず口を尖らせた。「以前、ある患者さんから聞いたことがあるんです。その人は自分が助からないことはわかっておられました。でも、ちっとも悲観的ではないんです。むしろ、あの世に行くことを楽しみにしている様子でした。どうしてだと思います？」

加賀は無言で首を振った。彼の顔を見つめて登紀子は続けた。

「その方にはお子さんがいました。子供たちの今後の人生をあの世から眺められると思うと楽しくて仕方がない――そうおっしゃったんです。そのためには肉体なんか失ってもいいって……」

その患者のことを思い出し、言葉を詰まらせそうになったが、登紀子は深呼吸して加賀の顔を見つめた。「きっと、加賀さんのお母さんもそうだったと思います」

加賀は真摯《しんし》な視線を返してきた後、口元を緩めて頷いた。「ありがとう」

「ごめんなさい、生意気なことばかりいって」

「とんでもない。あなたはいつも、刑事が知らないことを教えてくれる」

「私は看護師ですからね」登紀子は胸を張った。「見つかるといいですね、お母様に繋がる手がかり」

はい、といって加賀はコーヒーを飲み干した。それから何か思いついたような顔を登紀子に向けた。「さっきの弟さんの話ですが、冗談抜きでいかがですか？」

「はっ？」

「いや……今度の事件が片付いたら食事でもどうかと思いまして」

ああ、登紀子は頷いた。

「ええ、喜んで。その時にはお母さんのお話も聞かせていただけるんでしょう？」

「そうなるといいんですが」加賀は窓のほうを向き、遠くに視線を投げた。

11

昨夜から降り始めた雨は午後になって上がった。寒気が入り込んだとかで、四月とは思えないほど空気が冷えていた。松宮はコートを着てこなかったことを後悔した。

特捜本部を出る前、小林に行き先と目的を話した。小林は頷きつつも、表情は冴《さ》えなかった。成果に期待できないと思ったからだろう。松宮自身がそう思っているのだから、当然のことではあった。諏訪建夫に会いに行った時と同様、消去法の手順を踏んでいるにすぎない。

捜査は相変わらず膠着《こうちゃく》状態が続いている。連日、大勢の捜査員が動き回っているが、これといった手がかりは得られていなかった。

加賀からも何の連絡もなかった。彼のことだから、実際に橋洗いの写真を集めたに違いない。膨大な数の写真を一枚一枚睨んでいる姿が目に浮かんだ。あの従兄が、真相を見破るためならとてつもない忍耐力を発揮することを、松宮はこれまでの付き合いでよく知っている。

松宮は代官山《だいかんやま》に来ていた。駅から徒歩数分のところにある住宅地だ。洒落た一軒家が並んでいる。事前に場所を確認してあるので、目的の家に辿り着くまで迷うことはなかった。焦《こ》げ茶《ちゃ》色を基調にした洋風の邸宅だった。岡本《おかもと》、という表札が出ている。建てられて、まだそれほど年数は経っていないように見えた。

インターホンのチャイムを鳴らした。はい、という女性の声。

「先程、お電話した松宮という者です」警視庁の名は出さなかった。周囲に人影はないが、どこで誰が聞いているかわからない。

どうぞ、といわれたので松宮は門を開け、玄関まで進んだ。間もなく玄関のドアが開き、女性が顔を見せた。さすがに元女優だけあって目鼻立ちがはっきりしている。肌も奇麗で、とても四十代には見えなかった。

「岡本恵美子《えみこ》さんですね」

はい、と彼女は答えた。

松宮はバッジを示した後、名刺を出した。

「改めまして警視庁の松宮といいます。このたびは、突然すみません」

「いいえ……」

「どうされますか。どこかでお茶でも飲みながら、ということでも構わないのですが」

「いいえ、どうぞお入りになってください。家の中のほうが落ち着きますので」

「そうですか。では、失礼させていただきます」

どうぞ、と促されて松宮は邸内に足を踏み入れた。玄関ホールには、かすかに芳香剤《ほうこうざい》の匂いが漂っている。広い靴脱ぎに余分な靴は置かれておらず、やや大きめのスニーカーとサンダルが隅に寄せられているだけだった。

「どなたかいらっしゃるんですか」松宮は訊いた。

「先程、息子が学校から帰ってきました」彼女は、ちらりとそばの階段に目をやった。ホールは吹き抜けになっており、二階の手すりを見上げることができた。

通されたのは、ダイニングルームに隣接した居間だった。お構いなくといったのだが、岡本恵美子はお茶を淹れてくれた。いただきます、といって松宮は一口啜った。

湯飲み茶碗を置いてから室内を見回していると、「どうかされましたか?」と彼女が尋ねてきた。

「いや、女優さんだった頃の写真が飾られていないのかなと思いまして」

岡本恵美子は、ふっと苦笑を浮かべた。

「そんなもの飾りません。女優をしていたといっても短い期間でしたし、端役《はやく》ばかりで代表作なんて何もありません。『月村ルミ』なんていう芸名、今では誰も知らないんじゃないでしょうか」

「そうでもないですよ。インターネットで調べたら、すぐにいろいろと見つかりました」

松宮の言葉に元女優は形の良い眉をひそめた。

「インターネットには参ってしまいます。息子には女優時代のことは何も話してなかったんですけど、あれのせいでいろいろと知られてしまって……。本当に迷惑です」言葉には実感が籠もっていた。

劇団『バラライカ』に所属していた神奈川県川崎《かわさき》市出身の元女優。本名は岡本恵美子で旧姓は梶原《かじわら》——『月村ルミ』で検索すれば簡単に知り得る。若い頃の写真だって見られる。たしかにインターネットは一般人には便利だが、元芸能人にとっては嫌な道具なのかもしれない。

「あなたのことは諏訪建夫さんから聞きました」松宮はいった。「先程の電話でもお話ししましたが、浅居博美さんについてお訊きしたいことがあるんです。現役時代、浅居さんとは親しくしておられたそうですね」

「そうですね。まあ、親しかったほうだとは思います。でも今は、殆ど連絡を取ってないんですけど」岡本恵美子は慎重な言い方をした。

「親しくしておられた頃のことをお尋ねしたいんです。浅居さんが諏訪さんと結婚されるよりも前のことです。浅居さんは別の男性と交際していたそうですね。そのことを岡本さんは御存じだったとか」

岡本恵美子は当惑の色を浮かべた。「そんな昔のことなんですか」

「諏訪さんから聞いたんです。浅居さんの様子がおかしい時があって、どうしたのかと思っていたら、恋人と別れたんじゃないか、とあなたが教えてくれたと」

岡本恵美子は少し気まずそうな顔をした。

「たしかにそういうことがありました。私がまだ二十代半ばの頃です。諏訪さん、まだそんなことを覚えてたんですね」

「当時、浅居博美さんに恋人がいたことは確かなんですね」

「それは確かだったと思います」

「相手の方はどういう方ですか。名前は御存じですか」

「いいえ、名前は聞いていません。どういう人かも、詳しくは知りません」

「ではあなたが知っていることだけでも話していただけますか」

岡本恵美子は顎を引き、疑わしそうに上目遣いをした。

「これ、どういう事件の捜査なんでしょうか。そういうことをお知りになりたいのなら、博美さん本人にお尋ねになったらいいんじゃないですか」

「いずれは御本人に訊くことになるかもしれません。しかし、まずは周りの方のお話を聞いてから、というのが我々のやり方でして」

「博美さんが何かの事件に関係しているんでしょうか」

松宮は笑みを浮かべた。

「ある事件の被害者と何らかの繋がりがある方全員について、様々なことを尋ねて回っています。浅居博美さんも、そのうちの一人だということです。浅居さんが事件そのものに関係しているかどうかは不明です。それを明らかにするための捜査だと思ってください」

「こんな古い話が役に立つんですか」

「わかりません。結果的には何の役にも立たないかもしれません。自分たちの仕事は、そういうものなんです。どうかご理解を」松宮は頭を下げた。

岡本恵美子はやや不満げな表情ながら頷いた。

「同い年ということもあって、博美さんと仲が良かったのは事実です。でも恋人がいるってことは、なかなか話してくれませんでした。私が知ったのはたまたまなんです」

「というと？」

「彼女の誕生日の夜に、プレゼントを渡そうと思って部屋に行ったんです。彼女、その日は特に予定がなくて部屋にいるといってましたから」

「何時頃ですか」

「たぶん八時か九時頃だったと思います」

「あなた一人で、ですか？」

岡本恵美子は口元を緩めた。

「私にも恋人がいて、その人と一緒に行きました。彼は車の中で待ってましたけど」

「なるほど。それで？」

「でも博美さんは留守だったんです。それでがっかりして彼の車に戻ったら、ちょうどその時彼女が戻ってきました。しかも男性と一緒でした。こちらは車の中にいたので、向こうは気づかないみたいでした。私はどうしようかと迷いました。そうこうするうちに二人はマンションの前で足を止めて……」岡本恵美子は少しおどけた顔で続けた。「暗がりの中でお別れのキスを」

「あ、そういうことでしたか」

「博美さんがマンションに入るのを見届けてから、男性は立ち去りました。それから私はプレゼントを手に、改めて彼女の部屋を訪ねたんです。彼女は驚きつつも喜んでくれました。でも自分の帰宅直後に私が来たことについて、少し訝《いぶか》しんでいるようでもありました。それで正直に話したんです。二人の姿を見たってことを。彼女は恥ずかしそうにしながら、あまり人には話さないでくれっていいました」

「あなたは相手の男性の顔を見ましたか」

岡本恵美子は首を振った。

「暗かったし、角度が悪くてよく見えませんでした」

「男性について、浅居さんから詳しいことは聞かなかったんですか」

「昔から世話になっている人だといってました。でもそれ以上のことは聞いてません。私も詮索するようなことはあまり好きではないし」

「その男性と別れたということも、浅居さん本人から聞いたのですか」

「いえ、それは私の想像です。彼女がペンダントをしなくなっていたので」

「ペンダント？」

「ルビーのペンダントです。普段は着けていることが多かったんですけど、ある時期から着けなくなっていました。ああそうだ、彼女の誕生日は七月でした」不意に思い出したように岡本恵美子はいった。「ルビーは七月の誕生石なんです。だからたぶん恋人からプレゼントされたものじゃなかったのかなと」

「諏訪さんがいっておられた、浅居さんの様子がおかしかった頃というのが、ちょうどその時期なわけですね」

「そういうことです」

松宮は頷いた。岡本恵美子の話には妥当性があった。ペンダントが恋人からのプレゼントだったのではないかという想像は、おそらく的《まと》を射《い》ているだろう。

「私の知っていることは、これがすべてです。これ以上のことは何もお話しできません」

「ではあなた以外で、浅居さんの恋人だった男性について知っている方、または知っていそうな方はいませんか」

「さあ……私は知りません」

「最後に一つだけ。綿部俊一、あるいは越川睦夫という名前を聞いて、何か思い出すことはありませんか。こういう字を書きます」松宮は手帳を広げ、二人の名前を書いた頁《ページ》を岡本恵美子に見せた。

彼女は眉をひそめて手帳を見つめた後、「申し訳ないですけど、どちらも心当たりはありません」といってかぶりを振った。


松宮が特捜本部に戻ると、少し雰囲気が変わっていた。小林を中心に数名の刑事が語り合っている。坂上の姿もあった。その様子からは、久しぶりに活気のようなものが感じ取れた。

「おう、どうだった？」小林が松宮に尋ねてきた。その声も心なしか明るい。

松宮は岡本恵美子から聞いたことを報告した。

「男の正体はわからずか。まあ、仕方ないな。今回の事件に関わっているとも思えんし。了解、その件についてはそこまででいい。御苦労だった」

松宮は頭を下げ、ついでに机の上を見た。そこに置いてあったのは時刻表だ。しかもかなり古いものだった。今から二十年近くも前の年度が記されている。

「その時刻表は？」

「これか」小林が手に取った。「日本橋署の加賀君が提供してくれた品――彼のお母さんの遺品だが、その中に時刻表があった。それと同じものを入手したんだ。本物は鑑識《かんしき》のほうにある」

「それが何か？」

「鑑識が大きな発見をしてくれた。まず、時刻表の表面についている指紋を調べた結果、越川睦夫の部屋から採取したものと一致するものが複数見つかったらしい」

松宮は目を見張った。「本当ですか」

「間違いないそうだ。これで、越川睦夫がかつて仙台にいた綿部俊一なる人物と同一であることが客観的に証明された。鑑識によれば、付いている指紋の数や場所から考えて、問題の時刻表は加賀君のお母さんではなく、綿部俊一氏が主に使用していた可能性が高いということだ」

小林の話を聞き、松宮は首を縦に振った。

「加賀警部補によれば、彼のお母さんはあまり出歩く人ではなかったようです。時刻表などはあまり必要なかったかもしれません。たしかにそれは大きな発見ですね」

「驚くのは、まだ早いぞ。鑑識は、時刻表のすべての頁について、指紋の付着を調べてくれた。その結果、ある特定の頁に集中して付いていることが判明した」小林は机に置いてあった写真を松宮に見せた。

そこに写っているのは、広げた時刻表の頁のようだった。あまりに薄暗く、どこの頁なのかはわからない。だが頁の両端に、緑色の指紋がいくつも浮かび上がっていた。特殊な光源とフィルターを使って撮影されたものらしい。最新の指紋検出技術だ。

「この頁だ」小林が時刻表を開いた。

それは仙石線の時刻表を載せた頁だった。仙台と石巻《いしのまき》を結ぶ鉄道だ。

「さらに鑑識が詳細に調べたところ、指先で頻繁に触っている駅名があることもわかったらしい。それがこの駅だ」

小林が指したのは『石巻』という駅名だった。

「仙台と石巻間を頻繁に行き来していたということでしょうか」

「頻繁かどうかはわからんが、行き来することがあったのは間違いない。問題は何のために石巻に行っていたかだ」

「石巻といえば……やはり漁業ですかねえ」

ははは、と後ろから笑い声が聞こえた。坂上だった。

「俺と同じことをいってやがる。まあ、ふつうはそう考えるよな」

「違うんですか」松宮は小林に訊いた。

小林は、にやにやした。

「インターネット世代は本になった時刻表なんてものを使ったことがないから、単純にそう考えてしまうんだな。目の前に示されているのが仙台発石巻行の時刻表で、石巻という文字に触れた形跡があると聞けば、そこが最終目的地だと思い込んでしまう」

あっ、と声を漏らした。「そうか。そこから乗り継いだ可能性もあるんだ」

「そういうことだ。じつはほかにも指紋が多数検出された頁があった」小林が時刻表の次の頁を開いた。

そこには石巻線の時刻表が記されていた。小牛田《こごた》駅と女川《おながわ》駅を結ぶ鉄道で、途中に石巻駅がある。

「この時刻表にも指でなぞった跡があるそうだ。この駅だ」小林が指した。

「女川駅……」

松宮が呟くと、小林は真顔になって頷いた。

「石巻線の終点だ。ここから先へはどこにも行けない。綿部氏の最終目的地は女川だったと考えていいんじゃないか」

「女川といえば――」

「原子力発電所」またしても後方から声が聞こえた。だが今度は坂上ではなかった。振り返ると、加賀が近づいてくるところだった。手に紙袋を提《さ》げている。

「加賀君、わざわざすまなかったな」小林がいった。

「いえ、電話でもいいましたように、こちらからも御連絡しようと思っていたところだったんです」加賀は松宮たちのところへ来ると、紙袋を床に置いた。「時刻表から指紋が出たとか」

「そうだ。これが問題の頁だ」小林は石巻線の時刻表を指した。

加賀は時刻表を手にし、小さく唸った。

「長い間手元にありながら、全く気づきませんでした」

「無理もない。肉眼では指紋の存在を確認できないからな。それより、これまで君が素手で触らずにいてくれたことが大いに役立った」

「それはまあ、習慣というやつです」

「で、原発に心当たりがあるということだったな」

加賀は時刻表を小林に返し、はい、と答えた。

「以前、宮本康代さんから聞いたことがあるんです。母が綿部俊一氏について、電力関係の仕事をしているらしいといっていたと。先程、宮本さんに電話で確認しました。やはり間違いありませんでした。ただし、原発だったのかどうかまでは聞いてないということでしたが」

「今は震災の影響で交通が不便だが、当時女川と仙台は一時間半ほどで行き来できていた。綿部俊一氏が原発作業員でふだんは女川にいて、仕事が休みだった時などに仙台に行っていた可能性は高いと思われる」

「同感です。宮本さんの話では、綿部氏は遠隔地で仕事をするため、一定期間宮城県を離れることもあったそうです。原発作業員の多くは、定期点検が終了すると仕事を探して別の原発に移動するといいます」

「決まりだな。女川原発の作業員を当たってみよう。――おい、段取りを組んでくれ」

声をかけられた刑事が了解です、といってほかの者と共に机を囲んだ。

「ようやく一歩前進だ。これで係長の顔を立てられる」小林は安堵の表情で時刻表を机に戻した。

「今日は石垣さんは？」加賀が訊いた。

「管理官と一緒に本庁に行っている。そういえば君からも連絡事項があるということだったな。俺が代わりに聞いておこう」

加賀は床に置いていた紙袋から分厚い一冊のファイルを出してきた。

「松宮刑事から聞いておられるかもしれませんが、七月の橋洗いという行事に着目し、写真を集めました。これは、その一部です」

「その話は聞いたよ。着眼点は悪くないと思うが、気が遠くなるような話だ。一体、何枚集めたんだ」

加賀は少し首を傾げ、「あちこちからかき集めて……全部で五千枚弱ってところですかね」と答えた。

小林は口をあんぐりと開け、松宮のほうを見た。松宮も言葉がなかった。

「その中から越川、つまり綿部俊一氏らしき人物を見つけ出そうってのか。似顔絵だけを頼りに」

「難しい作業であることは事実です。手が空いている若い連中を捕まえては、手伝ってもらっていますが、なかなかうまくはいきません。似顔絵というのは、人によって見え方が違うようでして」

「そうだろうな。では今日の用件は何だ」

加賀は持っていたファイルを開いた。

「綿部氏を見つけられるかどうかはまだわかりません。しかし、非常に重要な人物が写っている一枚の写真を発見したので、こうしてお持ちした次第です」

「重要な人物？」

「御覧になればわかります」

彼が指差した写真には、子供たちがブラシを使って橋の上を洗っている様子が写っていた。近くにいる大人たちは、彼等にカメラを向けている。

だがこの写真に関していえば、それらは背景に過ぎなかった。カメラマンは明らかに、すぐ手前にいる女性の横顔に焦点《しょうてん》を合わせていた。

やや濃いめの眉、切れ長の目、緩やかにカーブした鼻梁《びりょう》、そして意志の強さを感じさせる真っ直ぐに閉じられた唇――浅居博美に相違《そうい》なかった。

「ああ、そうか。こんな写真も混じってましたか。それは失礼しました」矢口輝正《やぐちてるまさ》は写真を手にし、首をすくめてみせた。年齢は四十代半ばといったところか。小柄だが、やや肉付きがいい。セーターの腹の部分が丸くせり出していた。

「日付によれば、八年前に撮影されたようですね」

加賀の質問に、矢口はひょいと頭を下げた。

「その通りです。橋洗いの撮影を頼まれて三年目でしてね、撮るポイントとか、いろいろとわかってきた頃でした」

「この写真を見たかぎりでは、たまたま写り込んでしまったようには見えないんですが」

「あっ、それは……ええ、わざとです」矢口は照れ笑いを浮かべ、右手を頭の後ろに当てた。

「子供たちが橋を洗っているところを撮ってたんですが、ふと近くを見たら角倉博美がいるじゃないですか。それまではサングラスをかけてたんで気づかなかったんですが、この時だけ外してたんです。僕、昔わりと好きだったんですよ。今はあまり自分で演じることはないみたいだけど、やっぱり女優さんは違いましたね。顔の輝きが一般人とは別物なんです。それでこっそりとシャッターを押したというわけでして。そうかあ、この写真のことはすっかり忘れてたなあ。刑事さんにお渡しする前に一通り見ておけばよかった」

松宮と加賀は、銀座の喫茶店にいた。フリーカメラマンの矢口に会うためだった。矢口は某旅行代理店に頼まれて、十年前から日本橋の橋洗いの写真を撮っているということだ。それらの中に、問題の写真があったというわけだ。

「撮ったのは、この一枚だけですか」加賀が訊いた。

「角倉博美を撮ったのは、この一枚だけです。本人に気づかれて、面倒臭いことになってもまずいですからね。それに今もいいましたように、サングラスを外してたのは一瞬だけだったんです」矢口は口をすぼめてストローをくわえ、アイスコーヒーを飲んだ。

「彼女は一人でしたか。連れはいませんでしたか」

さあ、と矢口は首を捻った。

「誰かいたのかもしれないけど、気がつきませんでした。よく覚えてないですけど、一人でぽつんと立っていたような気がするんですけどねえ」

「そうですか。ぽつんと……」

あのう、と矢口が加賀と松宮を交互に見た。

「これって、何の捜査なんですか。この写真が何か問題になってるんですか」

「いえ、決してそういうわけではありません」加賀が答えた。「先日もお話ししたと思いますが、ある事件に橋洗いの行事が関係している可能性があるんです。それでお借りした写真などを分析しましたところ、この写真にだけ女優さんが写っていたものですから、この年は何か特別なことでもあったのかなと思いまして」

「ああ、そういうことですか。いや、特別ってことはなかったと思います。いつも通りです。今、話しましたように、たまたま角倉博美がいたので撮っただけです」

「そうでしたか。角倉さんと話をされたわけでは？」

「してないです」矢口は手を横に振った。

加賀が松宮のほうに視線を投げてきた。何か質問はあるか、という意味のようだ。

「橋洗いで角倉さんの姿を見かけたのは、この時だけですか」松宮は訊いた。

「そうです。毎年来てるのかもしれないですけど、僕は見てないです」

矢口の答えを聞き、ありがとうございました、と頭を下げた。

喫茶店を出るなり、「どう思う？」と加賀が訊いてきた。

「当たりだよ。間違いない」松宮は即答した。「例のカレンダーの書き込みと浅居博美は関係がある。八年前の七月、彼女は日本橋にいた。しかもそれは明らかにプライベートな行動だった。もしかしたら一月には柳橋に、二月には浅草橋に行ったのかもしれない。三月は、ええと……」

「左衛門橋だ。そして四月は常盤橋」

「そうだった。そんなふうに、あのカレンダーに書き込まれた順番で橋を訪れてたんじゃないか。もしかしたら毎年」

「その可能性はある」

「この推理が当たっているなら、浅居博美は押谷道子と越川睦夫という二人の被害者と繫がりがあるってことになる」

「そういうことだな」加賀の声が少し沈んだ。

「恭さんの気持ちはわかるよ。浅居博美を疑いたくないんだろ。でもこうなったかぎりは私情は捨てなきゃしょうがない」

松宮がそこまで話した時、不意に加賀が足を止めた。

「私情が全くないといえば嘘になる。彼女を疑いたくないのも事実だ。しかし、だからこそ確かめずにはいられなかった。五千枚の写真を睨みながら、俺は彼女の姿が見つからないことを願っていたのかもしれない」

「彼女の姿？　恭さん、似顔絵の人物を探していたんじゃなかったのか」

「表向きはな。あの段階で俺が勝手に浅居さんに関する捜査をしたんじゃ、おまえたちに対して失礼だろ」

「そういうことか。道理《どうり》で変だと思った」

「いくら俺でも、似顔絵だけを頼りに、会ったこともない人物を五千枚の写真から見つけられるとは思わんぞ」

「若い連中に手伝わせたってのは？」

加賀は苦笑した。「軽い嘘だ」

「なんだ、そうなのか。つまりは結局恭さんも、浅居博美を怪しいと思ってたってわけだ。自分にとって思い入れのある人物だけに、ぴんときたってところか」

加賀は険しい顔で松宮の胸元を指差した。「それだ」

「何だよ、一体」

「ずっと気に掛かっていることがある。それは、今回の事件があまりにも俺個人に関係しているということだ。越川睦夫が綿部俊一氏だったというのはいい。長く刑事をしていれば、被害者が自分の知っている人間だったということも起こりうるだろう。だが容疑者までもがそうだというのは、偶然が過ぎるんじゃないか。俺がその二人を知った経緯は、全く別なんだぞ」

「それは俺もそう思うけど、実際に起きてしまったんだから仕方がない。偶然過ぎるという理由で、浅居博美を容疑者リストから外すわけにはいかない」

加賀は首を振った。「俺はそんなことはいってない」

「じゃあ、なんだっていうんだ」

「偶然ではなく必然じゃないか——そういってるんだ」加賀は遠くに目を向けた。

12

いつものように明治座の事務所に入ると、角倉さん、と顔見知りの女性社員が声をかけてきた。「お客様が見えてるんですけど。こういう方です」

差し出された名刺を見て、博美は不吉な予感を覚えた。だが、ああ、と何でもないふうを装《よそお》い、「どこでお待ちかしら」と明るく訊いた。

「応接室です。御案内します」

案内された部屋のドアを開けると、後ろ姿が見えた。一人だった。相手が振り向くより先に、お待たせしました、と広い背中に向かっていった。

加賀は振り返り、立ち上がった。

「お忙しいところを申し訳ございません」そういって一礼した。

「たしかにあまり時間はないんですけど、芝居の感想を聞かせていただけるのなら大歓迎です」

博美は彼に座るよう手で促し、自分も向かい側に腰を下ろした。「いかがでしょうか、『異聞・曾根崎心中』の出来は？」

加賀はぴんと背筋を伸ばした。

「一言でいえば、大感激いたしました。見事としかいいようがありません。家に帰ったら、両手が真っ赤でした。手を叩きすぎたからです」両方の手を広げてみせた。

「それを聞いて安心しました。金返せ、とはならなかったんですね」

「倍払ってもいいぐらいです。ほかの人間に薦めたいのですが、そろそろ千秋楽ですね」

「あっという間でした。でも無事に乗り切れそうでほっとしているんです。とはいえ、まだ油断はできませんけど」

「映画と違い、生身の人間のすることですからね。最後までアクシデントがないことを祈っています」

「ありがとうございます。あの、加賀さん」博美は腕時計に目をやった。「もっと感想を聞いていたいんですけど、あまり時間が……」

「あっ、どうもすみません」加賀は腰を上げた。

一瞬、本当に感想を述べにきただけなのかと博美は思った。だが加賀は思い直したように動きを止めると、「変なことを訊いてもいいでしょうか」といって再び座った。

「何ですか」

加賀は上着の内ポケットに手を入れ、一枚の写真を出してきた。

「これ、覚えがありますか」

受け取った写真を見て、博美はぎくりとした。そこに写っているのは彼女自身だったからだ。背景の様子から、いつのものなのかすぐにわかった。

「どうして加賀さんがこんなものを……」

「ある事件の捜査で、日本橋の橋洗いの写真を集めていたんです。するとたまたまその写真が見つかったというわけです」

加賀が長い腕を伸ばしてきたので、博美は写真を返した。

「驚きました。撮られてたなんて全然知りませんでした」

「そうでしょうね。これは八年前だそうです。橋洗いは毎年見物されるんですか」

「いえ、あの時だけです」

「どなたかと御一緒に？」

どう答えるべきか迷ったが、「一人でした」と発していた。

「わざわざ橋洗いを見に、日本橋に行かれたのですか」

「いえ、たまたま通りかかったんです。すごい人だかりができていたので何かなと思って。あの……それが何か？」

「いえ、橋に興味がおありなのかなと思いまして」加賀は写真を懐にしまった。

「橋……ですか」

「今年の一月、柳橋に行かれたみたいですね」

「はっ？」博美は眉根を寄せていた。「柳橋？　何のことですか」

「行っておられない？　おかしいな」加賀は手帳を出し、中を広げて首を捻った。

「どういうことでしょうか」

「いや、今年の一月、柳橋の近くであなたを見たという人がいるんです。あなたに間違いなかったとおっしゃってるんですがね。一月の何日だったのかは覚えてないそうですが。よく考えてみてください。お忘れになってるんじゃないですか」加賀は、じっと博美の目を見つめながら訊いた。

博美は目を合わせたまま口元を緩め、小さく首を振った。

「いいえ、そんなところには行っておりません。柳橋なんて、近づいたこともありません。その方は誰かと見間違えたんですよ」

加賀は頷いた。

「そうですか。あなたがそうおっしゃるんだから、その通りなんでしょう。失礼しました。もしあなたが一月に柳橋に行っておられたら、橋巡りの法則について何か御存じかと思ったのですが」

「橋巡りの法則？　何ですか、それ」

「こういうものです」加賀は手帳を広げ、博美のほうに向けた。

そこには、『一月　柳橋　二月　浅草橋　三月　左衛門橋……』というように十二の月と橋の名称が並んでいた。

「これ、別の刑事さんからも見せられました。坂上さんとおっしゃったかしら。変な似顔絵を持ってこられて、その時にこれについても訊かれました。何か知らないかって。加賀さん、あの事件の捜査をしておられるんですか。押谷道子さんが殺された事件の……」おそらくそうだろうと薄々気づいていたが、今ようやく察知したような顔を作っていった。

「この件に関してだけです。ここに書かれている橋は、すべてうちの管内にあるものですから」

加賀は手帳を指先で突いた。「これ、どういうことだと思いますか」

「さっぱりわかりません。それに日本橋のことなら、私なんかより加賀さんのほうがはるかに詳しいでしょ」

「灯台《とうだい》もと暗しということもありますから、一応伺ってみたまでです」

「期待に応えられなくてごめんなさい」博美は再度腕時計を見た。「お尋ねになりたいことは以上でしょうか」

「以上です。お忙しい中、お手間を取らせて申し訳ありませんでした」加賀は手帳をしまい、立ち上がった。ドアのほうに身体を向けて歩きだしたが、すぐに足を止めた。振り返り、「もう一つだけ訊いてもいいですか」といった。

「何でしょう？」

「あの時、なぜ浜町に来たんですか」

「浜町？」

「浜町公園にあるスポーツセンターです。子供たちに剣道を教えてほしいといって、あなたはやってきた。しかし剣道を習うなら、近くの道場に行けばいい。なぜわざわざ、あなたの家や事務所から決して近くない浜町まで来たのか、それが不思議なんです」

「そういわれても……あの時はネットで検索して、日本橋署主催の剣道教室というのを見つけたんです。どうしてかって訊かれても、何となくとしか答えようがありません。なぜそんなことをお訊きになるんですか」

「ここへ来た時、浜町公園が見えたんです。それでふと疑問に。特に理由がなかったのなら、それで結構です。忘れてください。ではこれで失礼します。今夜の芝居もうまくいくことを祈っています」

「私も加賀さんたちの捜査が進むことを祈っています」

「ありがとうございます。がんばります」加賀はドアを開け、部屋を出ていった。

博美はまた時計を見た。そろそろ本当に行かなければならない時刻だ。だが立ち上がる気になれなかった。手のひらを見ると、汗ばんでいた。

今年の一月、柳橋の近くであなたを見たという人がいるんです——。

あれはたぶん鎌《かま》をかけてきたのだろう。そんな人間などいるわけがない。なぜなら、本当に博美は今年の一月に柳橋なんかには行っていないからだ。しかし加賀は、行ったのではないかと疑っている。毎月一度、あの順番で橋を巡っているとでも推理したのだろう。だから目撃者がいるといえば、博美は認めるのではないかと考えたわけだ。

いいセンはいっているが、加賀は何もわかっていない。

しかしもしあの質問が、「今年の三月、左衛門橋であなたを見たという人がいるんです」というものならどうだっただろう。それでも自分は平然としていられただろうか、と博美は思った。

13

東海道新幹線と東海道本線新快速に揺られること三時間足らず、目的の駅に到着したのは午後二時を少し過ぎた頃だった。

「ようやく着いたか」ホームに立ち、坂上は伸びをした。「まさか、また滋賀県に来るとは思わなかったな。さて、今度は何が出てくるか」

「期待したいですね、あの情報に」

「全くだ。しかし、あの情報が当たりだとしても、それが事件とどう絡んでくるのか、そこのところを突き止めないとな」いつもは軽口を叩きがちの坂上も、今日は険しい顔つきのままだ。それほどこの出張が重要だと思っているからだろう。

加賀が見つけた写真によって、やはり今回の事件には浅居博美が関わっているのではないかという見方が濃くなった。となれば殺された越川睦夫——綿部俊一は、押谷道子と浅居博美の共通の知人であった可能性が高い。だが二人の接点は小中学校時代にしかない。そこで当時彼女たちの周囲にいた三十歳以上の男性のうち、現在行方のわからない人物はいないか、と滋賀県警に捜査協力を要請したのだった。

耳寄りの情報が寄せられたのは昨日の夕方だ。押谷道子たちが中学二年だった時に担任だった、苗村という教師の連絡先が不明だという。しかも当時住んでいた場所の住民票を当たってみたところ、十五年前に職権消除されているらしいのだ。

現在までのところ、ほかには行方不明になっている人間は見当らないそうで、特捜本部としてはこの情報を見過ごすわけにはいかなかった。そこで急遽松宮たちが送り込まれることになったというわけだ。

駅の東口から外に出ると、すぐそばに交番があった。パトロールでもしているのか、制服警官の姿はない。その代わりに眼鏡をかけたスーツ姿の男性が座っていた。四十歳前後だろうか。短髪で色黒、小柄だが肩幅は広い。

松宮たちが近づいていくと、男性は立ち上がった。

「警視庁の方ですか」関西弁のイントネーションで訊いてきた。

そうですと松宮が答えると、男性は内ポケットから名刺入れを出してきた。

「遠いところをお疲れ様です。東近江《ひがしおうみ》警察署から来ました」

名前は若林《わかばやし》といった。刑事課の巡査部長らしい。松宮たちも名刺を出し、それぞれ自己紹介した。

「このたびは貴重な情報をありがとうございました」坂上が改めて礼をいった。

「お役に立てばええんですけどね」

「今朝メールで送っていただいた資料によれば、苗村教諭《きょうゆ》には家族がいないそうですね」机を挟んで向き合ってから、松宮が切り出した。

「そうなんです。結婚されてたみたいですけど、十九年前に離婚してます。その時、それまで住んでいたアパートを出たようです。ところが苗村さんのほうは、住民票を移してなかったんです。それで、次に別の人がその部屋に入った後も、役所からの郵便物なんかがそこに届いたわけなんです。それで市役所に苦情が寄せられて、住民票を消すことにしたと、まあそういうことです」

「十九年前というと……」松宮は鞄からファイルを出した。「苗村教諭が中学校を辞めたのも、その頃のようですね」

「おっしゃる通りです。三月三十一日をもって退職されました。離婚されたのはその直後ですから、何らかの関係があったんやと思います」

「別れた奥さんの連絡先はわかりますか」

今朝送られてきた資料には、それが入っていなかったのだ。

「わかりましたけど、残念ながらもうお亡くなりになってました」

「あ、そうでしたか」

「離婚後は大津《おおつ》にある実家に帰られて、その後は家で和裁《わさい》を教えておられたそうです。ところが八年前に大腸癌《だいちょうがん》が見つかって、その二年後にお亡くなりになったとか」

「その話はどなたから？」坂上が横から訊いた。

「妹さんです。今はその実家には、妹さん夫婦が住んでおられるらしいです」

「その方からお話は伺えますかね」

「大丈夫やと思います。後で連絡してみます」

ところで、と松宮がいった。「苗村教諭の写真はどうでしょうか。中学校に当たってもらえるということでしたが」

ええそれが、と若林は足下に置いてあった紙袋を膝《ひざ》に載せた。

「何しろ古い話ですから、いわゆる卒業アルバムぐらいしか残ってないんです。一応二冊だけ借りてきましたけど」紙袋から出したアルバムを机に置いた。「こちらが押谷さんらが卒業した時のもので、これは苗村教諭が辞めた年のアルバムです」

拝見します、といって坂上が新しいほうのアルバムを広げたので、松宮は古いほうに手を伸ばした。

写真は白黒とカラーが半々だった。男子は詰《つ》め襟《えり》制服、女子はセーラー服だ。押谷道子を発見するのに少し時間がかかった。顔だけではわからなかったからだ。目が大きく、かわいい顔をした少女で、身体は細かった。

浅居博美を探しかけ、このアルバムには載っていないことに気づいてやめた。代わりに苗村教諭を探した。

三年三組の団体写真の中に、その姿はあった。年齢は三十代後半か、もう少し上か。髪がやや長めで、身体も顔つきも少し丸みを帯びている印象だ。

松宮は、あの似顔絵を思い出した。この人物が三十年後には、どうなっているだろう。あんなに暗い顔つきをした、痩せた老人になるだろうか。

「そっち、どうだ?」坂上が訊いてきた。

「何となく違うような気がします」アルバムを広げたまま、坂上のほうに向けた。

「そうか? 俺は当たりだと思う」

坂上が指した写真を見て、松宮は息を呑んだ。それもまた団体写真だったが、そこにいる苗村は驚くほど痩せていた。表情も暗い。まるで別人だった。

「こんなに人って変わるものなのか……」思わず呟いた。

「ここから二十年近く経てば、あの似顔絵の人物になってもおかしくないんじゃないか」

「たしかに……」

「これ、お預かりしていいですか」松宮は若林に訊いた。

それはもちろん、と若林が答えた時、どこからか着信音が聞こえてきた。若林が懐から携帯電話を取りだし、耳に当てた。

「もしもし……あっ、どうもすみません。……そうですか。……ええ、こちらももう着いておられますので。……はい、では後ほど」電話を切ってから若林が松宮たちに顔を向けた。「皆さん、揃われたそうです。お一人の方が食堂を経営されてまして、場所を提供してもらえることになったんです。ここから歩いて十分ほどです」

「苗村教諭の教え子だった人たちですね」松宮が確認した。

「そうです。中学二年の時に押谷道子さんと同じクラスやった人たちです」

「先生のほうはどうですか」坂上が訊いた。「苗村教諭と同じ時期に教師をしていた人たちのことですが」

「そちらも手配してあります」若林は腕時計に目を落とした。「その方々には別の場所に集まってもらっているんです。住まいが結構ばらばらでしてね。うちの署の者が間もなく車で到着すると思います。その者に案内させます」

「そうですか。——じゃあ、俺はここで待ってるよ。松宮、行ってきてくれ。アルバムは、置いていってくれると助かる」

「わかりました」松宮は鞄を抱えて立ち上がった。

交番を出て、若林の後をついていった。歩きながら周囲を見回し、駅舎がアーチ形の斬新《ざんしん》なデザインであることに気づき、松宮は少し驚いた。そのことをいうと、若林は嬉しそうな顔をした。

「最近は結構人口が増えてきて、いろいろと新しくなってるんです。交通の便がよくなって、京阪神への通勤も楽ですから」

若林によれば、今は駅の反対側のほうが開発が進み、ショッピングセンターなどが充実しているらしい。だから逆に、本来は駅の玄関口である東側は少しさびれてきているということだった。

小さな商店が並ぶ道路沿いに二人は進んだ。たしかにシャッターの閉まっている店が目立つ。ゴールデンウィーク期間の特売セールを知らせるアナウンスが、空しく流れていた。

若林が立ち止まった。

「そちらから問い合わせのあった『アサイ洋品店』ですけど、この通り沿いにあったようです。そこの空き地のあたりですね」道路の反対側を指差した。

松宮は雑草の生えた四角い空き地を眺め、周りを見回した。三十年前の光景など、想像もできなかった。

『アサイ洋品店』は、浅居博美が養護施設に引き取られた直後、人手に渡って取り壊されたらしい。元々土地は借り物だったようだが、店の権利などがどうなったのかは不明だ。

父親を亡くし、家も失った浅居博美がどんな思いでその後の時間を過ごしたのかを想像すると、胸が少し苦しくなった。

さらに数分歩いた後、若林は一軒の食堂の前で足を止めた。

「この店です」

ショーウインドウにラーメンや親子丼の食品サンプルが並ぶ、昔ながらの店だった。今は『準備中』の札が出ていた。

若林に続いて店内に入った。四角いテーブルが並んでいて、そのうちの一つを男性と二人の女性が囲んでいた。三人とも浅居博美と同い年のはずだが、彼女よりもずいぶんと老けて見えた。だが実際には、浅居博美が特別なのだろう。

「どうもお待たせしました。警視庁から来られた松宮さんです」若林が三人に紹介した。さらに彼は男性を手で示した。「こちらがこのお店を経営しておられるハマノさんです」

「このたびは御協力ありがとうございます」松宮は頭を下げた。

ハマノという男性は、少し薄くなりかけた頭に手をやった。

「警察から中学の同級生を集めてくれといわれたんで、とりあえずすぐに連絡のつく者にだけ声をかけました。ほかに男も何人かおるんですけど、今日は仕事で抜けられんということで……」

「十分です。お手数をおかけしました。とりあえず、皆さんのお名前と連絡先を教えていただけますか」

「それやったら、もう書いてもらっています」若林が懐から折り畳んだ紙を出してきた。

そこには三人の名前と住所、そして電話番号が記されていた。松宮はそれを見ながら名前を呼び、それぞれの顔を確認した。

「まず最初にお尋ねしますが」椅子に腰を下ろしてから、口火《くちび》を切った。「押谷道子さんが亡くなったことは御存じでしたか」

三人の男女は一斉に首を横に振った。

「全然知りませんでした。今回初めて聞いて、びっくりしました」そういったのは、やや小太りの谷川昭子《たにかわあきこ》という女性だった。メモによれば旧姓は鈴木《すずき》らしい。

「私もそうです。押谷さんのことはよく覚えてますけど、今はどこで何をしてるのかは知らなかったです」髪にきついパーマをかけた橋本久美《はしもとくみ》という女性が答えた。

「殺されたって聞きましたけど、そうなんですか」食堂店主の浜野《はまの》が訊いてきた。

「その疑いが濃厚だとみています」

三人の顔に翳りが生じた。

「皆さんは、小、中学校が押谷さんと同じだったわけですね」彼等が頷くのを見てから松宮は続けた。「押谷さんは、どういうお子さんでしたか」

三人は顔を見合わせ、やがて女性たちが話し始めた。

「どういうといわれてもねえ」

「特別に目立ってたわけではないけど、地味でもないし……」

「まあ、どちらかというと活発なほうやったのと違う？」

「成績はふつうやったかなあ」

「うん、クラス委員とかをするタイプではなかったよねえ」

二人の女性が口々にそんなことをいった後、浜野がぼそりと、「俺はあんまり覚えてないなあ」と呟いた。

「押谷さんに関する出来事で、何か印象に残っていることはありませんか」

この質問に対する反応も鈍かった。

「何かあった？」

「さあ……」

「あたしは、あの子がドッジボールをしてた印象しかない」

例によって話すのは女性陣だけで、浜野は黙り込んでいる。

「では、特に押谷さんに関係していなくても結構ですから、当時の出来事で皆さんの記憶に強く残っていることを教えていただけますか」

さすがにこれに対しては反応がよかった。商店街で小火《ぼや》があったこと、小学校に泥棒《どろぼう》が入ったこと、中学校の文化祭に地元出身のミュージシャンが訪れたことなどが彼等の口から語られた。

松宮はそれらをすべて手帳にメモしていったが、内心では徒労感を覚えていた。どう考えても押谷道子や浅居博美に繋がりそうになかったからだ。

浜野の妻と思われる女性が現れ、全員にコーヒーを出してくれた。恐れ入ります、と松宮は礼を述べた。

話の核心に触れてみることにした。

「ところで、浅居博美さんを覚えておられますか」

この名前が出たのが意外だったのか、彼等は少し驚きの気配を示した。

「角倉博美でしょ。昔、女優をしてた」谷川昭子がいった。

「そうです。やはりこちらでは有名人なんですね」

「いや、それはどうかなあ」浜野は首を捻った。「私は十年ほど前に、別の同級生から教えられたんですけど、それまでは全然知りませんでした。浅居のことは殆ど覚えてないし、そもそも角倉博美という女優がいたこと自体、知らなかったんです」

「舞台女優やったからね。テレビとかにはあまり出てなかったし。知ってる人は知ってる、という感じやないですか。いつの間にか見なくなったから、やっぱり芸能界は大変なんやと思いました」橋本久美がいった。

やはり押谷道子は、浅居博美とは特に親しかったらしい。おそらく女優時代から、ずっと彼女のことを気に掛けていたのだろう。

「浅居博美さんは、どういう生徒でしたか」

浜野は、うーんと唸った。「俺は、たぶん話をしたこともないんやないかな」

「お二人はどうですか」

「私は覚えています」谷川昭子がいった。「あの頃は奇麗というより、ちょっときつめの顔立ちやったと思います。それで気が強いようにも見えて、話しかけづらい感じでした」

「うん、そんなに派手な感じではなかったよね」

「浅居さんに関して、何か印象的な出来事はありませんでしたか」

すると谷川昭子は、少し気詰まりな顔をしてみせた。「これ、話してもええのかな」

「何かあったんですか」

「ええまあ……その前に、あのう、浅居さんがどうかしたんですか。押谷さんが殺された事件に彼女が何か関係してるんですか」谷川昭子は窺うような目を松宮に向けてきた。

「事件が起きたのが東京ですから、押谷さんのお知り合いで現在東京在住の方全員について、いろいろと調べているわけです。これはその一環です。浅居博美さんも東京に住んでおられますから」想定された質問だったので、松宮は淀みなく答えた。

釈然としない様子だったが、谷川昭子は頷いた。

「こんな古い話、何かの役に立つのかなあ」

「どんな些細なことでも結構です。お願いします」

「……まあ、昔のことやから別に問題ないと思うんですけど、今でいう、いじめのようなことがちょっとありました」

「いじめ？　誰がいじめに遭ってたんですか」

「だから浅居さんです。いじめといっても暴力とかじゃなくて、みんなで悪口をいうとか、その程度ですけど」

横で聞いていた浜野が、「そんなことあったか？」と訊いた。

「あった、あった。あたし覚えてる」橋本久美が目を見開いた。「ちょっとの間やったけど。浜野君も一緒にやってたと思うよ」

「えー、そうかあ？　全然記憶にない」浜野は頭を左右に振った。

そういうものだろうな、と松宮は彼等のやりとりを聞いていて思った。いじめられた側の心の傷は一生残っても、加害者側はいじめたことすら覚えていない。

「いじめの原因は何だったんですか」

「浅居さんの家の事情やったと思います。お母さんが家出して、その後お店が変なことになって、ヤクザみたいな人が出入りしてたとか……なんかそういう感じでした」

「そのいじめに、押谷さんも加わっていましたか」

「押谷さん……どうやったかな」谷川昭子は眉間に皺を寄せた。

「いや、たぶん加わってなかったと思う」橋本久美が断言した。「あの二人、仲が良かったもん。一人だけ庇《かば》ってたような気がする」

「ああ、そうやったかもしれんねえ」

「そういうことをすると、押谷さんまでいじめに遭いそうなものですがね」松宮はいってみた。

「いえ、彼女をいじめた記憶はありません」谷川昭子がいった。「それに、浅居さんへのいじめにしても、それほど長い間続いてたわけではないんです。担任の先生が気づいたみたいで、何人か注意されたし」

担任の先生——重要なキーワードだ。

「しかもその後、浅居さんは転校していったんやなかった?」橋本久美が谷川昭子に確かめた。

そうそう、と谷川昭子は頷いた。「そうやった。あれからすぐに転校していったんや」

「ああ、そうか」浜野が合点がいったというように腕組みをした。「それで俺は浅居のことをあんまり覚えてないんやな」

「転校の理由は御存じですか」

「知ってた？　知らんよねえ」谷川昭子は橋本久美に同意を求めてから松宮を見た。「急に学校に来なくなって、じつは転校したって後から聞いたんです」

「お父さんが亡くなって、それで養護施設に移ったのですが、そのことも御存じではなかったんですか」

「養護施設？　そうやったんですか。全然知らなかったです」谷川昭子は素っ気ない口調でいった。

どうやら彼等にとって、浅居博美の存在はさほど大きくなかったようだ。

あっ、でも、と橋本久美が何かを思いだした顔をした。

「一度、浅居さんに手紙を書くようにいわれたことがあります。先生から」

「手紙？　どういうことですか」

「はっきりとは覚えてないんですけど、転校していった浅居さんに、みんなで励ましの手紙を書いてやろうって。たしか、結局は寄せ書きみたいなものを作ったと思うんですけど」

「ああ、なんかそれ、ぼんやりと覚えてる。あの時の寄せ書き、そういうものやったんやね。今、初めて知った」谷川昭子がいう。浜野はやはり覚えがないのか、冴えない顔で黙り込んでいた。

「先生というのは、担任だった苗村先生ですね」いい頃合《ころあ》いだと思い、松宮は最も重要な話題に切り込んだ。

そうです、と三人は頷いた。

「今も連絡を取っておられますか」

かつての同級生たちは顔を見合わせた。全員、浮かない表情だ。

「俺なんか卒業以来、どの先生とも会うてへんなあ」

「あたしも。高校の同窓会で昔の担任に会ったことはあるけど、小中学に関しては疎遠になってる」そういったのは橋本久美だ。

その時、あっ、と谷川昭子が声を漏らした。

「どうかしましたか」

「同窓会といわれて今思い出したんですけど、何年か前に押谷さんから電話をもらったことがありました」

「どういう用件でしたか」

「だから同窓会のことです。今度同窓会をやろうと思ってるけど出てくれるか、という問い合わせやったと思います。もちろん予定が合えば出ると答えましたけど。七、八年前やったと思います」

「それで、同窓会にはお出になったんですか」

谷川昭子は首を振った。「出てません。というより、同窓会自体がなかったんです」

「なかった？　皆さんの予定が合わなかったんでしょうか」

「違います。先生が来られへんかったからです」

「先生？」

「担任の先生です。押谷さんから電話をもらった時、先生の連絡先を知らないかって訊かれたんです。でも私は知らなかったので、そう答えました。で、結局先生に連絡が取れなくて、同窓会の話も流れたとか」

浜野が、ぽんとテーブルを叩いた。

「その話、俺も知ってる。今、思い出した。俺のとこにも問い合わせがあった」

「で、今はどうなんですか。連絡先はわかってるんですか」

「その後のことは知らないですけど、たぶんそのままやと思います」谷川昭子はいった。

松宮は頷いた。苗村教諭は行方をくらました上、かつての教え子たちとも交流を断絶させていることになる。

「少し話は変わりますが、その頃皆さんが知っている人の中に、苗村先生のように現在行方がわからなくなっている人はいませんか。年齢は皆さんよりも二十歳か三十歳上で、男性です」

三人は、そんな人いたかな、などと話している。

「地元を出た者はたくさんいるし、中には親を連れていったケースもあるかもしれん。その人たちがどうなったのかは、はっきりいってようわかりません」浜野が自信のなさそうな口調でいい、ほかの女性たちも曖昧な表情で頷いた。

松宮は書類鞄から一枚の紙を出した。例の似顔絵だ。

「当時皆さんが知っていた人の中に、年を取ったらこの絵の男性のようになりそうな人はいませんでしたか。ここはひとつ、想像力を働かせてもらいたいのですが」

三人は絵を覗き込み、一様に当惑の色を示した。そして、まるで思いつかないと答えた。

そうだろうな、と松宮は思った。彼等が中学生だった頃といえば、今から三十年も前だ。想像力を働かせるにも限度がある。

「たとえば苗村先生なんかはどうですか。歳を取れば、こんなふうになりそうか、あるいは、どんなに変わってもこんなふうにはならないとか、忌憚《きたん》のない御意見を聞かせていただけるとありがたいのですが」

この質問は、三人をさらに困らせることになったようだ。浜野などは苦痛そうに口元を歪めている。

「あの頃の苗村先生は、もっと丸い感じやったけどなあ」

「けど、歳を取ったらわからへんよ。痩せたりしたら、ほんとにがらりと変わるから」

「うーん、違うようにも見えるし、似ているように見えんこともないわねえ」

結局、はっきりとした答えは得られなかった。三十年も経てば、人間の容貌は大きく変わる。おまけに写真ではなく似顔絵だ。むしろ当然の反応といえた。

これ以上粘っても無理だと判断し、松宮は似顔絵を鞄に戻した。

「すみませんねえ、なんか全然お役に立てなくて」浜野が申し訳なさそうにいった。

「いいえ、お気になさらないでください。十分、参考になっています。最後に、苗村先生について教えていただきたいのですが、どんな先生でしたか」

「どんなって、まあ、わりといい先生でしたよ。なあ?」浜野は女性陣に同意を求めた。

「教育熱心だったイメージはあります。でも、ちょっと真面目すぎたかな」谷川昭子はいった。

「冗談とか、あまりいわなかったし、社会科の先生だったんですけど、歴史の授業は正直いって退屈やった」

「それはいえてる」橋本久美も同意した。「でも優しい先生やった。めったに怒ることはなかったんやないかな。落ちこぼれかけてた生徒には、辛抱強う教えてたし。浅居さんに手紙を出そうといいだした時も、面倒臭いなあと思いつつ、やっぱり生徒を大事にする人やなあと感じた。それに、あの時の手紙、先生が自分で持っていったんやなかったかな」

「持っていった、というと？」

「郵送やなくて、浅居さんのところへ行って、直接渡したという意味です。たしかそうです。手紙を持っていったら嬉しそうにしてたって、ホームルームの時に先生がいったのを覚えてます」

「おまえ、記憶力ええなあ」浜野が感心したように彼女を見た。「俺、全然覚えてない」

「あんた、さっきからそればっかりやな」谷川昭子は呆れ顔だ。

あのう、と橋本久美が訝しげな目を松宮に向けてきた。

「さっきの似顔絵ですけど、あれは何ですか。押谷さんを殺した犯人の顔なんですか」

えっ、と松宮は小さくのけぞった。「いえ、そんなんじゃありません」

「気になるわあ。あの絵、苗村先生かもしれないんですよね」

「わかりません。だからお尋ねしたわけです。じつは今回の事件に関して、一人の人物が目撃されています。しかし名前はわからないし、写真もない。そこで似顔絵を作ったというわけです。それだけです」

この絵の人物も殺されているのだ、とはいわないでおくことにした。

「似顔絵を作るぐらいやから、犯人なんやて」谷川昭子が肘《ひじ》で橋本久美を突いた。「で、苗村先生が疑われてるんや」

「えっ、うそ。信じられへん……」

「ですから、決してそういうことでは――」

松宮の言葉の途中で、「いや、わからんぞ」と浜野がいった。「何しろ三十年や。その間に何があったかわからん。顔形《かおかたち》だけやのうて、腹の中も変わってしまうこともあるんやないか」

「そんな、こわい」橋本久美が顔を歪めた。

これ以上は何をいっても無駄だと思い、松宮は反論しないでおいた。

14

灰色の建物を見上げ、茂木《もぎ》和重《かずしげ》は大きく息を吐いた。四月のわりに今日は朝から冷え込んでいる。それにもかかわらず、腋《わき》の下に汗をかいていた。

「そんなに緊張するな」ぽんと肩を叩いてきたのは加賀だった。「犯人逮捕に臨場するわけでもないんだから」

「そうはいわれても、こういうことには慣れてないからな」

「どうして？　事件や事故が起きた時には、何十人という新聞記者たちを相手にしてるじゃないか。クレームの電話の相手をすることだってあるんだろ？　それに比べりゃ、どうってことはない」

茂木は加賀の顔の前で手を振った。「おまえは何もわかってない」

「何がだ」

「俺たちの仕事は情報発信であって情報収集じゃない。聞き込みってのは情報収集そのものじゃないか。何度もいうけど、俺には捜査の経験は殆どないんだ」

「心配するな。俺がいった通りに話を進めてくれたらいい」

「本当に大丈夫かな」

「ここまで来て、今さらなんだ。さあ、行くぞ」

加賀が正面玄関に向かって歩きだしたので、茂木も不承不承《ふしようぶしよう》ついていった。

エレベータホールで目的のオフィスを確認した。『健康出版研究所』は四階にあった。主にスポーツ関連の雑誌を出版しているらしいが、茂木はその会社名を聞いたこともなかった。

エレベータで四階に上がった。降りると目の前に入り口があり、今はドアが開け放たれていた。

「まずは挨拶を頼む」加賀がいった。

「わかってるよ。相手の名前はええと……」

「榊原《さかきばら》さんだ。出版部長の榊原さん」

その名前を頭に刻み、茂木はオフィスに足を踏み入れた。

室内には二十人ほどの従業員がいた。電話をしている者、パソコンに向かっている者、資料らしきものに目を通している者と、それぞれだ。単にぼんやりとしているだけにしか見えない者もいた。キャビネットや机の上には、書籍や雑誌、段ボール箱などが乱雑に載っている。

そばで事務仕事をしていた若い女性が、何か、と尋ねてきた。受付を兼ねているらしい。

茂木は名刺を出した。「榊原さんとお会いする約束になっているのですが」

「少々お待ちください」

女性が名刺を手に席を離れた。彼女は窓際にいる男性に近づき、声をかけた。男性は頷いて茂木たちを見ると、会釈した。それから女性に何やらいった。

女性が戻ってきた。「こちらへどうぞ」

案内されたのは、部屋の奥にある間仕切りがされた場所だった。簡易な応接セットが置いてある。

「榊原は、一件電話をかけねばならないところがあるそうです。すぐに終わると思いますので、こちらでお待ちいただけますか」

わかりましたと答え、茂木は加賀と並んで座った。

女性がお茶を運んできてくれた。恐縮です、と茂木は礼を述べた。

「ここへ来たのは、加賀も初めてなのか」湯飲み茶碗を手にし、訊いてみた。

「もちろんそうだ」

「だけど、インタビューを受けたんだろ」

「その時には道場まで来てもらった。剣道着姿を撮りたいっていうんでな」

「なるほど。しかしよくそんな依頼を引き受けたな。おまえらしくない」

すると加賀は眉をひそめ、しげしげと茂木の顔を見た。

「なんだ、どうした？」

「俺だって引き受けたくなかった。しかし、警視庁のイメージアップになるから何とか受けてくれと頼まれて、渋々承知したんだ」

「誰に？」

「おまえのところの当時の課長だ」

あっ、と茂木は口を開けた。「そういうことか。それはすまなかった」

「全く、あんなことやらなきゃよかった」

「でも、そのおかげでお母さんの遺骨が手に入ったのかもしれないわけだろ」

「それはまあ、そうなんだが……」

加賀は茂木にとって、警察学校の同期だった。だがその後のコースはまるで違っている。加賀は捜査畑一筋だが、茂木は所轄をいくつか回った後、広報課に落ち着いた。事件や事故の広報が主な仕事だ。ふだん相手にするのは被疑者でも被害者でもなく、ジャーナリストやマスコミ関係者たちだった。

そんな茂木のところへ、加賀から連絡があった。力を貸してほしい、というのだった。話を聞いてみて驚いた。新小岩で起きた殺人事件の被害者が、加賀に関わりのある人物らしいのだ。十数年前、彼の母親が亡くなった際、葬儀責任者に彼の住所を伝えたのがその人物だという。

加賀は、なぜその人物が自分の住所を知り得たのかを考えたそうだ。彼は何度か引っ越しており、亡くなった母親が知っていたはずがない。当時彼の父親は生きていたが、誰かから問い合わせられた覚えはないといっていたらしい。

警察官は無闇《むやみ》に自分の住所を公表しない。加賀もそうだった。どうすれば赤の他人が自分の住所を突き止められるのか、懸命に考えた。

そこで思い出したのが、それより少し前に剣道雑誌からのインタビューを受けていたことだった。加賀は全国警察柔道及び剣道選手権大会で優勝しており、それについて取材されたのだ。無論、その雑誌に彼の住所が載ったわけではない。だが出版社に自宅の住所は伝えていた。掲載誌の郵送先を教えてほしいといわれたからだ。当時彼は警視庁の捜査一課にいたが、常に在庁《ざいちょう》しているわけではなかった。

加賀によれば、出版社に問い合わせることは何度も考えたらしい。これまでしなかったのは、一般人として訊いたのでは出版社がまともに答えてくれるとは思えず、だからといって私的なことに警察官の肩書きを使うわけにはいかないと思ったからだという。それを聞いて、こいつらしいなと茂木は思った。昔から何事にも筋を通さないことには気が済まない男だ。

それにしてもなぜ茂木の力が必要なのか。それを訊くと加賀は、出版社側に大ごとだと思わせたくないからだ、と答えた。何らかの事件に関わっていると知れば、本当のことを話してくれなくなるかもしれない、というわけだ。なるほど刑事はいろいろなことを考えて聞き込みをするのだな、と茂木は改めて感心した。

先程の男性が、笑顔で現れた。「やあどうも。お待たせしてすみませんでした」

茂木たちも立ち上がり、改めて挨拶した。

「加賀さん、お元気でしたか」腰を落ち着けてから榊原はいった。「こちらのほうはどうですか。今もやっておられるんでしょう？」竹刀を振る格好をした。

「ええ、稽古は定期的に」

「そうですか。最近は加賀さんのお名前を大会で見ることがなくなって、寂しい思いをしていたんですよ」

馴れ馴れしく話すが、加賀によれば初対面のはずだ。長年剣道雑誌を作ってきた榊原としては、加賀は身近な存在だということだろうか。

「ええとそれで、例のインタビュー記事の件ですが」茂木が切りだした。

「これですね」榊原が持っていた雑誌を広げ、テーブルに置いた。

そこに掲載された写真には、剣道着姿の加賀があった。ずいぶん若く、今よりもさらに身体が引き締まっている。

ちょっと拝見といって茂木は手に取った。インタビュー記事に目を走らせた。母親に勧められて剣道を始めたこと、剣道によって培《つちか》われたものが警察官としての仕事に生かされていると思う、というようなことが記されていた。

「この時のことはよく覚えていますよ」榊原はいった。「インタビューしたのは女性のライターだったんですが、加賀さんのあまりの格好良さに興奮して戻ってきました。で、この記事が何か？」

「はい。じつは今回、こうした広報活動の成果をまとめることになりまして。たとえばこの記事の場合、どういった反響があったかを教えていただきたいんです」茂木はいった。もちろんこの台詞は、加賀から指示されたものだ。

「反響……ですか。それはまあ、良かったと思います」榊原は愛想笑いを浮かべた。明らかに適当に答えている。

「たとえば、この記事について何か問い合わせのようなものはありませんでしたか。加賀選手に会いたいとか、連絡先を教えてほしいとか」

「どうですかねえ。もしファンレターのようなものがくれば、加賀さんに転送していたと思います。連絡先を教えてほしいというのは……まあたまにそういう変わった方もいますが、この時にはなかったように思うのですが」

「同業の方はどうでしたか」茂木は訊いた。「うちも加賀選手を取り上げたいとか、いってきたところはなかったですか」

「どうだったかなあ」榊原は首を捻っている。「もしあれば、加賀さんのところに話が行ってるんじゃありませんか」

「はい、じつはいくつかありました」加賀が答えた。

「あっ、やっぱりそうなんですか」

「ただ不思議なことに、私のところに直接手紙で取材を申し込んでこられる方もいたんです。もしかするとその人たちは、こちらに住所を問い合わせられたのかなと思いまして」

「これは決して咎《とが》め立《だ》てしているのではなく、こういう広報活動の波及効果について調査しているわけですから、どうかお気になさらず答えていただいて結構です」茂木が急いでいい添えた。

榊原は戸惑いを示した。どう答えていいかわからなくなった模様だ。

「今すぐにはちょっと……。古い話ですし、ほかの者にも訊いてみないと」

「では訊いていただけますか」加賀がいった。「きちんとしたお答えをいただけないことには、せっかくの広報活動も無駄ではないかということになり、警視庁としても、今後なかなかお手伝いできなくなるかもしれません」

榊原の目が泳ぎ始めた。少々お待ちください、といって席を立った。

「大丈夫か。何か様子が変だと気づいたみたいだぞ」茂木は声をひそめて訊いた。

「咎めないといってるんだ。平気だろう」加賀は落ち着き払った態度で茶碗を摑んだ。

さっきの、いくつか取材依頼があったという加賀の話は嘘だ。実際にはそんなことはなかったらしい。だが平然といえるところに、この男が敏腕といわれる所以《ゆえん》があるのかもしれないと茂木は思った。

その後、榊原はなかなか戻ってこなかった。忘れられているわけでないことは、先程の女性従業員がお茶のおかわりを持ってきてくれたのでわかった。彼女は、お待たせしてすみません、と謝ってもくれた。

結局三十分近く待たされ、ようやく榊原が現れた。もう一人、眼鏡をかけた女性を後ろに従えていた。

「いやあ、遅くなってしまい申し訳ありません。いろいろと調べておりまして」

「何かわかりましたか」茂木が訊いた。

「はい、あの、それについては彼女から」

榊原は女性従業員を紹介した。彼女が個人情報の実質的な管理責任者らしい。

「個人情報保護法がございますが、それができる前から、当社では情報が外部に漏れないよう厳正に管理しておりました」彼女は硬い口調で話しだした。「ただ人間関係というものもありますし、あまりに杓子定規《しゃくしじょうぎ》なこともできません。こちらが信頼できると判断した個人、法人に対しては、例外的に情報を開示することもございます。今回、加賀さんに関する情報が外部に出たのではないかという御質問ですが、正直に申し上げますと、時間が経ちすぎていてわからないというのが実情です。社員も入れ替わっております。しかしもし当社から出たのだとしても、わけのわからないところには出しておりません。今も申し上げました通り、信頼に足ると判断した先であることはたしかです」

「その情報開示を認めている先のリストのようなものはあるんですか」加賀が訊いた。

「正式なものはありませんでしたので、急遽御用意しました。時間がかかったのはそのせいです。大体このようになっております」

女性が出してきたA４判の紙には、会社名や個人名がずらりと並んでいた。

「面倒かけて、申し訳なかった」建物を出た後、加賀がいった。

「これからどうするんだ」茂木は訊いた。

「決まっている。こいつに当たってみるよ」加賀は大型の茶封筒を振った。その中には、先程のリストが入っている。

「一人でか」

「まあな。こんな雑用、特捜本部に頼むわけにはいかない」

「電話で問い合わせるのか」

加賀は苦笑し、首を振った。

「それで済めば楽なんだが、警察の者ですと電話で名乗っても、なかなか信用してもらえないからな。直接当たるほうが手っ取り早い」

「それじゃあ、時間がいくらあっても足りないだろう」

「仕方がない。それが刑事という仕事だ」

「それにしても……その作業、難しいのか」

「どうかな。やってみないとわからん。なぜそんなことを訊く？」

「いや、その」茂木は眉間に皺を寄せ、さらにそこを掻いた。「広報課の肩書きがあったほうがいいんじゃないかと思ってな」

ああ、と加賀は合点したように頷いた。

「そうかもしれんが、これ以上は迷惑をかけられない」

茂木は鼻をすすりながら加賀に近寄り、その太い二の腕を叩いた。

「乗りかかった船だ。もう少し付き合うよ」

15

「そうですねえ、どんな教師だったかといえば、まあ平均的な教師やったということになりますかねえ。特に優秀でもなければ、悪くもない。親たちからの評判もそうでした」両手で湯飲み茶碗を持ち、杉原《すぎはら》はぴんと背筋を伸ばした姿勢でいった。年齢は、八十歳近くのはずだが、言葉ははっきりしていた。

苗村誠三の教え子たちから話を聞いた後、松宮は坂上に連絡を取った。すると先輩刑事は、これから近江八幡《おうみはちまん》に向かうところだという。苗村が学校を辞めた時に教頭をしていた人物に会うためらしい。そこで松宮も合流することにしたのだ。その元教頭というのが、現在目の前にいる杉原だった。松宮と坂上は純和風の杉原邸に上がり込み、日本茶を馳走になっている。

「生徒さんたちの話では、教育熱心な良い先生だったということでしたが」

松宮の言葉に、ほっほと杉原は口元をすぼめて笑った。

「それは結構なことです。その生徒さんの時は、そうやったということでしょうな。教師と生徒というのは、結局は相性です。教師も人間ですから、合う生徒と合わん生徒がおるんです。それに時期もあります。たとえば教師になったばかりの頃は、理想に燃えて張り切っておっても、うまくいかんことが続いたり、時間がなくなったりして、次第に妥協していく局面が増えたりするんです。乱暴な言い方をすれば、多少は手抜きを覚えんことには教師なんて仕事は務まらんということです」

老人の言葉はずいぶんと投げやりに聞こえたが、現実的だともいえた。

「苗村さんも、お辞めになる前あたりは、そういうふうに割り切って教壇《きょうだん》に立っておられたということですか」坂上が訊いた。

「どこまで割り切っておられたのかはわかりませんがね。特段、率先して何かをしておられたわけではなかったと記憶しています。どちらかというと、教育にはあまり身が入らなくなっていたというか、情熱が失われていたように思いますね。古い話なので、あまり自信はありませんが」

「苗村さんが学校をお辞めになったのも、そのあたりに原因があったんでしょうか」坂上が質問を続ける。

「それですがね、今ひとつよく覚えておらんのですよ。しかし一身上の都合であったことは間違いありません。別に不祥事を起こしたわけでもなく、円満な退職であったと記憶しております」

「苗村さんは退職後、間もなく離婚されています。そのことは御存じでしたか」

「ああ、そうでしたか。そんな話を後から聞いたような気もしますが、よく覚えてはおりませんなあ」杉原は、気の入らない声で答えた。退職した人間のことなど、当時から興味がなかったのだろう。

その後もいくつか質問をしてみたが、大した話は聞けそうになかった。適当に切り上げ、辞去することにした。

今夜は八日市《ようかいち》にあるビジネスホテルを予約してあった。ホテルに行く前に、駅前の食堂で夕食を摂った。注文した料理が出るまでの間に、坂上が本部に連絡を入れた。電話を終えた先輩刑事の表情は芳しくなかった。

「何かいわれましたか」松宮は訊いてみた。

「別に。漏れのないよう、しっかりやれってことだった」坂上はため息をついた。「しかし参ったよな。せっかく苗村教諭という鍵を手に入れたっていうのに、それに合う鍵穴が見つからない。このままじゃ、手土産なしで東京に帰ることになるぞ」

坂上によれば、今日は杉原以外に四人の元教師と会ったらしい。誰もが苗村のことを覚えてはいたが、近況は知らず、行方不明になっていることすら把握していなかった。退職の理由を離婚だと思っている人物が一人いたそうだが、詳しい事情を承知していたわけではない。そして全員が苗村のことを、ある時期までは熱心だった教師、と評していたそうだ。その点に関しては、杉原の話と一致している。

似顔絵に関する反応は、元生徒たちと同じようなものだったらしい。今の顔を知らないから何ともいえない、と答えた者もいたという。

「坂上さんはどう思います？　苗村教諭が越川睦夫、すなわち綿部俊一だと思いますか」

「そうであってほしいとは思う。何しろ、ほかに手繰《たぐ》れる糸はないからな。だけど、仮に当たっていたにしても、証明するのは簡単なことじゃない。越川の写真は一枚もないし、あの似顔絵もあまり頼りにはならない」

「繋がりも全くわかりませんしね」

「そういうことだ。どうして滋賀県で中学の教師をしていた人間が、女川の原発で働いた挙げ句、新小岩の河川敷で殺されなきゃいけないんだ。まるでわけがわかんねえよ」坂上は運ばれてきたビールを手酌で注ぎ、一気にグラスの半分ほどを飲んだ。「そういやあ、原発のほうも手こずってるらしいぜ」

松宮は箸を止めた。「そうなんですか」

「何しろ昔のことだから、当時の記録なんか全く残ってないそうなんだ。作業員に関する書類の保存期間は三年で、それも正規で雇われた人間に関してだけだ。知っての通り、あの業界は孫請《まごう》けや曾孫請《ひまご》けってのがざらで、どこの誰ともわからん連中が日本中から集まってくる。住民票を偽造して、別人の名前で働かせてたなんてことも日常茶飯事だった。もし綿部俊一が偽名を騙《かた》ってたら、記録から見つけだすのは至難《しなん》の業《わざ》だと思うぜ」

「坂上さん、詳しいですね」

「昔逮捕した奴に、元原発作業員がいたんだ。人間のやる仕事じゃないっていってたなあ」そういって箸を動かす坂上の顔は、料理を味わっているようには見えなかった。

シングルルームを二部屋予約してあったので、ホテルでチェックインをした後は、それぞれの部屋で休むことにした。松宮は今日の聞き込みの内容をタブレット端末に打ち込んだ後、自分なりに反芻《はんすう》してみた。

何か重大な見落としをしているような気がしてならなかった。目の前にあるのに見ていない、見えていない、そんな不安定な焦燥感《しょうそうかん》がある。

ふと、加賀に電話をかけてみようか、と思った。だが思い止まった。このもどかしさを、どう伝えていいかわからない。それに加賀には加賀のすべきことがあり、今はそれに全精力を傾注《けいちゅう》しているに違いなかった。

翌日、朝食を済ませてから松宮が向かった先は、『琵琶学園《びわがくえん》』という養護施設だった。いうまでもなく、浅居博美が中学二年の途中から高校卒業までを過ごした場所だ。

坂上は米原に行った。そこが苗村誠三の出身地だからだ。生家はとうの昔になくなっているらしいが親戚はいるようだ。また子供の頃に通っていた学校なども残っているという。

「お互い、鍵穴の痕跡ぐらいは見つけたいもんだな」ホテルの前で別れる時、坂上はいった。全くですね、と松宮も応じたのだった。

『琵琶学園』の外観は、小規模だが洗練された集合住宅そのものだった。正面玄関を入ると左側に受付窓口があり、その横にはたくさんの数の名札がかかっていた。それを見れば、どの子が外出しているかがわかるのだろう。

受付にいた女性に挨拶し、身分を名乗った。今日来ることは事前に伝えてある。

案内された応接室で待っていると、ノックの音がした。入ってきたのは、眼鏡をかけた女性だった。ジーンズにセーターという出で立ちだ。年齢は五十歳前後というところか。焦茶色に染めた髪の根元が白くなっている。右手に分厚いファイルを抱えていた。

松宮は立ち上がり、名刺を出して挨拶した。女性も名刺を出してきた。そこには吉野《よしの》元子《もとこ》とあった。副園長の肩書きが付いていた。

「お忙しいところ、御協力に感謝します」椅子に座り直してから、松宮は改めていった。

「三十年ほど前のことをお知りになりたいとか」

「そうです。古い話で申し訳ないのですが」

「こちらでは私が一番の古株なんです。今の園長は十年ほど前によそから来た人でして。だから私がお相手をさせていただくことになりました。で、どのようなことをお尋ねになりたいのでしょうか」

「はい、当時こちらに浅居博美という女性がいたと思うのですが、そのことについていくつか伺いたいことがあるんです」

吉野元子の目が輝いたように松宮は感じた。

「浅居博美さん。ええ、覚えています。先日、経歴について問合せがありましたし。角倉博美さんでしょ。御活躍ですよね」

この回答に、おやと思った。昨日会った同級生たちとは明らかに反応が違う。

「芝居を御覧になったことがあるんですか」

「ええ。まだ女優として舞台に上がっている時に。京都で公演があったんです」

「最近はどうですか」

「最近は、機会がなくてなかなか」吉野元子は微笑んで首を振った。「たしか今は東京で公演中ですよね。ええと、劇場は……」

「明治座です。よく御存じですね」

「それはもう。毎回、招待状とパンフレットを送ってくれますから」

「浅居さんが、ですか」

「はい。欠席に丸をつけてハガキを送り返すのは、とても心苦しいんですけどね」

どうやら浅居博美にとっては、この場所こそが故郷であり生家なのだろう、と松宮は察した。

「招待状やパンフレットが送られてくるだけですか。電話がかかってくることなどは……」

「以前は時々。でもここ一、二年はないですね。忙しいんじゃないかしら」

「あの方がここにいた時のことを覚えておられますか」

吉野元子はこっくりと頷いた。

「よく覚えています。暗く沈んだ表情をしていて、最初の頃はなかなか口をきいてくれませんでした。でも考えてみれば当然ですよね。突然、両親を失ってしまったわけですから」

「ここはやはり、そういうお子さんが多いんですか」

「当時はそうでした。でも今は違います。殆どが親の虐待《ぎゃくたい》に遭っていた子供たちです。児童相談所に保護され、最終的にこちらに送られてきたわけです」

でも、と女性副園長は小首を傾げて続けた。

「博美さんも一種の虐待を受けたといえますね。家出をした母親のやったことは育児放棄だし、彼女を残して自殺した父親は扶養《ふよう》義務放棄。彼女を道連れにしなかったのは唯一の救いですけど」

ディテールの正確さに松宮は驚いた。「本当によく覚えておられますね」

「私がここへ来て、間もない頃でしたからね。まだ二十代でした。保母を目指していたんですけど、学生時代にボランティアで手伝ったのがきっかけで結局職員に」

「そうでしたか。二十代なら、浅居さんとも気が合ったでしょうねえ」

「ええ、誰ともしゃべろうとしなかった博美さんが、最初に打ち解けてくれたのが私でした。次第に親しくなって、好きな俳優や映画の話で盛り上がったり。周りからは、まるで姉妹みたいだねってよくいわれました」

「すると浅居さんが芝居の世界を目指したのも吉野さんの影響で？」

吉野元子は薄く目を閉じ、ゆっくりとかぶりを振った。

「劇団を運営している方の中には親切な人もいて、公演に子供たちを招待してくださることがあるんです。そんなふうにして博美さんも芝居を観て、その世界に目覚めたようです。初めて彼女から女優を目指すと聞いた時にはびっくりしたものです。でも、よくよく考えてみれば、小さい子に絵本を読んであげるのが上手だったりしましたから、人を楽しませるのが好きなんだなあと思い直しました」

「つまり天職を見つけたということですね」

「そうだと思います」吉野元子は笑みを浮かべていってから、「彼女が何かの事件に関わっているんでしょうか？」と訊いてきた。その目に宿る光には、懐かしさとは違う色が含まれているようだった。

どう説明しようか、と松宮は迷った。なるべくなら、押谷道子が殺された事件には触れたくなかった。

「もし何かの事件に多少関わっているのだとしても」吉野元子が先にいった。「博美さんが何かの罪を犯しているということは絶対にありません。彼女ほど心の奇麗な女性は、そうそうおりません。それは断言しておきます」

きっぱりといい放った顔には、何を尋ねる気かは知らないが浅居博美を疑うような発言ならば相手にするつもりはない、と書いてあった。

松宮は話の方向を決めた。一つだけ腹案《ふくあん》を練ってあった。

じつは、と彼は口を開いた。「ある人物の行方を追っているのです」

「ある人物とは？」

「苗村誠三という方です。浅居博美さんが中学二年の時の担任です」

ちょっとごめんなさい、といって吉野元子はファイルを開いた。素早く頁を開いて指でなぞり、「ああ、転校する前の学校の先生ですね」といった。

「そうです。記録が残っているんですか」

「苗村さんについては」吉野元子はファイルを見て続けた。「浅居博美さんの担任だった、ということしか記されていませんね」

「面会記録のようなものはないんですか。苗村さんが浅居さんに会いに来たことがわかるようなものが」

吉野元子はファイルから顔を上げ、眼鏡越しに上目遣いをした。

「警察のお仕事に口出しする気はないのですが、当園の出身者に関わることとなれば話は別です。なぜ苗村さんの行方を追っているのか、話してはいただけませんか」

松宮は一呼吸おいてから唇を開いた。

「ある事件の捜査をしていて、苗村さんが関わっている可能性が浮上してきました。ところが調べたところ、苗村さんは約二十年前の時点で行方知れずだと判明しました。それで当時の彼の行動範囲を虱潰《しらみつぶ》しに当たっているというわけです。昨日、かつて教え子だった人たちから話を聞いたところ、浅居博美さん宛ての手紙をわざわざ手渡しに来たとか。それならその後も何度か来られたのではないかと思いまして」

吉野元子は疑わしそうな目で松宮をじっと見つめていたが、ふっと口元を緩め、ファイルを閉じた。

「そういうことなら松宮さん、残念ながら今日は無駄足でしたね。ここにはあなたを喜ばせられるような情報はございません」

「それならそれで仕方がありません。無駄足には慣れていますから。でも、もし何か覚えていることがあれば教えていただきたいのですが。どんな些細なことでも結構です」

「苗村先生のことならよく覚えています。たしかに、何度か面会にいらっしゃいました。そういうことをしてくださる先生は少ないので、とてもありがたかったです」

「その時に、何か印象に残っているようなことはありませんでしたか。二人の間で口論になったとか、問題が生じたとか」

吉野元子は、ゆらゆらと頭を振った。

「まるで覚えがありません。いつも二人はとても楽しそうでした。苗村さんの行方がわからないというのは気がかりですけど、博美さんは関係ないと思いますよ。ここを出て上京してからも、定期的に連絡をくれていましたけど、彼女の口から苗村さんのお名前が出たことはありませんから」口調は穏やかだが、有無をいわせぬ響きがあった。

　どうやら退散するしかなさそうだった。

「わかりました。御協力、ありがとうございました」礼を述べ、腰を上げた。

　吉野元子が正面玄関まで見送りに出てくれた。

「お役に立てなくて申し訳ありません」

「いいえ、こちらこそお時間を取らせてしまい、すみませんでした」

　失礼します、と頭を下げて立ち去ろうとした時、あの、と吉野元子が声をかけてきた。

「松宮さんは、浅居博美さんにはお会いになられましたの？」

「ええ、一度だけですが……」

「彼女、元気にしていましたか」

「とてもお元気そうでしたよ。公演の真っ只中ですが、疲れた様子も見せず」

「そうですか。それを聞いて安心しました。呼び止めて、ごめんなさい」

「いいえ。では、失礼します」頭を下げ、身体を反転させて歩きだした。

吉野元子は浅居博美に連絡するかもしれない、と松宮は思った。それならそれで構わなかった。浅居博美が事件に無関係なら何ら問題ないし、関与しているなら、揺さぶりをかけることになる。それによって何らかの反応を示すかもしれない。小林たちからも、気遣うことはない、といわれている。

『琵琶学園』の敷地から外に出た時、着信があった。坂上からだった。歩きながら電話を耳に当てた。「松宮です」

「坂上だ。そっちの具合はどうだ」

「今、養護施設を出たところです。残念ながら、大した収穫はありません」

「そうか。こっちも似たようなものだ。ついさっき、若林巡査部長から連絡があった。苗村誠三の元妻の妹が会ってくれるらしい。大津だ。これから住所と電話番号を送るから、おまえ、行ってくれ」

「わかりました。坂上さんは？」

「苗村の高校時代の同級生というのが見つかった。今から会いに行ってくる。ここから大津は一時間以上かかるし、そっちはおまえに任せた」

「了解です」

電話を切って間もなく、坂上からメールが届いた。相手の名前は今井《いまい》加代子《かよこ》というらしい。住所は大津市梅林《うめばやし》、となっていた。

早速、電話をかけてみた。先方も携帯電話だったので、本人が出た。穏やかで上品な話し方をする女性だった。警視庁の者だと名乗っても驚いた様子がないのは、事情を理解しているからだろう。

それから約三十分後、松宮は大津市梅林という住宅地にいた。年季を感じさせる民家が建ち並んでいる。

今井という表札の出た家は、すぐに見つかった。昔ながらの屋根瓦を使った、和洋折衷《わようせっちゅう》の邸宅だ。

今井加代子は小柄な女性だった。肉付きがよく、顔に皺が少ないのでまだ四十代に見える。だが実際の年齢は五十代後半のはずだった。

「両親が亡くなってからは、姉はずっとここで暮らしていたんです。一人で。私たちが引っ越してきたのは四年前ですけど、今も姉の荷物は大切に保管してあります」今井加代子は穏やかな口調でいった。

松宮は、庭を眺められる居間に通されていた。籐《とう》で出来た椅子に腰掛け、ガラステーブルを挟んで向き合っている。テーブルの上にはソーサーに載ったコーヒーカップがある。

今井夫妻には別に一軒家があるが、息子が結婚したのでそこは彼等に譲り、自分たちはこの家に住むことにしたのだということだった。

「その荷物の中に、苗村さんのものはありませんか」

今井加代子の眉間が、一瞬きゅっと縮まった。

「東近江署から問い合わせがあった時にもお答えしましたけど、ここにはそんなものはございません。姉が全部処分したようです。すべての荷物を確認しましたから、間違いございません」

「写真なんかも？」

「一枚もございません。結婚写真なども焼いたといっておりました。当然だと思います。あのような仕打ちを受けたわけですから」

「あのような、といいますと？」

今井加代子は細かく瞬きし、こみ上げてくる感情を抑えるように深呼吸した。

「あまり話したくないことなのですが、警察の捜査ということですからお話しします。でも無闇に吹聴《ふいちょう》することだけはやめてくださいね」

それはもちろん、と松宮は表情を引き締めた。

今井加代子はコーヒーを一口含んだ。

「単純な話です。あの方は、ほかに女性を作ったのです。姉以外の女性を」

「浮気をした、ということですね」

「浮気なら、まだよかったと思います。でも違いました。あの方は、本気になってしまったのです。その結果、姉を捨てました」

「相手は誰だったのですか」

今井加代子は小さく首を振った。

「わかりません。姉がいくら問い詰めても、最後までいわなかったそうです。あの方が姉にいった台詞はただ一言、申し訳ないが別れてくれ、それだけだったんです。姉はよく耐えたものだと思います。外からはわかりませんでしたが、あの夫婦は氷のように冷たい毎日を送っていたんです。誠三さん……あの方は、姉の料理を食べなかったそうです。毎日外で食べてきて、夜遅くに帰ってくる。別々の部屋で寝て、朝早くに家を出ていく。そんなふうだったみたいです」

松宮の脳裏に二つの写真が浮かんだ。卒業アルバムにあった苗村の姿だ。退職直前にひどくやつれていたのは、そうした生活の影響だったのか。

「あなたはお姉さんから相談されたことはなかったんですか」

「ありませんでした。私がすべてを知ったのは、姉たちの離婚が決まってからです。姉によれば、少しでもやり直せる可能性があるうちは、誰にも話さないでおこうと決めていたそうです」

その気持ちは独身の松宮にもわかるような気がした。

「でも最終的には離婚に同意されたわけですね」

「もう仕方がなかったと姉はいいました。あの方は姉に相談もせず、勝手に学校を辞めてしまったのです。そしてそれから間もなく、家を出ていったそうです。置き手紙と離婚届を残して。それで姉は諦めたようです。彼女自身が離婚届を出し、アパートを引き払ったというわけです」

「お姉さんがアパートを……」松宮は少し身を乗り出した。「じつは苗村さんの行方がわからなくなっているんです。何か心当たりはないでしょうか」

「そのことは東近江署の方からも聞きました。私どもでは何もわかりません。元々、縁のなかった方だと思っていますし」

「離婚後、お姉さんが苗村さんと会ったという話を聞いたことは？」

「ございません。そんなこと、あるわけがないです。姉を侮辱《ぶじょく》しないでください」

「いや、決してそういうことでは……。すみません」松宮は首をすくめた。

今井加代子は大きなため息をついた。

「本当に姉はよく耐えたものです。不倫《ふりん》が発覚してから一年以上も……。無駄な苦労をしたと思います」

この呟きに松宮は引っ掛かりを覚えた。

「発覚、とおっしゃいましたね。発覚したのですか。苗村さん自身が告白したのではなく」

「最終的にはそうでしたけど、姉のほうから問い詰めたのがきっかけだったんです。それまでに薄々怪しいとは感じていたといってましたけど」

「問い詰めたというと、どんなことをですか」

「クレジットカードの明細についてです。それを見て気になったことがあったので、姉はどんな商品を買ったのかを調べたそうです。すると、あの方が買うわけのない品物だったんです」

「何だったんですか」

今井加代子は話したことを後悔するように少し顔を歪めた。

「思い出したくもないことですけど、忘れることもできません。ペンダントだったそうです。ルビーの付いたペンダント。姉は寂しく笑いながら、そう教えてくれました」

16

腕時計を見ると午後四時を過ぎたところだった。茂木は自分が貧乏揺《びんぼうゆ》すりをしていることに気づき、膝に手を当てて止めた。

隣で加賀がくすくす笑った。

「何をいらいらしているんだ。十分ほど遅くなるっていう連絡があっただろうが」

「それはわかってる。だけど何だか落ち着かなくてな」

「おまえがそわそわすることはないだろう。そもそも、ここにいる必要もない」

「そんなことをいうのか。昨日から、ずっと付き合ってやってるのに」

「誰が付き合ってくれといった？　迷惑はかけたくないと断ったはずだ」

「警視庁に入って以来、初めて捜査の真似事をさせてもらった。少しぐらい舞い上がったって構わんだろ。それに、俺が手伝ってよかっただろ？」茂木は加賀の目を覗き込んだ。

「それは……もちろん感謝している」

「だったらいい」茂木は頷き、コーヒーを飲み干した。腰を上げ、ドリンクバーに向かった。ファミレスに入ったのなんて何年ぶりだろうと思った。子供が小学生だった頃は、毎週のように行っていた。

今日はここで、ある女性と会うことになっている。長年、芸能記者をしている女性だ。

『健康出版研究所』で入手したリストに基《もと》づき、加賀と二人で片《かた》っ端《ぱし》から聞き込みに回った。殆どが都内なので助かったが、昨日は夜の九時過ぎまでかかった。気を遣った加賀が夕食を奢《おご》ろうとしてくれたが、茂木は断った。さらに、最後まで聞き込みに付き合うことを宣言した。こんな経験は、おそらく二度とできないだろうと思ったからだ。

そして今日も朝から歩き回った。同じ台詞を何度いったか、もはや数える気もしない。だが、うんざりすることはなかった。刑事の仕事とはこういうものなのだなと思い知り、感服《かんぷく》した。膨大な数の無駄足の中からしか、真相への足がかりは見つからないのだろう。

だがそれを見つけた時の喜びは、それまでの徒労感を吹き飛ばしてくれるものだ。そのことを茂木は、今から一時間ほど前に知った。

相手はスポーツライターをしている男性だった。プロ野球チームの取材中だということで、茂木たちは横浜《よこはま》まで出向いていった。

その労は報われた。追い求めていた答えをようやく得られたからだ。

男性は、『健康出版研究所』に加賀の連絡先を問い合わせたことを認めた。しかしそれは自分のためではないといった。知人の芸能記者から頼まれたのだという。その目的については覚えていなかった。聞かなかったのかもしれない、と付け足した。

すぐにその女性芸能記者に連絡を取ってみた。会う約束を交わし、こうして待っている。たった二日間ではあるが、茂木としては長い迷路のゴールを目前にした思いだった。

コーヒーカップを手に席に戻ると、加賀は手帳を広げて何やら黙考《もっこう》していた。その表情は、昨日『健康出版研究所』を後にした時から少しも変わっていない。探し求めていた答えが見つかるかもしれないというのに、浮かれた様子は感じられなかった。

茂木は警察学校時代の加賀を思い出した。中学校で二年間だけ教師をしていたという変わり種《だね》だったが、同期の中で成績は抜群だった。おまけに剣道の腕前が突出していた。剣道の経験者は多かったが、誰も彼にはかなわなかった。全日本の学生チャンピオンだったと知り、なるほどと思ったものだ。

だが茂木が加賀に惹かれたのは、その実力ではなく人間性にだった。

ある講義で、茂木が講師から叱責を受けたことがあった。居眠りをしていただろう、というのだった。否定したが認められなかった。すると突然、後ろの席から声が上がった。

彼は居眠りなどしていません。シャープペンシルの調子が悪く、芯を入れるのに手間取っていたのです——。

まさに救いの声だった。それを聞いた講師は不愉快そうな顔をしたが、それ以上は茂木を責めることなく講義に戻った。

声を発してくれたのが加賀だった。ふつうなら我関《われかん》せずで済ませるところだ。下手に口出しして講師に睨まれたら損だと考えるだろう。しかしそんな打算《ださん》とは無縁の男だった。後で礼をいうと、「感謝されるようなことじゃない」といって白い歯を見せた。

加賀に辛い過去があったことなど、今回初めて知った。聞き込みに付き合う気になったのは、捜査の真似事をしたかったからだけではない。あの時の借りを返さねば、という気持ちもあったのだ。おそらく、この男は覚えてなどいないだろうが。

入り口に人の気配がした。薄手のコートを羽織った女性が店内を見回していた。四十代半ばといったところか。黒い紙袋を提げている。それが目印だった。茂木は手を挙げた。

女性が近づいてくるのを立ち上がって待ち受けた。

「米岡《よねおか》さんですね」

茂木が確認すると、「遅くなって申し訳ありません」と彼女は頭を下げた。

名刺交換をし、席についた。ウェイトレスが来たので、米岡町子《まちこ》はレモンスカッシュを注文した。

「お忙しい中、御協力に感謝します」茂木は改めていった。

「私のしたことが何か問題になっているのでしょうか」不安そうに眉を曲げた表情に、知的な雰囲気があった。

「そんなことはありません。電話で申し上げたように、警視庁の広報活動の効果について調査を行っているのです。具体的には過去二十年間で雑誌や新聞などで取り上げられた記事から任意に何件か選び、その内容がどの程度の人々にまで広がっているかを確認しています。で、今調べているのが、この剣道雑誌に掲載された記事なのです」茂木は淀みなく話し、例の雑誌をテーブルに置いた。昨日から様々な相手に対して繰り返してきた台詞なので、もはや慣れたものだ。

「警察ではそんなこともするんですか」米岡町子は目を大きく開いてから瞬きした。

「広報活動にもお金がかかりますからね、それなりの効果があることを示す必要があるんです。

ふつうの会社と同じですよ。それで、この記事ですが」茂木は雑誌を開き、加賀の記事が載っている頁を開いた。「あなたは、ある人から加賀選手の連絡先を調べてほしいと頼まれたという話でしたね。その方のお名前を教えていただけますか」

米岡町子は少し臆したように顎を引き、上目遣いをした。

「本当に、その人に迷惑はかからないんですね？」

「もちろんです。もしかするとその方にお会いして、この記事のどういった点に興味が引かれたのかをお尋ねするかもしれませんが、ただそれだけのことです。どうか、御心配なく」茂木は明るくいった。作り笑いを添えるのは、仕事柄苦手ではない。

米岡町子は迷っている様子だったが、やがて何かをふっきるように頷いた。そして一人の女性の名前を口にした。

その名を茂木はどこかで聞いたことがあるような気がした。もう一度確認しようと米岡町子を見て、はっとした。彼女が怯《おび》えたような顔をしていたからだ。

茂木は隣を見た。加賀の目が、獲物を見つけた猟犬のものになっていた。

17

「本当によかったわね。明治座といえば、東京を代表する劇場なんでしょう？　そんなところで二ヵ月近くも公演して、しかも連日大入りなんて素晴らしいわよ。おめでとう。私も鼻が高い」

吉野元子の声は少しうわずっていた。それまで話していた内容が決して明るいものではなかったので、沈んだ気配を懸命に振り払おうとしているように博美には感じられた。

「施設の皆さんはお元気ですか」

「みんな元気よ。バスケットボールのゴールを今度新しく入れたのだけど、そのせいで職員たちもはまってるの。毎日、暗くなるまで誰かが遊んでるわ」

「いいですね、楽しそう」

「博美ちゃんも暇があったら遊びに来なさいよ。お芝居の話とか、聞きたいし」

「はい。考えておきます」

「是非ね。ああ、もうこんな時間。ごめんなさいね、忙しい時に」

「いいえ。またいつでも電話をください。お身体に気をつけて」

「博美ちゃんもね。あまり無理しちゃだめよ。じゃあ、これで」

お元気で、といって博美は電話を切った。スマートフォンを机に置き、椅子の背もたれに身体を預けた。太いため息を一つつく。

六本木の事務所にいた。明治座に行く前に寄ったのだ。すると『琵琶学園』の吉野元子から電話がかかってきた。着信表示を見た瞬間、嫌な予感がした。

久しぶりねえ、元気にしてるの、といったお決まりの台詞をいくつか口にした後、養護施設の副園長は本題に入った。その内容は、博美が薄々予期していたものだった。

刑事が来て、博美や苗村のことをあれこれと訊いていったというのだ。特に苗村の行方を追っている様子だったと吉野元子は声をひそめていった。さらに、博美が何かの事件に巻き込まれているのではないかと心配になり、こうして電話をかけてしまったのだと言い訳をした。

大丈夫だ、と博美は答えた。自分のところにも刑事は来たが、ほんの形式的な質問をいくつかされただけで、何の捜査なのかも知らないと付け加えた。

だが吉野元子は、あまり安心した様子ではなかった。そしてこんなふうに訊いてきた。

「博美ちゃん、うちを卒園した後は、苗村先生とは会ってないのよね」

会ってない、と即答した。なぜそんなことを訊くのかと逆に質問してみた。

何でもない、ちょっと気になっただけ――それが吉野元子の答えだった。

博美は立ち上がり、ティーバッグとポットの湯で、カップに紅茶を淹れた。

やはり吉野元子は気づいていたのかもしれないな、と思った。施設の人間には悟られないよう気をつけていたつもりだが、博美が入園以来、最も親しくしていたのが彼女だった。様々なことを相談し、多くの悩みを打ち明けた。ただ一つ例外が苗村誠三のことだったが、彼女の目はごまかせなかったかもしれない。

椅子に戻り、ティーカップを置いた。紅茶の表面が少し揺れ、すぐに止まった。それを見つめているうちに、風でかすかに波打つ琵琶湖の湖面を思い出した。夕焼けを背景に、白いクルーザーが停泊している。

空想の世界ではない。実際に見た光景だ。博美は湖畔《こはん》に立っていた。そして隣には苗村がいた。高校の卒業式の翌日だ。二人だけでお祝いをしようといって琵琶湖に行ったのだ。博美は四月から上京することが決まっていた。

二人が特別な関係になったのは、これよりも少し前だった。その時までは、中学時代の恩師と教え子という関係を保っていた。

だがそれは、あくまでも形の上でのことだった。博美の転校後も頻繁に面会に来て、あれこれと親身に相談に乗ってくれる苗村のことを、彼女は次第に異性として意識するようになっていた。中学生時代は単なる憧れだったが、高校生になると明らかにその気持ちに変化が生じた。苗村が会いに来てくれる日を心待ちにし、その日に着る服のことを考えるようになった。

それが片想いでないことにも博美は気づいていた。いつからかは覚えていないが、苗村が彼女を見る目にも変化が現れていた。そのことで彼が自分自身を責め、彼女と距離を置いたほうがいいのではないかと悩んでいるのもわかっていた。だからこの恋を成就させるには自分が足を踏み出すしかない、というのが彼女の考えだった。

苗村に妻がいることなどどうでもよかった。彼と結ばれたかったのはたしかだが、結婚したいとは一度も思わなかった。純粋に男としての彼を求めたということだろう。

二人だけで旅行に行きたい、といったのは博美が高校三年の秋だ。その日は草津《くさつ》市内にある喫茶店で会っていた。彼女の高校進学後は、苗村は『琵琶学園』にはあまり来なくなっていた。

博美の言葉に、苗村は途端に動揺を示した。冗談はやめなさい、と強張った笑い顔を作った。

「冗談と違います。あたし、行きたいんです。先生と。行き先はどこでもいいです。一泊だけでも」

彼女の口調と表情から、苗村も冗談ではないと悟ったようだ。いや本当は、彼女が真面目な気持ちでいったことは最初からわかっていたはずなのだ。彼は真剣な顔つきになり、黙り込んでしまった。

ごめんなさい、と博美は謝った。「何だか先生を苦しめてるみたい」

「苦しむというか、何というか、やはりそういうのはまずいと思う。君は未成年だし」苗村は俯いたままで、ぼそぼそといった。

「未成年ですけど、結婚はできます。あたし、両親がいないから同意も必要ないんです」

「結婚って、そんな……」

「心配せんといてください。先生の家庭を壊す気なんてないです。ただ、一緒にいたいだけなんです」女子高生の分際《ぶんざい》で、大胆な台詞を吐いた。自分に酔っていたのかもしれない。

「……そういってくれるのは、とても嬉しいよ。でもなあ」

その日、苗村は最後まで悩んでいた。

だが次に会った時、彼は一冊のガイドブックを広げてみせた。そこには富士山《ふじさん》が写っていた。

「富士山を見たことがないといってただろ。だからどうかなと思ってね」

この会話を交わしたのも、よく使う喫茶店の中でだった。もし人目のない場所だったら、博美は苗村の首に抱きついていたかもしれない。それほど嬉しかった。

連休を利用して、一泊の旅に出た。施設には、高校の友達と旅行するといった。苗村が妻にどう説明したのかは知らない。興味もなかった。

泊まったのは河口湖《かわぐちこ》の湖畔にあるリゾートホテルだ。景色は美しく、食事はおいしかった。しかしそんなことはどうでもよくなるぐらい、苗村と二人きりでいられることが嬉しかった。

こうして結ばれたわけだが、博美は二人の将来などまるで考えていなかった。まずは自分の生きる道を見つけることが先決だった。それについては一つの大きな候補があった。演劇だ。高校二年の時に劇団から招待されて初めて観劇し、その素晴らしさに魅了された。自分もこんな仕事がしたいと思った。

招待してくれた劇団だったということで、劇団『バラライカ』への入団を希望した。高校卒業前の二月にオーディションがあったので、上京して受けてみた。芝居の経験は皆無で、自信などかけらもなかった。ところが二週間後、合格の通知が届いた。ただしそこには、収入の保障はなく、最初の二年間は研修生扱いだという但し書きもあった。しかしアルバイト先を斡旋《あっせん》することは可能だし、研修生同士が同居できる部屋を紹介してもいいと記してあった。

最早ほかの道など考えられなかった。芝居の道で必ず成功してみせると自分に誓った。そのためには多くのものを犠牲にすることも厭《いと》わないつもりだった。苗村とは当分会えなくなるかもしれない。いや、もしかしたら二度と会えないかもしれない。卒業式の翌日に二人だけのお祝いをしようと博美が思い立ったのは、そうした思いからだった。

しかし苗村のほうがどうだったのかはわからない。いや、その後の経過を振り返ると、彼のほうには博美との関係を解消する気はなかったようだ。

博美が上京してからも、苗村はそれまでと変わらず会いに来てくれた。東京のホテルに泊まることもあれば、日帰りでやって来ることもあった。そのたびに彼女の近況を尋ね、励まし、時には金銭的な援助もしてくれた。アルバイトに明け暮れながら芝居の稽古をしていた彼女にとっては、精神的にも金銭的にも貴重な支えとなった。

瞬く間に月日が流れた。研修生から無事に劇団員に昇格できた博美は、少しずつ舞台に立つ機会が増えていった。劇団の若きリーダーである諏訪建夫から目をかけてもらえたのも大きかった。

苗村が意外なことを口にしたのは、博美が二十三歳になった誕生日の夜だ。都内のレストランで、プレゼントを受け取った。細長い箱に入っていたのは、ルビーが赤く光るペンダントだった。博美が喜んで礼をいうと、苗村はやや硬い笑みを浮かべて頷き、じつは考えていることがある、といった。

「学校を辞めようかと思うんだ」

博美は驚いて瞬きした。「どうして？　学校で何かあったの？」

「そうじゃない。僕も東京に出てこようかと考えているんだ。そうなったら、二人で暮らさないか」

唐突な申し出に、博美は言葉が出なかった。考えもしないことだった。

「出てきて、どうするの？　また先生をするの？」

「残念ながら、それは無理だ。でも大丈夫。大学時代の知り合いがこっちにはたくさんいるし、彼等に頼めば仕事はいくらでも見つかると思う。塾を経営している奴もいて、講師として雇ってもいいといってくれてるんだ」

どうやら苗村は、ほんの思いつきでいっているのではなさそうだった。

「家は？　奥さんには何ていうの？」

「それはまだ決めてない。だけど、近々伝えようと思っている」

「伝えるって……何を？」

「本当のことをだよ。僕の気持ちがほかの女性に移ってしまっていて、もうこれ以上は結婚生活を続けられないってことを、正直に打ち明けようと思う」

「離婚するってこと？」

「もちろんそうだ」

「あたしのことも話すの？」

苗村は激しく首を振った。

「それはない。君のことは絶対に話さない。話さずに説得するつもりだ」

「そんなこと、無理だと思う。奥さんは納得しないよ」

「納得はしないだろうと思う。でもほかに選択肢がないってことをわからせれば、やがては諦めてくれるはずだ」

そう簡単にいくんだろうか、と博美は疑問に思った。そんなことで済めば、世の中にある夫婦間の揉め事など、もっと少ないはずではないのか。

「どうだ？　僕が東京に出てきたら、一緒に暮らしてくれるかい？」

博美は当惑した。何もかもが予期せぬ内容で、返答に窮した。彼女には彼女なりの将来に向けてのプランがある。それは苗村との生活など前提にしたものではなかった。ようやく芝居というものがわかりかけ、面白くなってきたところなのだ。

「そりゃあ先生が東京に出てきてくれたら嬉しいけど、すぐに一緒に暮らすのは難しいと思う。あたしはまだ一人前じゃないし」

「そんなことはわかっている。今すぐじゃなくていい。というより、僕自身がいつ離婚して、東京に行けるか、現段階ではまるでわからないしね。ただ、僕がそういう覚悟だということは伝えておきたかったんだ」

苗村の熱い宣言を、どこか別の世界の出来事のような気分で博美は聞いていた。彼のことは依然として愛していたし、二人で暮らすことを想像すると楽しくなるのも事実だったが、そんなことは夢見ないほうが身のため、とはるか昔に割り切っていた。そのほうがお互いのためではないのか、という漠然とした思いもあった。しかしこの時は、そんなことはいえなかった。ありがとう、と答えていた。

それからしばらくこの手の話題は二人の間には出なかった。だが一年以上が経ったある日、苗村は、「来年の三月で学校を辞めることにした」といったのだ。

「もう、校長や教頭にも伝えてある。了解も取った」

「奥さんには?」

苗村は苦い顔を横に動かした。

「話してない。騒がれたら面倒だからね。強行突破する」

「強行突破？」

「君には話してなかったけど、妻とは離婚に向けて協議中なんだ。でもなかなか、うんとはいってくれなくてね。このままでは埒《らち》が明《あ》かないと思ったので、強引に家を出ることにしたんだ」

苗村の計画を聞き、博美は愕然《がくぜん》とした。四月になったら離婚届と書き置きを残し、家出するというのだった。

そんなことはやめたほうがいいと止めたが、彼の気持ちは変わらなかった。

「もう限界なんだ。世間体を考えて、一年以上夫婦のふりをしてきたけど、もう無理だ。今のままでは二人ともだめになる。僕が家を出るしかないんだ」

苗村は、この一年あまりの苦悩の日々について話した。自宅では一切食事を摂らず、洗濯は外で自分がやり、家にはただ眠りにだけ帰ったという。たまに夫婦で話すことがあっても、妻から責められるのをじっと聞いているだけだったらしい。

道理で、と博美は納得がいった。ここ最近は、苗村がいつも疲れている様子だった。前に比べるとずいぶん痩せたようにも思う。そんな生活をしていたのなら当然だ。

同情しつつ、それは仕方がないだろう、とも思った。自業自得なのだ。そして彼をそんなふうに追い込んだことで、博美自身も責任を感じていた。

翌年の四月、本当に苗村は上京してきた。荷物は大きなバッグが一つだけだ。

正式な住まいは決まっていなかったが、苗村は早々にウィークリーマンションを見つけた。家具や調度品が揃っているから、今すぐに生活ができるのだという。

「まだ居所を知られたくないから、住民票は移せない。しばらくは、ここでの生活かな」狭いワンルームを見回し、苗村は何かから解放されたような笑顔を見せた。

彼の腕に抱かれながら、博美はいいようのない不安に襲われていた。不自然な形ながらも、これまでぎりぎりバランスがとれていたものが、大きく揺らぎ始めているような気がした。揺れた結果、自分たちがどこに落ちていくのか予想できずに怖かった。しかしそれを口には出せなかった。

電話の着信音が博美を現実に引き戻した。目の前でスマートフォンが光を放っている。半分ほど飲んだ紅茶は、ぬるくなっていた。

着信表示を見て、ぎくりとした。ここ何年も会っていないし、電話すらしたことのない相手だった。だが博美は瞬時に、用件を察した。動揺を気取られないようにしなければならない。大きく息を吸い、ゆっくりと吐いてから電話を繋いだ。「はい」

「あ、角倉さん？　私です。米岡です」米岡町子の少しハスキーな声が届いた。

「お久しぶり。元気にしてらした？」

「何とか生き延びてるって感じです。それより角倉さん、明治座公演、素晴らしいじゃないですか。大成功、おめでとうございます」

「ありがとうございます。おかげさまで、何とか恥をかかずに済みました」

「そんな御謙遜を。これでまた一つ階段を上がったたって感じですよね。ほんと、すごいと思います」

「そんなに褒めないでください。本気だと錯覚しちゃう」

「本気ですよ。私はそんなお世辞なんて――」

「いいから、いいから。それより米岡さん、何か用があったんでしょう？」

「あ……はい。じつはそうなんです」声のトーンが少し低くなった。「あの、私のところに警察の方が来られまして」

米岡町子が話した内容は、電話に出る直前に博美が予想したものと寸分違わなかった。だから平然とした声で聞き流すことができた。しかし心の奥では、何かが音をたてて壊れていく感覚を抱いていた。

「というわけで、もしかしたら角倉さんのほうにも警察の方が行くかもしれないんです」

「そうですか。わかりました。私のことなら心配いりません。ふつうに対応するだけですから。それより、御迷惑をおかけしたみたいで、こちらこそ申し訳なかったです。ごめんなさいね」

「いいえ、そんな……ではまた」米岡町子は電話を切った。

博美はスマートフォンの画面を見つめ、ため息をついた。吉野元子の次は米岡町子。みんな律儀に連絡をしてくるものだ。

米岡町子によれば、広報課の茂木という人間以外に、肩幅の広い精悍な顔つきをした男が一緒だったらしい。名乗らなかったようだが、そちらはたぶん加賀だろう。彼は一歩一歩着実に、彼自身に関わる真相に近づこうとしている。

やはり彼と会ったのは間違いだったのかもしれない。だが博美には、なぜか後悔する気持ちはなかった。自分の人生が何だったのか、という問いに対する答えを得るには、必要な手順だったように思えてならない。その答えを得ることが、自分のためになるのかどうかはわからなかったが——。

そんなふうに考えを巡らせていると、インターホンのチャイムが鳴った。今日は来客の予定などない。不審に思いながら受話器に手を伸ばしかけ、その動きを止めた。液晶画面に来訪者の姿が映っている。

見覚えのある人物だった。最初にこの事務所で会った刑事だ。たしか、松宮といった。

また一人、不吉な風を運ぶ者がやってきたらしい、と思いながら受話器を取った。

18

松宮が特捜本部の置かれている警察署まで戻ると、大槻《おおつき》という同じ班の先輩刑事が正面玄関から出てくるところだった。身体は小さいが顔は大きく、肩幅も広い。柔道は三段の腕前で、耳は完全にカリフラワー化している。松宮を見て、よう、と声をかけてきた。

「どうだった、そっちの首尾は？」松宮が何の聞き込みに出ていたのかも知らないくせに尋ねてくる。いつものことだ。

「イマイチです」

「そうか。そりゃ残念だったな」軽い口調で答えた。どうイマイチなのかも訊いてこない。元元、挨拶代わりの会話なのだ。

「大槻さんはどちらへ？」

「神田《かんだ》だ。また一人、連絡があってな。今度は浜岡《はまおか》原発だ」

ああ、と松宮は合点して頷いた。「当たりだといいですね」

「まあな。期待はしてないけど」大槻は、じゃあな、と片手を上げて歩き去った。

綿部俊一は原発作業員だったのではないか、しかもあちこちの原発を渡り歩いていたのではないか——この仮説に基づいて、様々な方面から捜査が行われている。その一つが、関連会社への問い合わせだ。綿部俊一もしくは越川睦夫という人物を雇ったことはないか、さらには例の似顔絵を示し、似た人物に心当たりがないかどうかを尋ねるわけだ。

無論、これは簡単なことではない。時間が経ちすぎている上、そもそも関連会社というのが膨大な数になる。実際に作業員を雇っているのは孫請けや曾孫請けの小さな事務所ばかりで、責任者を把握するのでさえ困難という有様だった。しかも現在は震災の影響で殆どの原子力発電所が稼働しておらず、そういった仕事から撤退してしまった会社も多い。管轄内に原発がある全国の警察署に協力してもらって調べているが、特捜本部からも専任の捜査員が送り出されていた。彼等は連日、作業員の雇用主や手配師、元作業員といったところを当たり、何らかの情報を摑んでは、それを特捜本部に送ってくる。

浜岡原発から連絡があったと大槻はいったが、おそらく似顔絵に似た人物が働いていたという証言が得られ、その氏名も判明したのだろう。彼が神田に行くのは、放射線従事者中央登録センターに、そういう作業員が存在したかどうかを確認するためだ。放射線管理区域内で作業をするためには、中央登録センターに氏名を登録する必要がある。じつは綿部俊一や越川睦夫という氏名が存在しないことは、すでに確認されている。もしこれらの名前で作業員として働いていたのなら、勤務場所は放射線管理区域外のみということになるが、その可能性は低いだろうというのが原発作業員に詳しい人間たちの意見だ。稼ぎが全く違い、十分な金をもらうためには、たっぷりと放射線を浴びねばならない、というのがその世界の常識らしい。ただし、もらった金の何割かがピンハネされるということだったが。

浜岡原発から寄せられた情報は、果たして当たりだろうか。入手した氏名が中央登録センターにあった場合は、仕事によって浴びた放射線量と共に、当時の住所や本籍地、勤務経歴などが判明する。そこから現在の行方を突き止め、自分たちが探し求めている人物か否かを確認することになるわけだ。

大槻の地道な捜査が実を結ぶことを祈りつつ、松宮は警察署内へと入っていった。

会議室では小林が係長の石垣と言葉を交わしていた。どちらも浮かない顔つきだ。話し終えると石垣は部屋を出ていった。それを待って、松宮は小林のところへ行き、浅居博美とのやりとりを報告した。

「そうか。やっぱり否定したか」小林は冷めた顔でいった。

「苗村教諭のことはよく覚えているといってました。大変世話になったとも」

「しかし男女関係はなかった、というんだな」

「笑ってましたよ。そんなことをいわれるとは夢にも思わなかったと」

「ルビーのペンダントの話はしたのか」

「しました。たしかにそういうアクセサリーを持っていたことはあるが、自分で買ったものだといっていました」

「自分で買った……ねえ」

「諏訪建夫氏と結婚前に付き合っていた相手についても訊いてみました。差し支えなければ、名前を教えてもらえないかと」

「何と答えた?」

松宮はため息をつき、小さく両手を広げた。「差し支えがある、と」

小林は口を曲げた。「そうきたか」

「逆に、何のためにそんなことを訊くのかと質問してきました。押谷さんが殺された事件と関係があるように思えない、関係しているというのならどう関係しているのかを説明してもらいたい、とのことでした。捜査上の秘密なので話せないといっておきましたけど」

「動揺している様子だったか」

「どうでしょう」松宮は首を傾げた。「結構、堂々としていました。表情には余裕があったし、質問してきた時の口調も穏やかなものでした。でも……」

「何だ」

「女優ですから」

「そうだな」小林は苦い顔で頭を掻いた。

「ところで大槻さんから話を聞きましたが、また一つ新たな情報が入ったみたいですね」

小林はそばの書類を手にした。

「氏名、ヨコヤマカズトシ。二十年ほど前に、浜岡原発の作業員として働いていた男だ。当時、孫請け業者で親方をしていた人物が、似顔絵を見て、すごく似ているといっているらしい。その頃五十歳ぐらいだったというから、年齢的にも合致する」

「どういう人物だったといってるんですか」

「残念ながら、仕事以外では付き合いがなく、人となりまでは知らんそうだ。だが当時使っていた名簿がまだ手元に残っていて、名前だけは思い出せたらしい」

「放管手帳は本物だったんでしょうか」

放射線管理手帳のことだ。中央登録センターに名前を登録した者に発行される。原発作業員は、勤務先にそれを預けなければ仕事に就けない。

「昔のことなので、その親方も細かいことは覚えてないようだ。しかし偽物ならすぐにわかるし、そんな怪しい男を雇うわけがないといっている。まあ、その言葉は信用していいんじゃないか」

だがその人物が、本物のヨコヤマカズトシであったという保証にはならない。今回松宮も知ったことだが、放射線管理手帳発行の手続きは極めて杜撰で、かつては住民票さえあれば簡単に他人になりすますことができたのだ。偽造した住民票に基づいて、実際には十八歳未満の少年に対して発行されたことさえある。放射線管理区域に入る者に対して、運転免許証やパスポートなど顔写真付きの公的身分証の提示を義務づけるようになったのは、つい最近のことだ。

苗村誠三——その名前も中央登録センターにはない。だが何らかの方法で別名の放射線管理手帳を入手していたら、原発作業員として働くことは可能だったはずだ。

越川睦夫は偽名、綿部俊一も偽名、新小岩で殺された人物の本当の名前は苗村誠三ではないか、というのが松宮の推理だった。

そうであれば、ますます浅居博美を疑わざるをえなくなる。押谷道子と合わせ、関わりのある人間が二人も殺されているのだ。

ただし動機に関しては、未だ全く見当がつかないままだった。押谷道子が浅居博美に会うのは三十年ぶりであり、その間一切繋がりはなかった。殺害しなければならないような理由が、突然生じるとは思えない。

そんなふうに考えを巡らせながら松宮がパソコンに向かって報告書を作成していると、外から数名の捜査員たちが戻ってきた。代表して一人が小林に何やら報告しているが、その顔つきは冴えない。あまり良い成果が出なかった模様だ。

案の定、小林も渋い表情になった。下唇を突き出して腕組みをした後、松宮の名前を呼んだ。

「何かわかりましたか」

「その逆だ。何もわからん。はっきりしない」

「どういうことですか」松宮は戻ってきた捜査員たちの顔を眺めた。

小林は二枚の写真を出してきた。

「申し訳ないが、また出張だ。おまえに行ってきてもらいたいところがある」


店に入ると、すぐに加賀の姿が見つかった。タブレット端末の上で指を滑らせている。お待たせ、といって松宮は向かいの席に鞄を置いた。

加賀は顔を上げた。「時間は大丈夫なのか」

「切符は買ってある。まだあと三十分ほどある」

この店はセルフ式だ。売り場カウンターでコーヒーを買い、席に戻った。加賀は熱心に画面を見ている。そこに表示されているのは、どこかの神社の写真だった。大勢の人が歩いている。

「それは？」

加賀はタブレット端末を立て、松宮のほうに画面を向けた。「いちょうがおか八幡神社だ」

「いちょう……」

「こういう字を書く」加賀が画面上で指を動かした。『銀杏岡八幡神社　節分　豆まき』と記されたポスターの写真が表示された。「浅草橋の近くにある神社だ。毎年二月三日に、節分祭というものが行われる。その時の写真を集めてみた」

「二月は浅草橋……か。橋洗いの写真みたいに、浅居博美がどこかに写っていないか確かめているわけだ」

「まあそうなんだが、今回は難しそうだ。何しろ数が集まらなくてな」加賀は画面を消し、顔を上げた。

松宮は小林から渡された二枚の写真をテーブルに置いた。

例の卒業アルバムにあった写真を接写したものだった。集合写真の苗村の顔をアップにしてある。一枚は押谷道子たちの卒業時、もう一枚は苗村が退職する直前だ。

「若いな」加賀は二枚の写真を見ていった。「この顔が、三十年後にはあの似顔絵みたいになるんだろうか」

「それを確かめてくる」

松宮がこれから向かう先は仙台だった。宮本康代にこの二枚の写真を見せ、綿部俊一と同一人物かどうかを確認するのが目的だ。先程戻ってきた捜査員たちは、似顔絵作成に協力してくれた人々にこれらの写真を見せに行ったのだが、誰もが首を捻るだけだったらしい。あまりに年齢が違いすぎて、イメージできないのだという。

松宮が加賀に連絡したのは、宮本康代に何か伝えたいことがあるかと訊くためだった。すると加賀は、それは特にないが耳に入れておきたいことがあるので少しだけ会いたいといった。そこで仙台に行く前に、こうして東京駅近くのコーヒーショップで待ち合わせたというわけだ。

「中学二年の時の担任だといったな」加賀は写真をテーブルに置いた。「しかも浅居博美と男女関係にあった可能性がある、と」

松宮が滋賀県から戻ったのは昨日だが、夜のうちに加賀には電話で概略を話しておいたのだ。

「今日、本人には否定されたけどね」松宮は写真をしまった。「でも俺は間違いないと思っている。ルビーのペンダントは苗村誠三からの贈り物だ。そして苗村は綿部俊一であり、越川睦夫だと思う」

加賀はテーブルに肘をつき、拳を額に当てた。

「中学の教師が教え子と恋に落ち、やがては妻を捨て、学校も辞めて逃避行か。考えられないことではないが、あまりに浅はかだな。そんな男のどこに惹かれたんだろう」

「浅居博美のほうも若くて考えが浅かったんだろ。そういえば恭さん、教師の経験があるじゃないか。気持ちがわかったりしないのか」

「あるといっても、たったの二年だ。俺には教え子といえるような人間はいない。それはともかく、なぜ原発作業員なのか……」

「収入のためだよ。あの仕事は身元を隠して働くことが難しくない。苗村には、ちょうどよかったんじゃないかな」

「それはそうかもしれんが」加賀は釈然としない様子だ。

松宮は時計を見た。「そっちの用件は?」

そうだった、と加賀は傍らに置いた鞄から雑誌を出してきた。剣道雑誌だ。それをテーブルの上に置き、付箋を付けた頁を開いた。

松宮は、おっと声を漏らした。剣道着姿の加賀が写っている。しかもかなり若い。

「この記事について、重大なことが判明した」

こう前置きして加賀が話した内容は、たしかに瞠目《どうもく》すべきものだった。この記事を手がかりに、浅居博美が加賀の住所を突き止めた形跡があるという。

「どういうことだ。剣道教室で出会ったのがきっかけだといってたけど……」

「あれは偶然ではなかったってことだろうな。彼女は俺に近づくため、あの剣道教室に子供たちを連れてきた」

「何のためにそんなことを？」

「それはわからない。だが浅居博美と綿部俊一の間に何らかの繫がりがあるとすれば、俺にとって長年の謎が一つだけ解決する」

「お母さんが亡くなった時、なぜ綿部俊一は宮本康代さんに恭さんの住所を教えられたのか、だな」

加賀は頷き、腕時計を見た。「そろそろ行ったほうがいいんじゃないのか」

松宮も時刻を確認した。「そうだな」

二人で店を出た。同じ方向に歩きながら、「滋賀県での話だが」と加賀がいった。「聞いていて、気になったことがある。当時の同級生たちは、浅居博美のことをあまり覚えてなかったといったな」

「いじめのようなことがあったのは覚えているといってた。だけど転校した時のことなんか、殆ど記憶に残ってないそうなんだ。いつの間にかいなくなっていたというふうらしい」

「いつの間にかねえ……」

「何だ。何がそんなに気になるんだ」

「何がかは自分でもよくわからん。何かが見えそうで見えない。見ているのに気づかない。そういう感じだ」

松宮は立ち止まった。加賀が遅れて足を止め、振り返った。「何だ、どうした」

「それだ。その感じ、全く同じなんだ。俺もそういう気がしてならない」

「そうなのか」

「俺の刑事としての勘も、そろそろ恭さんのレベルに近づいてきたってことかな」

加賀は苦笑した。

「くだらないことをいってないで、少し急いだらどうだ。乗り遅れるぞ」

時計を見ると、たしかに急いだほうがよさそうだ。じゃあここで、と加賀に向かって手を上げ、小走りになった。

駆け込むように『はやて』に乗り込んでから約一時間四十分後、松宮は仙台駅に着いていた。そこからはJR仙山線で東北福祉大前駅へ。二度目なので慣れたものだ。

今回も駅からは徒歩だ。前にも思ったことだが坂道がきつい。しかも一人だと距離が長く感じられた。

国見ケ丘は今日も静かだった。家々の窓には明かりが灯っている。やがて宮本邸が見えてきた。訪ねることは先に電話で伝えてある。

加賀が一緒ではなかったが、宮本康代は松宮を歓迎してくれた。前回と同じように居間に通されたが、お茶ではなくビールを出そうとするので、あわてて断った。

「いいじゃないですか。もう夜だし」

「いえ、困ります。お気持ちだけで結構です」

「そうですか。おいしい長茄子漬けがあるんですけどね」心底残念そうな顔で宮本康代はビールとグラスをトレイに載せ、キッチンに消えた。

再び現れた彼女が淹れてくれた日本茶を啜る前に、松宮は前回の礼を述べた。

「少しはお役に立てたのかしら。その後どうなったのか、気になってたんですよ」

「おかげさまで、着々と進展しております」嘘も方便だ。「それでじつは本日も、宮本さんに見ていただきたいものがありまして。今回は写真です」

宮本康代は、ぴんと背筋を伸ばした。「はい」

松宮は例の二枚の写真を彼女の前に置いた。

「年月に隔たりがあるので印象が違いますが、同じ人物です。その人に見覚えはありませんか」

宮本康代は両手に一枚ずつ写真を持ち、交互に眺めた。

すぐに反応があるのでは、と松宮は期待した。はっとしたような表情を彼女が見せることを予想した。

だが宮本康代が発した言葉は、意外なものだった。自分の知り合いにはいないと思う、と答えたのだ。

「よく御覧になってください。宮本さんがお会いになっているとしたら、この写真の時よりも十年ぐらい後だと思うんです。年齢を重ねたことを考慮して、見ていただけませんか」

松宮の言葉に、彼女はもう一度写真を見つめた。しかし戸惑ったような表情に変化はなかった。

仕方がない、と松宮は思った。答えを誘導するようなことは避けたいのだが、背に腹は代えられない。

「綿部俊一さん……ではないですか。前回は似顔絵を見ていただきましたが」

宮本康代が顔を上げた。驚いたように目を大きく開いている。それで松宮は、ようやく思い出したのかと期待した。

「とんでもない」だが彼女は首を振り、きっぱりといいきった。「この人は違います。綿部さんじゃありません。全くの別人です」

19

夜遅くに特捜本部に戻ると、石垣と小林、そして大槻の姿があった。会議机を囲んで座っている。

「わざわざ御苦労だった」石垣が松宮に声をかけてきた。「こんなことなら、宮城県警に任せればよかったな。写真を見せるだけなんだから」

宮本康代の回答については、すでに電話で小林に報告済みだ。そうか、と低く答えた上司の声からは、落胆ぶりが伝わってきた。

「いえ、やっぱり自分で確認したかったですから。しかし、残念です。当たりだと思ったんですが」

「全然違うということなんだな。可能性はゼロと受け止めていいか」

「宮本さんの態度からすると、そう考えていいと思います。迷う気配すらありませんでした。綿部俊一と面と向かって話した数少ない人間ですから、間違いないと思います」

「そうだな。わかった。苗村のセンはなくなったと考えて、捜査方針を練り直そう。じゃあ小林、後は頼んだ」

はい、と小林が答える。石垣は椅子の背もたれにかけてあった上着を摑み、部屋を出ていった。その足取りは、決して軽くなかった。

松宮は小林を見た。「こちらでは何か進展が？」

小林は大槻のほうに顎をしゃくった。「こいつが当たりクジを引いたかもしれないんだ」

えっ、と松宮は大槻に視線を移した。「昼間いってた件ですね。名前はええと……」

「ヨコヤマカズトシ。その名前は中央登録センターに存在した」大槻が手元の書類を見ながらいった。「当時の住所は名古屋市熱田《あつた》区で本籍地も同じ。ただし現在、住民票は削除されている。転出届が出された記録もない。完全に住所不定ってことになる」

「家族は？」

「結婚歴と離婚歴が二度ずつ。両親はとっくの昔に死んでる。姉が一人いて、豊橋《とよはし》に嫁《とつ》いでいる」

「前の妻二人と姉の居場所は突き止められるんじゃないですか」松宮は小林に訊いた。

「すでに愛知県警に協力を要請したが、こちらからも捜査員を差し向けた。いずれ、詳しい情報が集まるはずだ」

その捜査員には坂上も入っているということだった。

松宮は手帳を取り出した。

「ヨコヤマカズトシですね。どういう漢字ですか」

「それがなかなか面白いんだ。俺も大槻からいわれるまで気がつかなかったんだが」

小林によると漢字で書くと、『横山一俊』らしい。何が面白いのかと思って自分の書いた文字を眺め、あっと声をあげた。

「下の名前ですね。前後をひっくり返すと『俊一』になる。綿部俊一の『俊一』だ」

「そういうことだ」

「偶然にしちゃあ、よくできた話だろ」大槻が鼻の穴を膨らませた。

「たしかに気になりますね。この横山という人物は、女川原発にいたこともあるんですか」

「ポイントはそこだ。大槻によれば、女川にいたことがあるというより、経歴の半分以上が女川らしい」

大槻が再び書類に目を落とした。

「雇用主は『白電興業《はくでんこうぎょう》』。ただし、この会社の本社は東京で、横山一俊が直接雇われていたとは思えない。おそらく本来の雇い主は、地元の下請けか孫請け業者だ」

「じゃあ、女川のそういう業者を当たれば――」

松宮が話している途中で小林は首を振り始めていた。「それは無理だ」

「どうしてですか」

小林は大槻のほうを向き、話してやれ、というように顎を動かした。

「今回、管轄内に原発がある警察本部に、いろいろと協力を頼んでいる」大槻が話し始めた。「だけど福島と宮城に関しては無理だ。現地の下請け業者なんて、すべて被災した。建物ごと消えた。昔の記録なんて見つけようがないし、そこにいた人間の居所を摑むのも不可能に等しい」

松宮は持っていたボールペンを置いた。「そういうことか……」

「ただし悲観する必要はない」小林がいった。「要するに横山一俊を知っている人間を見つければいいだけのことだ。浜岡原発で一緒に働いていた作業員の中で、身元がわかっている者も何人かいる。横山一俊については、いずれ詳細が判明するだろう。問題は、それが俺たちの追い求めている人間かどうか、ということだ」

「そうですね」

頷きながらも松宮の心には靄《もや》が掛かっている。もし当たりだとして、つまり横山一俊なる人物こそ綿部俊一だった場合には、浅居博美と一体どんな繫がりがあるのか。また新たな壁が生じることになる。

不意に小林が顔を上げた。「御苦労だった。今日は帰っていいぞ」

「いや、俺はここで」

松宮がいうと小林は蠅《はえ》を払うように手を振った。

「管理官は捜査員が無駄に泊まり込むのを好まない。係長もそうだ。さっさと帰って、お袋さんを少し安心させてやれ」

そこまでいわれては逆らえない。ではお先に失礼しますと頭を下げた。

松宮は高円寺《こうえんじ》のマンションで母親の克子《かつこ》と暮らしている。かつては三鷹《みたか》の古い借家《しゃくや》に住んでいたが、松宮が捜査一課の配属に決まった時、思い切って引っ越したのだ。

「母親と二人暮らしじゃあ、なかなかできねえよな」先輩の坂上などは笑いながらいう。恋人のことだ。マザコンと思われそうだというのだ。たしかにそれはある。だからあまり人にはいわないようにしている。

父親に関する記憶が、松宮には全くない。彼が幼い時に事故で死んだからだ。しかも正式な父親ではなかった。その男性はほかの女性と結婚しており、離婚が成立しないまま、克子と暮らしていたのだ。

「結婚運がなかったのよねえ」克子は今も時々そういう。彼女は一度結婚歴がある。松宮は、その相手の名字だ。だがその時の夫は、若くして病死したらしい。その後、松宮の父親と出会ったわけだ。

母親の苦労を松宮は目の当たりにしてきた。だから多少不自由でも、二人で暮らすことに不満はなかった。

マンションに着いた時には日付が変わりかけていた。克子はもう寝ているかもしれない。そう思って物音をたてないよう気遣いながら玄関ドアを開け、驚いた。奥から克子の明るい笑い声が聞こえてきたからだ。靴脱ぎを見ると、大きな靴が置いてあった。

部屋に入っていくと、二人の男女がダイニングテーブルを挟んでいた。テーブルにはビールの缶が並び、お新香《しんこ》を盛った皿がある。

「あら、帰ってきたの」そういったのは克子だ。そして、「仙台からトンボ帰りか。大変だな」といったのは、ワイシャツ姿の加賀だった。ネクタイを外し、袖まくりしていた。

「何やってんだよ、二人で」

「恭さんが突然訪ねてきてくれたの。人形町の豆腐《とうふ》と卵焼きをお土産に持って。どっちもおいしかったわあ」克子の目の縁はほんのりと赤い。

「何だか、久しぶりに叔母さんの顔を見たくなってな。このところ、おまえはろくに帰ってないんだろ？　だから寂しいんじゃないかとも思った。いいだろ、親戚なんだし」

「それはまあ、別に構わないけどさ」

「だったら突っ立ってないで、まずは一杯どうだ。今日の仕事は終わりだろ」

克子が食器棚からグラスを出してきた。加賀がそこにビールを注いだ。

松宮は上着を脱ぎ、椅子に腰掛けた。ビールを飲むと、全身の疲れが滲《にじ》み出てくるようだった。今日も一日、よく動いたものだ。

「で、首尾はどうだった？」加賀が尋ねてきた。

松宮は首を振り、写真を見た宮本康代の言葉を伝えた。

「そうか、やっぱりな」加賀の反応は淡泊なものだった。

「違うと思ってたのか」

「確信があったわけじゃないが、何となくそんな気がしていた。うちの母親の相手だとは思えない」

加賀の言葉を聞き、松宮ははっとした。苗村のことを浅はかだと評し、そんな男のどこに惹かれたんだろうと呟いたのは、彼の母親に対する疑問だったのだ。

「苗村は……無関係かな」

「いや、無関係だと決めつけるのは早すぎるんじゃないか」

松宮は、お新香に伸ばしかけていた箸を止めた。「事件に関係してるっていうのか」

「直接関係しているかどうかはわからん。だが、浅居博美と繋がりのある人間が、二人も姿を消したという事実は無視できない」

「二人……一方は中学時代の同級生で、一人は担任教師。押谷道子の場合は、姿を消したというより殺されたわけだけど」

「そこだ。だったら、苗村教諭の行方不明についても疑う必要があるんじゃないか」

松宮は息を呑んだ。「殺されてるっていうのか、苗村も」

「その可能性はある」

「殺されたとしたら、いつ？」

「それはわからん」加賀は首を振り、グラスを口元に運んだ。

「もしそうだとしたら、犯人は誰なんだ。それもやっぱり――」浅居博美、と口に出すのは躊躇った。

「現段階で、そこまで考えるのは早計だろう」加賀は小さく肩をすくめた。

「何だか、怖そうな話ねえ」黙って二人のやりとりを聞いていた克子が、ぎごちない笑みを浮かべた。

「すみません、生臭《なまぐさ》い話ばかりで」加賀が頭を下げ、時計を見た。「もうこんな時間だ。すっかり遅くなってしまった」

「いいじゃないの。脩平《しゅうへい》も帰ってきたんだし」

「いいえ、こいつも休ませてやらないと」加賀は上着を手にし、立ち上がった。「ありがとうございました。久しぶりに叔母さんと話せて楽しかった」

「私もよ。また来てね」

松宮は母親と従兄を交互に見た。「二人で何の話をしてたんだ」

「たわいのない昔話だ」

「百合子さんの話よ。恭さんのお母さん」克子がいった。「私はあまり付き合いがなかったんだけど、優しくて責任感の強い人だったことは覚えてる。家を出ていったのも、きっと彼女なりに悩んだ末のことだったと思う。だから恭さん、それはもう許してあげてね」

加賀は苦笑し、頷いた。

「わかっています。何度も聞きました」

「さっきの話も考えておいてね」

「ええ、まあ」加賀は何となく煮え切らない様子だ。

「何だよ、さっきの話って」

「百合子さんの供養。きちんとしたことを何もしてないっていうから」

松宮は、ああ、と頷いて加賀を見た。この従兄が法事に無関心なことはよく知っている。

「一段落したら考えてみます」

「本当ね。約束よ。何があったって、百合子さんが恭さんの母親であることは変わらないんですからね。役所に行けば、きちんと記録が残っている。それって、素晴らしいことなの。その点、脩平には父親がいない。この子の父親に関する記録はどこにもないの。それだけでも恭さんは幸せなんだから」

克子の声が涙混じりになりそうだったので松宮はあわてた。

「もう、やめろよ。酔ってるのか」

「酔ってないわよ。私は恭さんにわかってほしくて……」とうとう本当に涙ぐんだ。

「参ったな」松宮は顔をしかめた後、ごめん、と加賀に謝った。

「叔母さんの気持ちはよくわかりました」加賀は静かにいった。「本気で考えてみます。今夜は、ごちそうさまでした」

克子は無言で二度頷いた。

玄関まで加賀を見送ることにした。靴を履いた後、加賀はドアのほうを向いたまま動かなくなった。どうしたのかと思って松宮が尋ねようとした時、彼は振り返った。

「俺たちは大事なものを見落としていたのかもしれない」

「えっ」

「また、連絡する」そういって加賀は出ていった。

20

目を覚ました時、全身に冷や汗をかいていた。嫌な夢を見た感覚が頭に残っている。千秋楽を明日に控え、無意識のうちに緊張しているせいだと思いたい。

だがシャワーを浴びた後に洗面台の鏡の前に立った時、そうではないだろう、と思い直した。意識しているのは千秋楽のことではない。確実に近づきつつあるその時のことが頭から離れず、それを恐れる気持ちが悪い夢を見させたに違いない。

博美は鏡の自分に向かって笑いかけた。嘲笑だ。結局は弱い人間だったのだな、これまでは虚《きょ》勢《せい》を張って生きてきただけなのだなと失望するしかない。

手のひらで頬を二度叩き、次は自分を睨みつけた。何を失望しているのか。十分に夢を果たした。何も恐れることはない。後悔することもない。今日と明日、命の炎を燃やし尽くすことだけを考えればいい。

スマートフォンが着信音を鳴らしたのは、化粧を終える頃だった。表示を見て、口元が引き締まった。

「はい、おはようございます。加賀さん」

「早くから申し訳ありません。今よろしいですか」

「どうぞ」

「あなたにいくつかお尋ねしたいことがあるのです。それで、これから御自宅に伺わせていただいても構いませんか。じつは、すぐ近くまで来ているんです」

博美は深呼吸をした。劇場でも事務所でもなく、自宅に来た理由を考えた。

「あまり時間がないんですけど」

「十分で結構です。お願いします」

ここで断ったところで、たぶん同じことだろう。加賀は別の方法で目的を果たそうとするに違いない。

「わかりました。ではお待ちしております」

電話を切り、吐息をついてから室内を見回した。さほど奇麗ではないが、見られて困るようなものは特にない。テーブルの周囲だけを少し片付け、加賀の来訪を待ち受けた。

間もなくインターホンのチャイムが鳴った。応じると加賀の声が聞こえたので、オートロックを解除した。

そして二度目のチャイム。博美は息を整え、玄関に向かった。

鍵を外し、ドアを開けた。加賀が立っていた。だが彼は一人ではなかった。後ろに、もう一人いる。スーツを着た、丸顔の奇麗な女性だ。

「彼女のことは気になさらなくて結構です」加賀がいった。「女性の部屋に男が一人で訪ねるわけにはいかないと思い、付き合ってもらったんです」

カナモリといいます、と女性は頭を下げた。名刺は出してこなかった。

博美は二人をリビングルームに案内した。あまり人を部屋に招いたことはないが、二人掛けのソファと一人用の低い椅子がある。彼等にはソファに座ってもらった。

「何かお飲みになる？　コーヒーならすぐに淹れられますけど」

「いや、結構。十分だけという約束ですから」

はい、と答えて博美は腰掛けた。

「まず伺いたいのは、これのことなんです」加賀は抱えていた鞄の中から一冊の雑誌を出してきてテーブルに置いた。剣道雑誌だった。「米岡さんを御存じですね。米岡町子さん、芸能記者をしている方です」

まずその話か。予想していた話題なので、平静を保つのは難しくなかった。

「ええ、知っています。彼女のところに行かれたそうですね。連絡がありました」

「御存じなら、話が早い。では、なぜ私の住所を調べたのか、教えていただけますか」

「なぜって、それは」彼女は肩をすくめてみせた。「剣道について取材しようとしていたからです。どうせなら、なるべく強い選手にと思いましてね。米岡さんにも、そうお話ししたと思うんですけど」

「たしかにそうおっしゃってました。でも奇妙ですね。せっかく米岡さんから住所を教えてもらっておきながら、あなたは私に連絡してこなかった」

「必要がなくなったからです。題材を違うものにしたんです。ただ、それだけのことです。だから あの剣道教室でお会いした時には、正直びっくりしました。こんな偶然があるんだろうかって」

加賀は鋭い目で見据えてきた。「あれは偶然だったと？」

博美は目をそらさず、口元を緩めた。「ええ、そうです」

「しかしあなたは、これまで一度もそんなことをいわなかった」

「いわないほうがいいと思ったんです。だって、知らないうちに自分の住所を調べられていたって聞くと、不愉快になる人だっているでしょう？」

加賀は大きく呼吸した後、剣道雑誌を手にした。「なぜ私だったんですか」

「それはたった今お答えしたはずです。強い選手から話を聞こうと思ったからです。加賀さんは何かの大会で優勝されたんでしたよね。だからふさわしいと思いました」

「強い選手なら、ほかにいっぱいいますよ。この雑誌にだって紹介されている」

「直感です。私たちの仕事は理詰《りづ》めではないんです。役者をキャスティングする時も、フィーリングを大切にします。なぜこの役にあの俳優を選んだのかと問われても、直感だとしかいえないんです」

「では、なぜこの雑誌だったんですか」

博美は小さくお手上げのポーズを取った。

「剣道雑誌なんて、そんなにたくさんあるんですか？　本屋さんに行ったら、たまたまその雑誌が見つかった。それだけのことです」

「それはおかしい」

「どうしてですか」

加賀は雑誌のタイトルの下を指差した。

「刊行の日付を見てください。あなたが米岡さんに依頼をした時の、三年も前に出版されたものです。なぜこんな昔の雑誌が本屋に置いてあるんですか」

博美の心にさざなみが立った。そうだった。あの時点で古い雑誌だったのだ。すっかり忘れていた。だが彼女は狼狽を即座に消し去った。

「ごめんなさい。うっかりしていました。本屋さんではなくて、正確にいうと古本屋さんです」

「古本屋？　なぜ、わざわざそんなところで？」

「わざわざではなく、たまたま入ったお店に置いてあったので、ちょうどいいと思って買っておいたんです。新刊雑誌だと高いでしょう？」

「どこのお店か教えていただけますか」加賀が上着の内側に手を入れた。

「忘れました。神田のどこかだったように思いますけど」

加賀は手を元に戻した。「それは残念」

「そういうわけで、いろいろと気にしておられるようですけど、私が加賀さんの住所を調べたことに深い意味はありません。率直に申し上げて、私は加賀さんにはそれほど関心は、いえ全く関心がありません。昔も、そして今も」博美はにっこりと刑事に笑いかけた。「自意識過剰ですよ」

加賀も笑みを返してきた。「そうですか。わかりました」だが無論、その目に納得の色などはない。

彼が剣道雑誌を鞄に戻した時だ。今まで横で黙って話を聞いていたカナモリという女性が、あっといって顔をしかめ、片目をぱちぱちと瞬かせた。

「どうされました?」

「コンタクトレンズが……。すみません、洗面所を使わせてもらっても構いませんか」

「ええ、どうぞ。廊下に出て、左です」

すみません、といって彼女は席を立った。部屋を出ていくのを見送ってから、博美は加賀に目を戻した。

「奇麗な方ですね。あの方も刑事?」

「いえ、違う部署の者です」

「そうですか。――それで加賀さん、まだ何か話が?」

「先日、本庁の捜査員があなたの故郷に行ったそうです。そこで何人かの同級生と会ったといってました。中学二年の同級生です」

どうやら、違うところから攻めてくる気らしい。博美は表情は柔らかく保ったままで身構えた。「へえ、そうなんですか。それが何か」

「担当した捜査員が首を捻っているんです。というのはですね、同級生の皆さん、あなたのことをあまりよく覚えてはおられないらしいんですよ」

博美は小さく頷いた。

「そうかもしれませんね。存在感は薄かったと思います」

「でもあなたをいじめたことを覚えている人はいたようです。ところがですね、あなたが転校したことについては、驚くほど皆さんの記憶が曖昧なんだそうです。いつの間にかいなくなっていた、という印象らしい」

「仕方がないでしょうね。父が亡くなり、いろいろなところをたらい回しにされて最後は養護施設に……。お別れの挨拶すらできなかったですから」

「さぞかし大変だっただろうとお察しいたします。お父さんが亡くなったということですが、死因は何だったんですか」

博美は自分の頬が強張るのを感じた。「そんなこと、すでにお調べなんじゃないですか」

加賀は内ポケットから手帳を出し、開いた。

「特捜本部で、あなたの経歴を調べてきました。お父さんの死因は自殺。近所の建物から飛び降りた、とあります」

「おっしゃる通りです」

「どんな建物からですか。マンションですか。それともデパートか何か」

博美は大きく頭を振った。「何かのビルだったと思いますけど、覚えていません。私は知らせを受けて病院に駆けつけて、飛び降りたってことは後から聞かされたんです」

「なるほど。しかし不思議ですよね。私はよく知りませんが、それほど大きな町ではないんでしょう？　そんなことが起きれば、大騒ぎになるのがふつうではないですか。事実、捜査員の話によれば、同級生の皆さんは当時起きた事故や事件のことを大変よく覚えておられるそうなんです。それなのにクラスメートの父親の飛び降りのことは全く知らないという。これは奇妙だと思いませんか」

「そんなことを私にいわれても困ります。ただ、父の死がおおっぴらにならないよう尽力《じんりょく》してくださった方はいます」

「どなたですか」

「当時、担任だった先生です」

加賀は手帳に目を落としてから顔を上げた。「苗村誠三先生ですね」

「そうです」

加賀は手帳をぱたんと閉じ、それを持ったまま腕組みした。

「しかしどんなにがんばっても、隠せることと隠せないことがあると思うんです。仕事柄、投身《とうしん》自殺や転落事故の現場に立ち会ったこともありますが、本当に大騒ぎになります」

「そういわれても、結果的に隠せたとしかいいようがありません。加賀さんは一体何がいいたいんですか」

カナモリという女性が戻ってきた。大丈夫か、と加賀が尋ねる。はいすみません、といって彼女は先程までと同じように彼の隣に腰を下ろした。

博美は壁の時計を見上げた。「もうそろそろ……」

「特捜本部にあるあなたのプロフィールは」加賀が言葉を被せてきた。「主に養護施設『琵琶学園』に残っていた資料に基づいたものだそうです。お父さんが近所の建物から飛び降り自殺したという記録もそのようですが、その資料自体、正式な書類を参考にしたわけではなく、あなたか、あるいは苗村先生の話を聞いて記載されたものではないかと想像します。つまり私は、こう疑っているんです。あなたのお父さんは、もっと別の場所で、違う死に方をしているのではないか」

カナモリという女性が、加賀の隣で表情を強張らせている。この人は彼からどの程度まで話を聞かされた上でやってきているのだろう――そんなことを考えている場合ではなかったが、博美の頭に疑問が浮かんだ。

「同級生の皆さんは、あなたのお父さんが自殺していることを知らなかった。そのせいであなたは学校に来なくなっていたのだが、その経緯も把握していなかった。これは非常に不自然なことのように感じます。しかし、もし話が逆であれば理解できます」

「逆？」

「お父さんの自殺より、あなたが学校に来なくなったことのほうが先の場合です。ふつうなら同級生たちも気にするかもしれない。だが担任の先生から何らかの説明があれば、それで納得するでしょう。もっとも、その説明は事実ではない。苗村先生は、生徒たちには嘘をいったのです。先生は、あなたが登校しない本当の理由を知っていた。それは何か。考えられることは二つ。あなたが自分の意思で登校しない、あるいは何かの事情で登校できない。私は後者だと想像します。あなたは学校に行きたくても行けなかった。なぜなら、その頃あなたはお父さんと一緒に遠いところにいたから。逃走の旅を続けていたから。そう、あなた方は所謂《いわゆる》夜逃げをしたのです」

加賀はよく通る声で一気に話し終えた後、じっと博美の顔を見つめてきた。まるで、どんなに巧妙な演技をしようとも決して騙されないぞ、と威嚇《いかく》しているようだった。

「まるでタイムマシンに乗って、過去を見てきたかのようにおっしゃるんですね。その自信の根拠が知りたいです」

「そう考えれば辻褄《つじつま》が合うのです。お父さんの死亡が確認されるのは、おそらく遠く離れた土地でのことだ。死亡届はその地で出され、遺体もまたそこで荼毘《だび》に付《ふ》された。だから学校の同級生などは何も知らないままだった。苗村教諭はあなた方が夜逃げしたことはわかっていたが、騒ぐようなことはせずに静観していた。たぶんあなた方に同情したのでしょう。そのうちにお父さんの死亡が学校にも伝えられたが、苗村教諭はあなたのことを思い、生徒たちには伏せておくことにした。さらにどうしてもそれを明かさなければならないケースでも、夜逃げ先ではなく、地元で自殺を図ったことにした。夜逃げしたという悪いイメージがあなたに付くのを恐れたからです。いやもしかしたら、あなた自身が苗村教諭に、そのようにしてくれと頼んだのかもしれませんね」

博美は加賀を見返し、軽く拍手した。

「大した想像力。刑事さんって、どなたもそんなふうなんですか」

「法務局の死亡届の保存期間は過ぎていますが、お父さんがどこでどのように亡くなったのかなんて、調べればすぐにわかります」

「どうぞ、お好きなように」

「訂正する気はありませんか。今ここで本当のことを打ち明けてくださったほうが、お互い話が早いと思うんですが」

「人にはいろいろと事情というものがあるんです。生きていくために必要な時には多少の嘘だってつきます。でも加賀さん、もしあなたの推理が当たっていて、父が夜逃げ先で死んだとして、私は何かの罪に問われるのでしょうか。経歴詐称？」

加賀は眉根を寄せ、鼻の下を擦った。「特に何の罪にも問われないでしょうね、その場合は……」

「だったら何が問題なんですか。それとも私の過去をほじくり返したいだけ？」

加賀が答えないので、博美は椅子から立ち上がった。

「十分だけという約束でしたけど、ずいぶんオーバーしました。ここまでにしていただけますか」

加賀は彼女を見上げてきた。

「つい最近、知り合いの看護師からこんな話を聞きました。死を間近にした人がいったそうです。子供たちの今後の人生をあの世から眺められると思うと楽しくて仕方がない。そのためには肉体なんか失ってもいいと。親は子供のためなら自分の存在を消せるようです。それについて、どう思われますか」

この言葉に、博美は一瞬目眩《めまい》がしそうになった。だが懸命に堪えた。

「素晴らしいと思います。それだけです」

「そうですか」加賀は頷き、腰を上げた。「わかりました。御協力に感謝します」

博美は二人を玄関まで見送った。加賀が改めて彼女に向き直ってきた。

「明日は、いよいよ千秋楽ですね」

「はい」

「最後までうまくいくことを心の底から祈っています」

「ありがとうございます」

「『異聞・曾根崎心中』について、一つ質問していいですか」

「何でしょう」

「あの題材を選んだこと、どう思っておられますか。満足していますか」

そう尋ねた加賀の顔を見て、博美はぎくりとした。彼の目に何ともいえない憐憫《れんびん》の色が滲んでいた。

「ええ、もちろん。最高の題材だったと思っています」胸を張って答えた。

「だったら、よかった。変なことを訊いてすみませんでした」

ではこれで、といって加賀は部屋を出ていった。もう一人のカナモリという女性も会釈して彼に続いた。

ドアに鍵をかけた後、博美は踵を返し、足早に洗面所に向かった。洗面台の前に立つと、素早く視線を走らせた。血相《けっそう》を変えた顔が鏡に映っている。

引き出しを開けた。そこに入っていたヘアブラシを手にした。

からみついている髪が、今朝見た時よりも少なくなっているような気がした。

21

目黒《めぐろ》駅から東急目黒線の日吉《ひよし》行きに乗って九駅目、新丸子《しんまるこ》駅に着いたのは午後一時過ぎだった。西口から出ると細い商店街があった。コーヒーショップに薬局、花屋に歯医者に美容院、じつに様々な店が並んでいる。どこか懐かしい思いがするのは、松宮自身が大型のショッピングモールに慣れすぎているせいかもしれない。

だがそんな賑《にぎ》やかな雰囲気も、十分以上歩けば違ってきた。道路を挟んで、大小様々な集合住宅が建ち並んでいる。

角をいくつか曲がると途端に道幅が狭くなった。その道に面して、古いアパートがひっそりと建っていた。アパート名が見当たらないので、松宮はスマートフォンで位置を確認した。どうやら目的の場所に間違いないようだった。

今日になり、横山一俊に関する新情報が届いた。浜岡原発の定期点検で同じ会社に雇われており、しかも女川原発にいた時期もほぼ重なっているという人物が何人か見つかったのだ。その中で現住所が判明したのが、松宮がこれから会おうとしている男性だった。名前は野沢定吉《のざわさだきち》という。事前に連絡しておきたかったが、電話番号がわからなかった。

アパートは二階建てだったが、部屋番号によれば野沢の部屋は一階のようだ。通路に面して五つの部屋が並んでいる。そのうち表札が出ているのは二つだけだった。その一つが野沢の部屋だった。

鳴るかどうか怪しい古いドアホンのボタンを押してみた。すると意外なほどに明瞭な音が響いた。中に人がいれば、必ず聞こえただろう。

だがしばらく待っても何の反応もなかった。松宮はもう一度押し、時計を見た。三十秒待ってもこの状態なら出直そうと思った。

その三十秒が過ぎた。松宮はドアの前から離れ、どうするかを考えた。情報によれば、野沢の年齢は七十一歳。まだ十分に出歩けるだろう。ちょっと出かけているだけかもしれない。どこかでコーヒーでも飲み、一時間後ぐらいにまた来るか——。

そんなことを考えていると、後ろで物音がした。足を止めて振り返った。野沢の部屋のドアが二十センチほど開き、小柄な老人が隙間から覗いていた。

「野沢さんですかっ」松宮は大股で引き返した。

だが老人は怯えたようにドアを閉めてしまった。

「あっ、待ってください。怪しい者じゃないんです。野沢さん、開けてください。お話を伺いたくて来たんです」ドアを叩きながらいった。近隣の人間が聞いているかもしれないので、迂闊《うかつ》に警察だとはいえない。

ゆっくりとドアが開いた。その向こうに皺と染みだらけの顔があった。怪訝そうな目で見上げてくる。

松宮は警視庁のバッジを示した。「こういう者なんです」

男性の目が少し大きくなった。「わしは何も盗っとらん」

「わかっています。そういうことではありません。捜査に協力していただきたいんです。話を聞かせてもらいたいんです。あなたが浜岡原発や女川原発にいた頃の話を」

老人は露骨に嫌そうな顔をした。「そういうのはもういい。面倒だ。脱原発とか、そんなことはどうでもいい」

再びドアが閉められそうになる。松宮はドアノブを摑んで食い止めた。

「別に原発の話を聞きたいわけじゃないんです。聞きたいのは人の話です。あなたと一緒に働いていた人のことです」

「はあ？　ふん、そんなのはもう忘れたわ」こほん、と一つ咳をした。

「覚えている範囲で結構です。三十分、いえ十五分でも……」

「いらん……帰ってくれ」さらにまた咳をした。

「あなたに迷惑はかけません。これは捜査で」

「そんなもの……わしは……」老人の様子がおかしくなった。顔を歪ませ、激しく咳き込み始めた。その場で膝から崩れ落ちていく。

「あっ、どうしました？　大丈夫ですか」

だが答えられる状況ではないようだった。松宮は強引にドアを開いた。すでに老人は靴脱ぎでうずくまっている。ひいひい、と苦しげな呼吸音が漏れた。

とりあえず横にならせることが先決だと思い、松宮は靴を脱ぎ、老人を肩に担いだ。驚くほどに軽かった。

室内は殺風景な和室だ。隅に布団が敷かれている。そこに寝かせた。老人の咳は少しおさまっていたが、呼吸をするのは辛そうだ。

「大丈夫ですか。お医者さんを呼びますか」耳元で訊いた。

老人は弱々しく手を振った。代わりに、何かを指差すしぐさをした。松宮はそちらに目を向けた。古い戸棚があり、引き出しが並んでいる。老人が、「……す……す……」と声を発した。

ぴんときた。「薬があるんですか」

老人は咳をしながら首を縦に動かした。

松宮は戸棚の引き出しを開けた。一番上の引き出しに、薬の白い袋があった。

「これですか」

そうそう、というように老人は首を動かし、次に流し台を指した。

「水ですね」

同じように老人は頷く。早くしろといわんばかりに手を振った。

松宮は流しに置かれていた湯飲み茶碗をさっと水洗いし、水を汲んで薬袋と共に老人のところへ持っていった。老人は苦しそうにしながらも慣れた手つきで薬を出して口に入れ、茶碗の水を飲んだ。その後、松宮に背を向けるようにぐったりと身体を横たえた。ぜいぜいという音が喉の奥から聞こえてくる。

松宮はどうしていいかわからず、傍らで正座《せいざ》をして老人の様子を見ることにした。このぶんでは話を聞くのは難しいかもしれない。帰ってくれといわれたら、今度はおとなしく引き下がろうと思った。

大きく波打っていた老人の肩の動きが、少し落ち着いてきた。呼吸音も静かになったようだ。

「どうですか」

老人はくるりと身体の向きを変え、仰向けになった。胸がかすかに上下している。口を開け、首を縦に動かした。「……ああ、少し楽になってきた」

「かかりつけの病院があるなら、連絡しましょうか」

老人は枯れ枝のような手を振った。

「これでいい。いつもこうだ。あとは、じっとしとくだけだ。すまんかったな」

「いや、それはいいんですが。本当に大丈夫ですか」

「ああ、それより……頼みがあるんだが」

「何でしょうか」

「お茶を買ってきてくれんか。冷たいのではなくて、温かい茶だ。できればほうじ茶がいい。

……この先のコンビニで売っている」

「ほうじ茶ですね。わかりました」

松宮はアパートを出て、コンビニを探した。妙な展開だとは思ったが、ほうっておくわけにはいかない。

コンビニでペットボトル入りの温かいほうじ茶があったので、二本買ってアパートに戻った。老人は布団の上で上半身を起こし、壁のほうを向いていた。

「ああ、すまんなあ」彼はペットボトルの蓋を開け、うまそうに飲み始めた。「あんたのおかげで助かった。礼をいうよ」

「持病ですか」

「まあ、そうだな。肺をやられてるそうだ。医者は歳のせいだっていうんだけど、わしは若い頃から煙草だって吸っとらんのだがな。それに悪いのは肺だけじゃない。全部やられとる。何しろ動くのが億劫《おっくう》でなあ、毎日、大抵こうして寝てるだけだ。さっき、あんたが鳴らした時も、動くのが面倒で聞こえんふりをしとった。けど、もう一回鳴らすものだから、何となく気になってな。それでドアを開けてしまったというわけだ」

松宮は室内を見回した。六畳ほどの和室だ。必要最小限の調度品が、壁際に寄せられている。日当たりがよくないせいで薄暗く、空気の入れ換えをあまりしていないのか、畳は湿っぽかった。

「今、仕事は？」

老人は、ふんと鼻を鳴らした。

「こんな身体で何ができる？　便所に行くのもやっとなんだ」

「じゃあ、収入は……」

「生活保護だ。いかんかね。働きたくても、働けんのだから仕方ないだろうが。こんな病人に働けっていうのか」

「いえ、決してそんなことは……。御家族はいないんですか」

「そんなもんはおらん。兄貴がヤクザ者になって以来、みんなバラバラになった」やや怒ったような口調でいった後、老人は冷めた表情に戻った。「まあ、はるか昔のことだがね」

この人物にも、人にはいえない様々な紆余曲折《うよきょくせつ》があったのだろうと松宮は想像した。

「改めてお伺いしますが、野沢定吉さんですね」

老人はペットボトルを両手で持ち、うん、と答えた。

「いくつか質問させてもらってもいいですか」

野沢はため息をついた。「一体何が聞きたいんだ」

「あなたはかつて浜岡原発で働いていたことがありますね」

「ああ、あるよ。ずいぶん前だがね」

「その時、同じ職場に、横山という人はいませんでしたか。横山一俊という人です」

「……横山」野沢は遠くを見る目をしながらペットボトルの茶を口に含み、頷きながら飲み込んだ。「おったな、横山。うん、おったよ。下の名前がそんなふうだったかは覚えちゃおらんが」

「顔は覚えてますか」

「ああ、それは覚えてる。宿泊所が一緒で、しょっちゅう顔を合わせとったからな」

松宮は鞄から出した一枚の写真を見せた。「それは、この人ですか」

野沢は布団の横に置いてあった老眼鏡をかけ、写真を見た。

「いやあ、違う。こんな顔じゃなかった」

この答えは予想通りだった。写真に写っているのは苗村誠三の顔なのだ。

「では、この絵はどうでしょうか。最近のものなので、野沢さんが会っていた時とは印象が違うかもしれませんが」そういって見せたのは、例の似顔絵だ。

野沢は絵をじっと見つめた後、ゆっくりと顔を上下させた。

「うん、この顔だ。よう似とるよ。いつも陰気な顔をしとってね。笑ったところなんか、殆ど見たことがなかったな」

松宮の胸の内で何かが弾《はじ》けた。叫びだしそうになるのを我慢した。まだこれだけで当たりだと決まったわけではないが、確信があった。野沢の絵を見た感想は、宮本康代のものと全く同じだからだ。

「野沢さんは女川原発にもよく行かれてましたよね。そこでも横山さんと同じ職場だったんですか」

「いや、女川では違った。わしは電気関連の下請けに雇われてたんだけど、横山はワタベのところだったと思う」

「ワタベ？　何ですか、ワタベって」

「下請けの会社だよ。といっても、下請けの下請け、ずーっと末端《まったん》の事務所だけどな。一番危険な仕事をやらされるのが、そのへんだ」

　自分の鼓動が速くなっているのを松宮は感じた。職場名が『ワタベ』、本名が『横山一俊』、だから『綿部俊一』という偽名を思いついたのではないか。

「あの横山が何かやったんかい？」野沢が訊いてきた。

「いえ、そういうわけでは……。あの、横山さんは、どういう人でしたか」

　野沢は老眼鏡を外し、低く唸った。

「一言でいうと、真面目で不器用なやつだったな。要領が悪いから、しょっちゅうアラームが鳴る」

「アラーム？」

「今日はこれ以上放射線を浴びたらだめだって、機械が教えてくれるんだ。だけどそれに付き合ってたら仕事にならんから、いろいろと裏技を使うわけだ。だけどまあ、後から考えると馬鹿なことをした。横山の奴、今はどうしてるのかね」

「わかりません。それを調べています」

「達者に暮らしてりゃいいんだが、まあ無理じゃねえかな」

「どうしてですか」

「わしたちは、いってみりゃあ搾《しぼ》り滓《かす》だからな」

「搾り滓？」

「原発はねえ、燃料だけで動くんじゃないんだ。あいつは、ウランと人間を食って動くんだ。人身御供《ひとみごくう》が必要なんだよ。わしたち作業員は命を搾り取られてる。わしの身体を見りゃあわかるだろう。これは命の搾り滓だよ」野沢は両手を広げた。シャツの襟元から、あばらの浮いた胸が見えた。

特捜本部に戻ると、松宮は石垣に報告した。だが石垣よりも先に反応したのは、横で聞いていた小林だ。「係長、それ、当たりですよ」

石垣は座ったままで腕を組み、首を縦に折った。「職場がワタベ……か。たしかに偶然とは思えんな」

小林は少し離れたところで作業をしていた大槻を呼んだ。松宮からの報告内容を説明し、『ワタベ』の名称がつく下請け会社を探すように命じた。

「わかりました。何とかやってみます」

大槻が立ち去った後、しかし、と石垣がゆっくりと口を開いた。

「もし越川睦夫、つまり綿部俊一の正体が横山一俊だったとして、なぜ今回殺されたのか。次の疑問はそれだな。横山に関する情報収集はどうなっている？」

「坂上たちが愛知県警の協力を得て、調べているところです。今日明日には、まとまった情報が入ってくるはずです」小林が答えた。

「そうか。その中に、今度の事件に繋がるものがあればいいんだがな」

「そうですね。特に、押谷道子か浅居博美との関連を裏付けるものがほしいです」

「管理官も心配しておられる。このあたりで、そろそろ道筋をつけたいところだ」

「同感です」

上司二人の会話が始まったので、松宮は二人に一礼してその場を離れた。

一台の電話が鳴りだしたのは、その直後だった。小林が受話器を取り上げた。

「小林だ。……うん……何だと？　……わかった。そのまま尾行を続けてくれ。ほかに変わったことは？　……何、あいつが？」小林が受話器を耳に当てたまま、なぜか松宮を睨んできた。

「……それだけか。……了解、追って指示する」

電話を切った小林は、まず石垣のほうに身体を向けた。

「浅居博美の動きに変化があった模様です」

「どうした」石垣の表情が硬くなった。

「いつもなら自宅を出た後、六本木の事務所か明治座に向かうところ、今日は全く違う方向にタクシーを走らせたそうです」

「どこだ」

「尾行したところ、東京駅に着いたとか」

「東京駅だと？　どこへ向かった？」

「東海道新幹線の切符を買ったそうです。行き先はわかりませんが、そのまま尾行を続けさせることにしました」

石垣は机に頬杖をつき、眉間に皺を刻んだ。「東海道新幹線？　一体どこへ……」

「それと、もう一つ」小林は石垣の席に近づき、何やら密談を始めた。石垣の顔が険しくなり、松宮を見た。

話し終えた小林が、松宮に向かって無言で手招きしてから部屋を出た。

松宮が廊下に出ると小林は周囲を見回してから顔を寄せてきた。「加賀から何か聞いてるか?」

「はあ?」

「浅居博美を見張ってた刑事によれば、今日の午前中、加賀が浅居の自宅を訪ねたそうだ。しかも、女を一人連れていたらしい。何か心当たりはあるか」

「女を? いや、俺は何も聞いてません」

「あいつが個人的に浅居博美と付き合いがあるのはわかっているが、捜査に関して勝手な真似をさせるわけにはいかん」

「それはわかります」

「浅居博美が妙な動きを見せたのには、加賀が関わっている可能性が高い。今すぐあいつに連絡しろ。ここへ来て、説明するようにいうんだ」

「わかりました」松宮はスマートフォンを取り出した。

だが加賀には電話が繋がらなかった。電源が切られているようだ。そういうと小林は舌打ちした。「何やってんだ、あいつ」

「何とかして連絡を取ってみます」

「頼んだぞ。ほかの捜査員に対しても示しがつかんからな」小林は部屋に戻った。

松宮は日本橋署に電話をかけてみた。だがやはり加賀は捕まらなかった。行き先もわからないという。

恭さん、どこで何してるんだ——。

加賀が松宮の自宅を去る時のことを思い出した。彼は意味ありげな台詞をいい残した。俺たちは大事なものを見落としていたのかもしれない、というものだった。見落としたものを、今探しているのだろうか。

その後も松宮は電話をかけ続けた。そして約一時間後、ようやく繋がった。

「一体何してたんだ。勤務中に連絡が取れないって、どういうことだよ」声に怒りを含ませた。

「すまん。図書館にいたんだ。もっと早く済むと思ったんだが、意外に手間取ってな」

何のために図書館なんかにと思ったが、それを尋ねるよりも先にいうべきことがあった。松宮は現在の状況を説明し、上司たちが加賀の行動を訝しんでいることも伝えた。

「そうか、やっぱり俺の姿が見られていたのか。マンションは人の出入りが多いから気づかれないんじゃないかと思ったんだが、甘かったようだな」

「何を呑気なことをいってるんだ。どういうことか、説明してくれないと困る」

「もちろん説明する。そのために図書館に行ってたんだ」

「すぐに来てくれ。今のままじゃ、いくら俺でも庇えないからな」

「心配しなくても、おまえに庇ってもらおうとは思っちゃいない。処分は覚悟のうえだ。じゃあ後でな」一方的にいい、加賀は電話を切った。

松宮はこのことを上司たちに報告した。

「彼のことだから何か考えがあっての行動だろう。まあ、話を聞いてからだな」石垣は慎重な口ぶりでいった。

浅居博美を尾行している捜査員からの連絡が入ったのは、それから間もなくのことだった。東海道新幹線の『のぞみ』を名古屋駅で降り、後続の『こだま』に乗ったという。その乗り換えには松宮は覚えがあった。

「米原駅で降りるつもりですね。その後、東海道本線に乗り換えるのではないでしょうか」

「すると目的は里帰りか。なぜ今頃……」

首を捻った小林が、その目を松宮たちの後方に向け、表情を険しくした。振り返ると加賀が入ってきたところだった。手に大判の茶封筒を持っている。

「お騒がせしてすみません」加賀は石垣と小林の前に立ち、頭を下げた。

「君らしくないじゃないか」石垣がいった。「いつもは人一倍、礼儀と義理を重んじるほうなのに」

「勝手なことをしたと思っています」

「せめて松宮にでも声をかければよかったじゃないか。女性が一緒だったらしいが……」

「彼女は全く無関係な民間人です。主な目的が個人的な質問をすることでしたので、松宮刑事を誘うわけにはいきませんでした」

「では、本件には無関係だというのか」小林が訊いた。

するど加賀は茶封筒から一枚の紙を出し、「見ていただきたいものがあります」といって石垣の前に置いた。

石垣がそれを受け取り、広げた。横から小林も覗き込み、「これは……」と呟いた。

「北陸毎朝新聞《ほくりくまいちょう》の記事をコピーしたものです。御覧になってわかるように、日付は三十年前の十月です」加賀がいった。

「北陸毎朝新聞？　どうしてそんなものを」

疑問を口にした松宮に石垣がコピーを差し出してきた。松宮はそれを受け取り、その記事を読んだ。それは能登《のと》半島で男性が断崖《だんがい》から転落して死亡したことを報じるものだったが、その名前を見て愕然とした。浅居忠雄となっていたのだ。

「浅居って……」

「おそらく浅居博美の父親だ」そういってから加賀は、石垣たちを見た。「借金に追われ、浅居父娘は逃走、つまり夜逃げをしたのではないかと思います」

「その途中で父親は自殺したってことか」小林がいう。「しかし、なぜそのことを隠してたんだ。特に隠す必要はないと思うが」

その通りだ、というように横で石垣も頷いている。

「問題はそこです。浅居博美としては、父親の死について人から詮索されたくはなかったんじゃないでしょうか。だから嘘をついた」

「なぜだ。夜逃げしたことを人に知られたくなかったからか？」

「苗村教諭には、そのようにいって嘘をつかせたのでしょうね。でも、本当の理由は違ったんじゃないかと思います」

「では、何だったというんだ」

加賀は上着の内ポケットからビニール袋を出してきた。中には毛髪らしきものが入っている。

「提案したいことがあります。DNA鑑定による親子関係の確認です」

22

列車は間もなく彦根駅に着こうとしていた。博美はバッグからコンパクトを出し、鏡に自分の顔を映した。青ざめた顔で、あの女に会うわけにはいかない。あくまでも堂々と向き合うのだ。今日まで、強く、たくましく生きてきたことを示さなければならない。

コンパクトをしまい、代わりにバッグからパンフレットを取り出した。『有楽園』という老人ホームのものだ。押谷道子が置いていった。何となく捨てずにいたのは、こういうこともあるかもしれないと無意識に考えていたからだろうか。裏に所在地が印刷されている。行き方はわからないが、タクシーの運転手に見せれば何とかなるだろう。

車窓の外に目を向けた。のどかな田園風景が広がっている。昔と何も変わっていない。まるで時間が止まっていたようだ。

三十年前の記憶が生々しく蘇ってきた。

その夜、博美が布団に入っていると、激しく身体を揺すられた。目を開けると、父の切迫《せっぱく》した顔があった。

すぐに出かける支度をしろ、と忠雄はいった。わけがわからず博美が戸惑っていると、彼は深呼吸をし、彼女の肩に手をかけた。

「逃げるんや。もう、それしかない」父の目は血走っていた。

「どこに逃げるの？」

「大丈夫や、当てはある。ここにおったら、おまえが危ない。とにかく逃げる。後のことは、それから考える」

博美は頷いていた。学校のこと、将来のこと、様々なことが頭をよぎったが、考えないようにした。この家にいてもいいことは何一つない、ということだけはわかっていた。

一番大きな旅行バッグに、着替えや身の回りのものを詰められるだけ詰めた。寒い季節でないのは幸いだった。もし寒ければ、衣類だけで満杯《まんぱい》になっていただろう。

二人が家を抜け出たのは、午前二時頃だった。しかも二階の窓から忍び出た。玄関は見張られているおそれがあるからだ。

大きな荷物を抱え、近隣の家の屋根伝いに移動した。小学生の頃、同級生の男の子が同じようなことをしていたことを博美は思い出した。

道に下り立つと、忠雄と二人で小走りに移動した。目指したのは一つ隣の駅だ。家から近くの駅だと、知り合いに会うおそれがあるからだった。距離にして約五キロ。移動に一時間半ほどを要した。

駅のそばの公園で夜を明かし、始発電車に乗った。二人が向かったのは北陸方面だった。知り合いがいる、と忠雄はいった。

「昔、そいつが金に困ってた時、俺が助けてやったんや。今は福井で運送屋をやって成功してるらしい。前に連絡したら、いつでも遊びに来てくれというとった。事情を話したら、たぶん助けてくれるやろ」

「あたしはどうしたらええの？　学校は？」

忠雄は苦しげに眉根を寄せた。

「しばらくは無理やろな。住民票を移したりしたら、居場所がばれてしまう。けど、心配せんでええ。お父ちゃんが、きっと何とかしてやる。絶対や」

何とかするといっても、一体どんな方法があるのか、博美にはまるで見当がつかなかった。だがそんな不安な思いを胸にしまいこみ、忠雄に向かって頷いた。今ここで問い詰めても、父を苦しめるだけだと思ったからだ。

その時に乗っていた列車の壁に、延暦寺《えんりゃくじ》のポスターが貼られていた。それを眺め、忠雄が奇妙なことをいいだした。

「知ってるか？　昔、延暦寺の坊さんは、時の将軍足利義教《あしかがよしのり》に抗議して、本堂に火をつけて自決したそうや。ようそんなことできるなあと思うわ。同じ死ぬにしても、ほかの方法を選ぶ。焼け死ぬやなんて、考えただけでもぞっとする」

なぜ急にこんなことをいうのだろうと博美は不思議に思った。しかし後になって腑に落ちることになった。おそらくあの時から父は、最後の手段として死ぬことを念頭に置いていたのだろう。

自分という娘を得て、父は果たして幸せだったのだろうか——もはや永久に答えの出ないことだとわかりつつ、博美は考えざるをえなかった。

列車が彦根駅に到着した。駅前にタクシー乗り場があったので、運転手にパンフレットを見せた。地名から大体の位置は見当がついたらしく、「とりあえず行ってみますわ」といって運転手は車を出した。


時計を見ると、午後五時を過ぎていた。今日の舞台はもう始まっている。最後の一週間はすべての舞台を監事室から見届けるつもりでいたが、仕方がない。今日は行かないことを明治座のプロデューサーに伝えた時には驚かれた。

「体調でも悪いんですか」

「そうではなくて、急用ができちゃったんです。みんなには、よろしくいっておいてください」

「わかりました。明日は大丈夫ですよね」

「それはもちろん。打ち上げを楽しみにしています」

「ええ、盛大にやりましょう」

プロデューサーの声は弾んでいた。舞台が盛況なせいもあるが、やはり彼としては無事に千秋楽を迎えられることが何よりなのだろう。

タクシーが速度を落とした。

「このあたりですけどねえ……ああ、あれやないですか」

四階建ての建物が見えてきた。パンフレットに写っているものと比べるとずいぶん古びているが、間違いなさそうだった。

タクシーを降り、深呼吸を何度か繰り返してから歩きだした。

正面玄関をくぐると小さなロビーがあり、左側に受付カウンターのようなものがあった。今は誰もいないが、呼び鈴が置いてある。それを鳴らしてみた。

はいと返事があり、奥から四十歳ぐらいの女性が出てきた。白いブラウスの上に青いベストを着ている。

「ちょっとお伺いしたいことが」博美は名刺を出した。受け取った女性は何の反応も示さない。『角倉博美』という名前に見覚えがないのだろう。名刺には、演出家とも女優とも記していない。

「こちらで、身元を明かさない女性が保護されていると聞いたのですが、たしかですか」

女性の目が丸くなった。「あ、はい」

「よろしければ、会わせていただけないでしょうか。私の知っている女性かもしれないんです」

「えっ、そうなんですか。どういったお知り合いで？」

「母の友人です」

「あ、お母さんの……」

「会わせていただけますか」

「ええ、もちろん大丈夫だと思います。少々お待ちください」

女性は奥の部屋に消えた。誰かと話している声が聞こえてくる。

再び女性が現れた。「御案内いたします」

連れて行かれたのは、二階の奥にある部屋だった。『２０１』と記された札が出ている。

女性がドアをノックした。「ニイマルイチさん、入りますよ」

さらにドアノブを摑もうとするのを博美は制した。「ここで結構です」

女性が瞬きした。「お一人で大丈夫ですか」

「ええ、二人だけにさせてください」

「わかりました。ではお任せいたします。何かあれば呼んでください」

女性が遠ざかるのを確認してから、博美はドアを開けた。

狭い部屋だった。ベッドが置かれ、その上で老いた女が何か食べていた。その手には饅頭《まんじゅう》があった。テレビからはお笑い芸人の声が流れている。

女はぼんやりとした表情で口を動かしていたが、博美の顔を数秒間見た後、はっとしたように目を見張った。同時に、小さな悲鳴のようなものを漏らした。手から饅頭が落ちた。

「お久しぶりね」博美はいった。かつてこれほど大きな憎しみを、言葉に込めたことはなかった。

23

「……そうか。では東京駅で何人か待機させる。老人ホームでは聞き込みをしたのか？　……そういうことか。本人には会ったのか。……ふん、なるほどな。わかった。そのまま母親からは目を離すな。地元の警察には、こちらから連絡を入れておく。……うん、了解だ。よろしく頼む」

電話を切った小林が石垣に顔を向けた。「浅居博美が彦根から東海道本線に乗った模様です。たぶん米原から新幹線で東京に戻ってくるものと思われます」

「浅居は母親と会ったのか」石垣が訊いた。

「そのようです。保護されている女は自分の知り合いかもしれないと思うので会わせてほしい、といったとか」

「それで？」

小林は首を横に振った。

「残念ながら、二人の間にどういうやりとりがあったのかは不明です。十五分程度一緒にいたようですが、人違いだったといって浅居は老人ホームを後にしたそうです」

「人違い……か。母親のほうは何といってるんだ」

「同じです。浅居のことを、見たことのない女だったといっているようです。どういう話をしたのかと訊いても、特に何も話していない、といって黙り込んでしまったらしいです。ただ……」

「何だ」

「母親に会った捜査員の話によれば、ひどく落ち込んでいるというか、何かに怯えている様子だったとのことです」

「怯えている……ねえ」石垣が視線を移した先には加賀がいる。「一体、何があったんだろうな。二人の間に」

加賀が顔を上げた。

「すべてを打ち明けたのかもしれませんね」

「つまり、父親が偽装自殺し、三十年間身を隠していたということをか」

「そのために何が起きたのかということも含め、何もかも話したのではないかと思います」

「なぜ今になって母親に話す？」

「覚悟を決めたんじゃないでしょうか」

「覚悟？」

「真相が暴露《ばくろ》される覚悟です。私は彼女に、父親が別の場所で死んだ可能性を示唆《しさ》しただけですが、それが別人だったということもいずれ発覚すると予想したのではないでしょうか。何しろ、頭の良い女性ですから」

石垣は頷き、そばで立っている小林を見上げた。「どう思う？」

「何ともいえませんね。加賀君の説についても、私はまだ半信半疑《はんしんはんぎ》ですし」

「荒唐無稽《こうとうむけい》だと私も思う。しかし例の新聞記事がある。また、彼の話を真実だとすれば多くの謎について説明できるのはたしかだ」

「それはわかります。浅居博美が母親に会いに行った理由も、加賀君の推理通りなのかもしれません。ただ、やはり信じがたいんです。三十年間も、そんなことを続けられるものでしょうか。私にも娘がいますが、自分には到底無理だと思います」

「そうかな。生きるか死ぬか、いや娘を生かすか死なせるかという局面なら、腹をくくれるんじゃないか。ほかに道はないわけだし」

石垣の問いかけに小林は唸り声を漏らし、黙り込んだ。

松宮は傍で聞いていて、正直なところ小林の意見に同感だった。それほど加賀の推理は衝撃的なものだった。

様々な状況証拠から、浅居博美と綿部俊一の間に繋がりがあったことは疑いようがない。では綿部は一体誰なのか。浅居博美と押谷道子の共通の知人であり、今は姿を消している人物を探し、松宮たちは苗村誠三に目をつけた。だが宮本康代の証言から、苗村ではないことが判明した。その話を聞いた加賀は、「物事をシンプルに考えてみた」のだそうだ。彼は石垣たちに次のようにいった。

「浅居博美と綿部俊一の関係は、私の知るかぎり少なくとも十数年続いており、殆ど誰とも付き合いのなかった綿部の生活を支えていたのも、浅居博美だったと想像できます。このような特殊な関係を続けられる相手となればかぎられてきます。自分にとって極めて大切な人間です。心の底から愛した恋人、そうでなければ肉親です。綿部の推定年齢、現在は姿を消していること、押谷道子と知り合いであること、以上を踏まえて考えた場合、適合する人物は一人しかいません」

それは浅居博美の父親、忠雄ではないか、と加賀はいうのだった。

浅居忠雄は自宅の近くで投身自殺をしたことになっているが、それは『琵琶学園』の資料に基づいたものであって、正式な記録で確認されているわけではない。同級生たちが全く記憶していないのも不自然であることから、もっと離れた場所で死んでいることになっているのではないかと加賀は推理した。しかも死んだのは浅居忠雄本人ではない。別人の死を利用し、浅居忠雄の存在をこの世から消した。そう考えれば、辻褄が合う。

こうした仮説を念頭に置き、加賀はいくつかの疑問を浅居博美本人にぶつけたらしい。その反応を見て、推理が間違っていないことを確信したという。そこで見つけてきたのが例の新聞記事だ。やはり浅居忠雄は自宅からはるか遠くに離れた場所で死んでいた。いや死んだことになっていた。記事によれば、残されていた荷物に付いていたものと指紋が一致していたこと、一緒に旅行をしていた娘が遺体を確認したことなどから身元が特定されたようだ。三十年前という時代を考慮《こうりょ》すれば、特に事件性が認められなければ、当時の警察としてはそれ以上のことは調べないだろう。

では死んだのは誰なのか。さすがに加賀も、そこまではわからないという。だがもし彼のいう通りだとすれば、浅居父娘は重大な秘密を抱えて生きてきたことになる。決して誰にも知られてはならない秘密だ。

加賀は浅居博美の毛髪を入手していた。DNAを調べれば、越川睦夫すなわち綿部俊一と親子関係にあったかどうかは明らかになる。すでに鑑定には着手されており、早ければ明日の夕方にも結果が出るということだ。

自らは死んだことにして、全くの別人としてその後の人生を歩んできた――信じがたい話ではあるが、そう考えれば、例の似顔絵に描かれた暗い表情にも納得がいくのだった。

そんなふうに松宮が思いを巡らせていると、ばたばたと足音をたてて一人の男が部屋に駆け込んできた。大槻だった。

「わかりました。かつて女川町に、『ワタベ配管』という会社があったようです。主に原発の配管の点検を請け負っていたらしいです」

「雇用記録は？」小林が訊く。

「残念ながら、そういうものは見つかりそうにありません。そもそも、きちんと管理していたかどうかも怪しいような小さい事務所です。それと、もう一つ」大槻は持っていた書類を机に置いた。「横山一俊について重大なことが判明しました。三十年前の十月、放射線管理手帳を紛失したということで再発行の申請が出されていました」

24

部屋に着いた時には午後十一時近くになっていた。バッグを投げ出し、ソファに身を沈めてからスマートフォンのメールを確認した。いくつか届いているうちの一つは、明治座のプロデューサーからのものだった。今日の舞台も無事に終えられたという報告だ。博美は安堵した。今は何より、そのことが気がかりだった。

ため息をつき、今日一日の出来事を振り返った。真っ先に頭に浮かんだのはヘアブラシのことだ。おそらく加賀はあの女性に命じて、博美の毛髪を採取させたのだろう。そんなことをする理由は一つしかない。ＤＮＡ鑑定だ。ついに、絶対知られてはならない秘密に気づいた人間が現れたということだ。しかもよりによって加賀だとは。だが、それが運命というものなのかもしれない。

次に厚子の顔が出てきた。三十年ぶりに会った母親は、みすぼらしく、哀れな女だった。そのくせ、したたかな狡猾《こうかつ》さを身に纏《まと》っているのは昔のままだった。対峙《たいじ》してみて、その醜さを自分がそっくりそのまま受け継いでいることに気づき、博美は身震いがした。その場で襲いかかり、首を絞めたくなる衝動を抑えるのに苦労した。

あの女が今日までどのようにして生きてきたかについては全く興味がない。どうせ聞く価値などない人生に決まっている。たぶん何人もの男と関わっては身を持ち崩《くず》す一方の日々だったのだろう。その挙げ句が、あの姿だ。

厚子の生き様など知りたくはないが、博美たちの人生がどんなものであったかは、どうしても彼女に知っておいてもらう必要があった。自分の愚《おろ》かな行為がどれほどの悲劇を生むことになったのか、これから先、死ぬまで忘れさせてはならない。それを告げるチャンスが今後訪れるかどうかわからなかったから、千秋楽の前日という大事な時にもかかわらず、今日会いに行ったのだ。

博美は目を閉じた。厚子に話したことで、三十年前の記憶が一層鮮明《せんめい》になったような気がする。あの悪夢のような記憶が――。


夜逃げを決行してから一週間が経っていた。博美と忠雄は石川県にいた。最初は安い宿を転々としていたが、この二日間は駅の構内や公園のベンチで夜を明かした。

当てが外れたと気づくまでに、さほどの時間は要しなかった。忠雄がいった、「昔、助けてやったことがあり、今は福井で運送業を営んでいる知り合い」のことだ。連絡を取ろうとしたところ、そんな会社は存在しなかった。忠雄が渡された名刺は、偽物だったのだ。どうやら人を信用させるために作ったものだと思われた。忠雄はまんまと騙されたわけだ。

「大丈夫や。ほかにも知り合いはたくさんいる」

忠雄は何人かに連絡を取った。だが、二人をかくまってくれそうな人間は見つからなかった。

これからどうなるのだろう、と博美は不安に駆られていた。厚子に預金を盗まれたこともあり、今後何ヵ月も生活できるほどの金銭を忠雄が持っているとは思えなかった。宿に泊まらないのも、節約する必要があるからだろう。

ところが不意に忠雄が、「今夜は旅館に泊まろか」といいだした。金沢《かなざわ》市内にある公園で菓子パンを食べた後のことだった。

「旅館？　どこの？」博美は訝しんで訊いた。

「ええところを知ってる。昔、行ったことがあるんや」忠雄はベンチから腰を上げ、歩きだした。

彼は本屋で旅行のガイドブックを買うと、それを手に電話ボックスに入った。そして晴れやかな顔で出てきた。

「よかった。予約が取れたで」

「どこへ行くの？」

ここや、といって忠雄はガイドブックを開いてみせた。能登半島の地図が描かれていた。

「そんなお金、あるの？　あたし、今夜も公園とかでかめへんよ」

「金のことなんか心配せんでええ。もう大丈夫や」

「なんで？」

「なんでもや。とにかく、早よ行こ」

忠雄の表情は妙に明るく、声には何かを吹っ切ったような響きがあった。この苦難を脱する妙案を思いついたということなのか。

宿には夕方に着いた。素泊まりだったので、荷物を置くと二人で食事に出た。入ったのは、テーブル席が二つあるだけの小さな食堂だった。一方のテーブルで、中年の男が刺身を肴《さかな》にビールを飲んでいた。

いらっしゃいませ、といって眼鏡をかけた女性店員が奥から出てきた。

メニューに焼き魚定食というのがあったので、それを食べることにした。しばらくして料理が運ばれてきた。まともな食事を摂るのは久しぶりだったので、涙が出そうになるほどおいしかった。

料理を半分ほど食べた頃だった。隣のテーブルにいる男が、「親子で旅行？」と尋ねてきた。

ええまあ、と忠雄が答えた。

男は相好《そうごう》を崩した。

「うらやましいなあ。娘さんと温泉旅行か。そうだよねえ。こんなところ、一人で来たってしょうがないよねえ」

「お一人なんですか」

「そうなんだ。といっても、こっちは旅行じゃないんだけどね」男は立ち上がると、棚に並んでいるガラスコップを手に取り、忠雄の前に置いた。そして自分のビールを注ごうとした。

「いや、私は……」

「いいじゃないの。いけるんでしょう？　袖すり合うも多生の縁ってやつでね」男はコップにビールを注いだ。

すいません、と首をすくめるように頭を下げてから忠雄はビールを口にした。

男は自分のコップにもビールを足すと、新たにもう一本を注文した。

「旅行じゃないということは、お仕事ですか」忠雄が訊いた。自分からも何か話さねばと思ったらしい。

「まあ、そういうこと。次の仕事先に向かう途中、ちょっと寄り道したってわけでね」

「仕事先っていうと……」

「福島。あそこの原発にね」

「あ、原子力……」

「この前までは若狭《わかさ》にいたんだよ。美浜《みはま》の定期点検でね。それが終わったから、今度は福島に移動ってわけ。原発渡り鳥だ」ははは、と乾いた声で笑った。

原子力発電所というものが日本に存在することは博美も知っていたが、そこで働く人間のことなど考えたこともなかった。それで気になり、改めて男を見た。

男は長袖のポロシャツにジーンズという出で立ちだった。その上に羽織っていたらしい黒いジャンパーが椅子の背もたれに掛けられていた。年格好は忠雄と同じぐらいだ。

男のほうも博美に視線を向けてきたので、目が合ってしまった。男はにやりと笑った。彼女は俯いた。

「お宅には、いつ帰るんですか」忠雄が訊いた。

「お宅なんていう気の利いたものはないんだ。何しろ、天涯孤独《てんがいこどく》の身だからね。一応、名古屋に住民票はあるけど、どうなってることやら」男は気楽な調子でいった。

「そんなふうでも雇ってもらえるんですか」

「雇ってもらえるよ。原発の作業員なんて、日雇い労働者と一緒だからね。わけありの連中ばっかりだ。電力会社の下請け……いやいや、孫請け、曾孫請けの事務所が、そういう人間を集めるんだ。行った先に寝泊まりする宿が用意されてる。そこがまあ、当面の住み処ってわけでね。何ヵ月かそこにいて、仕事が終わったら次の原発に移る。その繰り返しだわ。こんなことをやって、もうかれこれ四年になるかなあ」

男は背もたれに掛けてあるジャンパーのポケットから手帳のようなものを出し、忠雄の前に置いた。「こいつがあればいいんだ」

忠雄はそれを手に取った。博美も横から覗いた。放射線管理手帳、と記されていた。男の顔写真が貼ってあり、横山一俊という名前が書き込まれている。

「これは誰でも貰えるんですか」

「貰えるよ。住民票があればね。俺も、これを申請する時には住民票を取った。だから、こいつをなくすとまずいんだ。さっきもいったように、今は住民票がどうなってるかわからないからさ」男はコップのビールを飲み干して新しい瓶から注ぐと、腰を浮かせて忠雄のコップも満たした。

「原発の仕事って、難しいんですか」手帳を返しながら忠雄が訊いた。

男は、ふんと鼻を鳴らした。

「難しいことなんか何もない。ただ、いわれたことをやってりゃいいだけだ。美浜じゃ、掃除ばっかりだった」

「掃除？」

「そう。原発の定期点検ってのはさ、はっきりいって放射能との戦いだ。放射能をたっぷり含んだ水が流れてたところを点検しようってんだから、当然のことだよな。まずはそいつを除去しないといけない。それが俺の仕事だった。で、どうやって除去するかっていうと、一言でいえば雑《ぞう》巾《きん》がけだ。雑巾やブラシでごしごし擦る。それだけだ。笑えるだろ。最新技術を集めてるはずの原発のメンテナンスが雑巾がけだぜ」男は笑いながら刺身を口に放り込み、ビールを飲んだ。

「だったら、誰でもできるわけですか」

「ああ、誰だってできる。防護服《ぼうごふく》は暑いし、身体はきついけど、単純作業ばっかりだ。給料がいいから、ピンハネされても結構手元に残るしな」

ただし、と男は声を落とした。

「どんなことにも裏がある。被曝《ひばく》と交換だ」

「被曝……」

「放射能を浴びるわけさ。防護服は着てても、完全には防いじゃくれない。線量計《せんりょうけい》ってのを付けて作業するんだけど、ピーピーピーピー、うるさいほど鳴ることもある」

「それで大丈夫なんですか」

「さあねえ。よくはないだろうなあ。だけどそれを気にしてちゃあ、この仕事はやっていけない。まあ、そういうもんだよ」

忠雄は男のほうに身を乗り出した。

「その仕事、私にも紹介してもらえませんか。じつは仕事を探してるところだったんです」

男が虚《きょ》を衝《つ》かれたように身を引くのがわかった。

「……いや、そんなことをいわれても困る。あんたを連れていって、もし俺のほうが切られたら元も子もないからな。それに福島は初めてで、俺にしても働き先が決まってるわけじゃない。悪いけど、断らせてもらうよ」

忠雄は吐息をつき、そうですか、と小声で答えた。

やや空気がきまずくなり、沈黙が流れた。忠雄が立ち上がり、トイレに入った。

博美は両手を膝に置いていた。料理は少し残っていたが、何となく食欲がなくなっていたのだ。

「お嬢さん、歳はいくつ?」男が訊いてきた。

「十四です」

へええ、と男は眉を上げた。

「もう少し上かと思った。大人びてるねえ。そういわれるでしょ」

さあ、と博美は首を傾げた。実際には、何度かいわれたことがある。

男は奥でテレビを見ている女性店員にちらりと目を向けてから、ねえ、と博美に顔を寄せてきた。「バイト、しない？」低く囁いた。

「えっ……」

「この店の向かい側に駐車場があって、そこに俺の車を駐めてある。白いワゴン車だからすぐにわかる。後で遊びにおいで。お小遣《こづか》いあげるから」ねっとりとした口調だった。その声が全身にまとわりついたように、博美は身体が動かせなくなった。

トイレから忠雄が帰ってきた。すでに男は元の体勢に戻っている。博美は全身を硬くしたままだった。たぶん表情も強張っていただろう。そのせいか、「どうかしたか？」と忠雄が訊いてきた。

何でもない、と彼女は答えた。

支払いを済ませ、二人は店を出ることにした。男が、「じゃあ、お嬢ちゃん、またね」と声をかけてきた。博美は答えなかった。

忠雄が宿とは反対の方向に歩きだした。そのことをいうと、「わかってる」と彼は答えた。「ちょっと散歩したいと思ってな。せっかくこんなところに来たんやから」

博美は黙ってついていくことにした。忠雄の歩みに迷いの気配はない。以前来たことがあるといっていたから、ある程度は道を覚えているのだろう。

やがて、その道が途切れた。柵が作ってあり、それより先には行けなくなっていた。街灯が一本ぽつんと立っているだけで、周囲は真っ暗だ。遠くから波の音が聞こえてくる。

「ここで行き止まりか」忠雄が呟いた。

「お父ちゃん、どうしてこんなところに来たの？」

「いや、別に……何となくや」

戻ろか、といって忠雄は今来た道を逆に歩き始めた。

もしかすると——不吉な考えが博美の脳裏をよぎった。

父は死ぬつもりではないか。あるいは、博美を連れて心中しようとしているのかもしれない。あの柵の先には断崖があり、そこから飛び降りる気ではないか。そう考えれば、急にこんなところに来るといいだしたことにも合点がいく。

黙って前を行く父親の後ろ姿を見つめながら、博美は身体が震えてくるのを感じた。父の胸の内では、自殺や心中が今後の具体的な行動として固まりつつあるのかもしれないと思うと、絶望感が一層深まった。やめようよ、そんなこと。父の背中にいいたかった。しかし口には出せなかった。彼女に気づかれたと知った忠雄が、衝動的な行動に出てしまいそうな気がしたからだ。

先程の食堂の前まで戻ってきた。道を挟んだ反対側の駐車場に、白いワゴン車が駐まっていた。車内にはあの男がいるのだろうか。だが今はそんなことはどうでもよかった。

旅館に戻ると、忠雄は温泉に入ってくるといいだした。

「昨日も一昨日も風呂に入ってない。博美ものんびり浸かってきたらええ」そういってタオルを手にすると、部屋を出ていった。

博美は忠雄の上着をまさぐり、財布を取り出した。残金を確認するためだった。食堂の支払いをする際、中身がちらりと見えたのだが、どきりとするほど少なかったのだ。

どうやら見間違いではなかったようだ。財布の中には、千円札が少々入っているだけだった。これでは、ここの宿泊代さえも払えそうにない。

やはりそうなのだ、と確信した。父は死ぬ気なのだ。死んでしまえば宿泊代など支払わなくて済む。そう考えると、温泉に浸かりに行ったのも、最後に身体を浄《きよ》めておくためのように思えてきた。

何とかやめさせなくては。思い止まらせなければ。しかしどうすれば考えを変えさせられるだろう――。

せめてお金がもう少しあれば、と思った。お金があれば、とりあえずは何日か暮らせる。その間に忠雄は考え直してくれるかもしれない。

博美は宿を抜け出した。食堂で声をかけてきた男に会うためだった。男がいっていた「バイト」の意味は察しがついている。嫌だったが、我慢するしかないと思った。生きるか死ぬかの瀬《せ》戸際《とぎわ》なのだ。

外は、さらに暗くなっていた。殆どの商店が店じまいにし、明かりを消したからだ。歩いている者も見当たらなかった。

さっきの食堂の前まで来た。店はすでに閉まっていて、中は真っ暗だ。

向いの駐車場には、依然として例のワゴン車が駐まっていた。博美は、おそるおそる近づいていった。

車の中を覗こうとした時だ。不意にスライドドアが開いた。男は後部座席にいた。車内から外を見ていて、彼女が来たことに気づいたのだろう。ルームライトの薄い光の下で、下卑《げび》た笑みを浮かべた。

「やっぱりな。来るんじゃないかと思ったよ」

「……どうしてですか」声がかすれた。

「見りゃあ、わかる。のんびり旅行をしてる親子じゃねえ。こっちはわけありの人間をたくさん見てきた。連中と同じ臭《にお》いがする。借金取りから逃げ回ってるとか、そんなところじゃないのか」

まさにその通りだったので博美は驚き、黙り込んだ。

ふっふっふ、と男が笑った。

「図星か。そういうことなら、がんばらなきゃな。この車の持ち主もさ、借金のせいで首を吊《つ》ったんだ。だからせめて俺が乗りつぶしてやろうと思ってな。まっ、人間死んだらおしまいだ。さあ、入りな」男は手招きした。

後部シートは人が横になれるよう、フラットに配置されていた。車内で寝泊まりしながら移動しているらしい。隅に弁当の空容器が置かれ、そばには塗《ぬ》り箸《ばし》が転がっていた。

博美が躊躇っていると、男は腕を伸ばしてきて彼女の手首を摑んだ。「さあ、早くっ。腹を決めたんなら、ぐずぐずすんなよ」

強い力だった。博美は、後部シートに転がされた。顔を上げた時にはスライドドアが閉められ、ルームライトも消されていた。

男がのしかかってきた。身体を抱きすくめられたと思うと、唇を塞がれた。ざらざらとした無《ぶ》精髭《しょうひげ》の感触があり、口の中に舌が入ってきた。煙草と酒の臭いが混じった唾のあまりの気持ち悪さに、博美は吐き気を覚え、痙攣《けいれん》した。

男の動きが止まった。半身を起こすと、穿《は》いているズボンのファスナーを外し、トランクスをずり下ろした。黒く巨大な男根《だんこん》が露《あら》わになるのが薄闇の中でもわかり、博美は顔をそむけた。

「まずは口でしてもらおうか」男は低い声でいった。「やったことあるか」

博美は無言で首を振った。

男は喉の奥を鳴らし、不気味に笑った。

「そうか、初めてか。そりゃそうだよなあ。十四だもんな。じゃあ、俺が教えてやるよ。まずは靴を脱いで、四つん這いになりな」

恐ろしくて博美がじっとしていると、「早くしろよっ」と男は声を荒らげた。「さっさといわれた通りにしろ。金がほしくねえのか？　親父と二人で海に飛び込むか？」

この言葉を聞き、博美は震えながら身体を動かした。その頭の片隅で、海に飛び込むのは楽な死に方なのだろうか、などと考えている。

四つん這いになった博美の前で、男が胡座《あぐら》をかいた。顔のすぐ下に男の一物《いちもつ》があることになる。彼女は目を閉じた。今にも男に頭を押さえられそうだった。

「やっぱり、これじゃあちょっと暗すぎてつまんねえな」男は呟いた。手をルームライトのスイッチに伸ばしたようだ。その瞬間、股間《こかん》の臭いが博美の鼻孔を刺激した。

限界だった。博美は男を押しのけると、スライドドアを開け、車から飛び出そうとした。だがその直前、手首を摑まれた。

「何やってんだよ。おとなしくしろ」男は面倒臭そうにいった。

「嫌や。やっぱりやめる」

「今さら、それはねえだろう。つべこべいわずに、いう通りにしろ」男は再び博美をシートの上に押し倒すと、彼女のジーンズを脱がし始めた。やはりものすごい力で、博美は全力で抵抗しようとしたが、まるで歯が立たなかった。

男の手は博美の下着にかかった。もうだめだと思いつつ、彼女は夢中でそばにあったものを摑んでいた。それは箸だった。こんなものが武器になるわけはなかったが、彼女は箸を握りしめ、下着を引き剝《は》がそうとしている男の顔面に向かって思いきり振り下ろした。

がうっ、という奇妙な声をあげたかと思うと、男は博美にのしかかってきた。だが何かをするわけではなく、手足をぴくつかせている。

博美は男の身体をどかした。男は白目を剝《む》いていた。その口に、塗り箸が深々と刺さっていた。正面から見れば、斜め上の向きだ。

何が起きたのか、博美にはまるでわからなかった。ただ、尋常な状況でないことは明らかだった。このままでは男は死んでしまうかもしれない。そうなれば自分は殺人者だと思った。

ジーンズと靴を手に車を出ると、急いで身なりを整え、宿に戻る道を駆けだした。すると反対側から忠雄が歩いてくるのが見えた。

「博美、おまえ、どこに行ってた？」

父の顔を見た瞬間、全身の力が抜けた。博美は膝から崩れそうになった。それを忠雄が支えてくれた。

「あっ、おい、どうした。何があった？」

「お父ちゃん……あたし、あたし」しゃべろうとすると、震えのせいで歯ががちがちと音をたてた。「あたし、人を殺したかもしれん」

忠雄は目を剝いた。「えっ、何やて？　どういうことや」

「食堂で会うた人にバイトせえへんかて誘われて……それで車に行ったけど、やっぱり嫌で……それでお箸で……お箸で」

「バイト？　何をいうてるんや。箸て何やねん。ちゃんと説明してみい」

「刺してしもた。男の人……御飯食べてる時に会うた人」

ええっ、と忠雄は顔をしかめた。「何でそんなことを……。その車はどこや」

「食堂の前」

「……そうか」

しばらく黙り込んだ後、忠雄は博美から手を離し、歩きだそうとした。

「どこ行くの？」

「様子を見に行くんや。このままにはでけへんやろ」

「いやや、怖い」博美は泣きながら訴えた。「もう行きたくない」

「博美は来んでええ。先に宿に帰っとき」忠雄は歩き始めた。

そういわれても、このまま帰れるわけがなく、仕方なく博美もついていくことにした。

道は真っ暗だったが、遠くからでも車の存在はわかった。明かりが漏れていたからだ。ルームライトを消し忘れていたのだ。

忠雄が車内を覗き込んだ。博美は近づくのが嫌で、離れたところで様子を窺った。

やがて忠雄がルームライトを消し、スライドドアを閉めてから戻ってきた。その顔は強張《こわば》っていた。

駐車場の隅に小屋があった。今は無人のようだ。忠雄に促され、そのそばに移動してから二人で屈み込んだ。

「あれは、死んでるな。箸が上顎を突き破って、脳に刺さったんやろ。昔、事故でそういう死に方をした人がおったと聞いたことがある。弾みとは恐ろしいもんやな」忠雄は、やけに冷静な口調でいった。

「自首しないとあかんよね」

忠雄は腕組みをした。

「ふつうなら、そうやな。我々があの男としゃべってたことは、食堂の人間も知ってる。こんなところでこんな変な死に方をしてたら、真っ先に疑われるやろ。逃げても、たぶん無駄や」

博美は両手で顔を覆った。自業自得とはいえ、こんな形で犯罪者になってしまい、これで自分の人生は完全に終わったと思った。

「博美、ちょっとここで待っててくれ。すぐに戻ってくる」

博美は手を顔から離した。暗がりの中でも、父の目にこれまで見たことがないほどの真剣な光が宿っていることはわかった。

「どこへ行くの？　警察？」

「そうやない。細かいことは後で説明する。せやから、ここで待ってるんや」

「どういうこと？　警察に知らせるのと違うの？」

「警察には知らせへん。博美は警察なんかに行かんでもええ。とにかく待ってるんや。ええな。わかったな」

「わかったけど……」

よし、といって立ち上がると忠雄は急ぎ足で去っていった。父の意図がわからず、博美は不安に襲われた。空気は生暖《なまあたた》かいのに鳥肌《とりはだ》が立った。人を殺したのに警察に行かなくてもいいとはどういうことだろう。

しばらくして、ようやく忠雄が戻ってきた。彼はバッグを提げていた。

「誰か、車に近づいたか」

「ううん。誰も通らなかった」

「そうか」忠雄はバッグを提げたまま、車に近づいていった。スライドドアを開け、中に入った。何をしているのか、博美にはまるでわからなかった。

忠雄が出てきた。やはりバッグを提げている。スライドドアを閉め、博美のところへやってきた。

彼はバッグを地面に置き、腰を下ろした。バッグの取っ手には、なぜかハンカチが巻かれている。

「博美、お父ちゃんの話をよう聞け」忠雄が低い声でいった。「今すぐ、このバッグを持って宿に帰れ。ただし、取っ手にはハンカチを巻いたままにしておくんや。宿に着いたら、ハンカチを外してくれ。そうして朝になったら、旅館の人に、夜中のうちにお父さんがいなくなった、というんや」

「お父ちゃんはどうするの？」

「まず、あの死体を始末する。その後は、あいつの車に乗って、どこか遠くに移動する。もしかしたら福島に行くことになるかもしれん」

「福島って……」

忠雄は両手を博美の肩に載せた。

「肝心なのは、ここからや。いずれ、この先の崖下から死体が見つかって大騒ぎになる。その後、必ず博美は警察から呼ばれる。死体を見せられて、お父さんと違うかと訊かれる。そうしたら、こう答えるんや。お父さんに間違いありません、とな」

博美は目を見張った。「それって、もしかして……」

「そうや。そういうことや」忠雄は深く頷いた。「お父ちゃんは死んだことにする。このバッグの中の品物に、あの男の指紋を付けておいた。バッグの取っ手も握らせておいた。あいつを身代わりにするんや。博美も勘づいてたと思うけど、本当は今夜、お父ちゃんは死ぬ気やった。博美が寝てる間に旅館を抜け出して、この先の崖から飛び降りて死ぬつもりやった。けど、博美のおかげでその必要がなくなった。あいつが代わりに死んでくれた。お父ちゃんが死んだということになったら、もう借金取りに追われることもない。博美のことは役所が何とかしてくれるはずや。施設に入らなあかんかもしれんけど、逃げ回ってるよりはましやろ？」

「その後はどうなるの？　お父ちゃんはどうするの？」

忠雄は小さく首を捻った。

「まだわからん。もしかしたら、あいつの名前を使うことになるかもしれん」

博美は、はっとした。それで福島なのかと合点がいった。男が、次は福島にある原発で働くといっていたのを思い出した。

「そんなことして、うまくいく？」

「わからん。やってみないとわからん。けど、心配するな。もし死体が別人やとばれても、博美は何も知らんと押し通すんや。怖くて死体をちゃんと見なかったから、お父ちゃんと間違えたといえばええ。警察も、あの体格の男を博美が殺したとは思わん。犯人は逃げた父親のほうやと思うやろ」

「そんなことになったら、お父ちゃんが捕まる」

「それでええんや」

博美は首を振った。「そんなん、あかん」

「あかんことない。ええか、よう聞け」忠雄は博美の肩を摑み、揺すった。「お父ちゃんの願いは、博美が幸せになることだけや。それ以外のことはどうでもええ。せやから博美、いう通りにしてくれ。いう通りにして、幸せになってくれ。一生のお願いや」

　父の言葉に博美は心を揺さぶられた。せめて願いを叶えてやりたいと思った。

「……けど、もしうまくいったとしたら、これからどうするの？　あたし、お父ちゃんともう会えんようになる」

　この言葉には忠雄も返答に詰まった。彼自身が、それを辛く感じたのだろう。

「最悪、それでも仕方ないな」声を絞り出すようにいった。

「それは嫌や。そんなんではあたし、幸せになられへん」

　忠雄は唇を噛んだ。目の下が濡れて光っていた。

「後のことは、これから考える。もしうまいこといったら、何とかして連絡する。たぶん手紙を出すことになると思うから、博美は施設かどこかに移る前に、郵便局に転居届を出してくれ。大丈夫、役所の人にいえばわかるはずや。ただしお父ちゃんの名前で出すわけにはいかんから、別の名前を使う。どういう名前がええ？」

　そんなことを訊かれても咄嗟《とっさ》には思いつかず、博美は黙っていた。

「何でもええんや。好きな芸能人の名前をいうてくれ」

「小泉今日子《こいずみきょうこ》と近藤真彦《こんどうまさひこ》……かな」

「そしたら近藤今日子や。女の名前のほうが怪しまれへんからな。小学生の時から文通してた相手ということにしとこ。万一誰かに読まれても気づかれんように書く」

　わかった、と答えつつ博美は、このままここで父と別れるということに、少しも現実感を抱けずにいた。

忠雄の手が博美の肩から離された。彼はじっと娘の顔を見つめてきた。

「博美、しっかりな。がんばって生き抜いてくれ。こんな目に遭わせてしもて、本当に申し訳ない。お父ちゃんは親として失格や」

博美は激しくかぶりを振った。

「そんなことない。お父ちゃんが全然悪くないことは、あたしが一番よくわかってる。お父ちゃんの子供に生まれてきて、あたしは幸せや」

忠雄の顔が歪んだ。彼は両腕を博美の身体に回してきた。父に抱きしめられ、体温を感じながら博美は瞼を閉じた。涙がとめどなく溢れた。堪えようとしても嗚咽《おえつ》が漏れた。

忠雄の身体が離れた。彼は深呼吸を一つすると、「よし、もう行きなさい。身体を大事にして、がんばるんやで」といった。

「お父ちゃんも元気でね」

うん、と忠雄は力強く頷いた。

二人は立ち上がった。博美はバッグを提げて踵を返すと、ゆっくりと歩き始めた。道に出て、少し行ってから足を止め、振り返った。その時、ばたんと車のドアが閉まる音が聞こえた。忠雄が乗り込んだようだ。

さようなら、ありがとう、お父ちゃん——心の中で呟き、博美は前を向いて歩きだした。

25

坂上たちが名古屋から戻ってきたのは、間もなく日付が変わろうかという頃だった。彼等の到着を待ち、松宮は小林たちと共に特捜本部にいた。加賀も同席している。

「横山一俊の写真が手に入りました。豊橋の姉が持っていました。いずれもかなり若い頃のものですが、顔がはっきり写っており、確認するのには問題ないかと」坂上が机の上に五枚の写真を並べた。

そのうちの一枚を松宮は手に取った。結婚式の披露宴会場で撮影されたと思われる写真だった。円卓を前に、五人の男女が並んでいる。

「その写真だと、一番左端に立っているのが横山だ」坂上が教えてくれた。

そこに写っているのは、中肉中背の三十歳ぐらいの男だった。髪は短く、顔が細い。目鼻立ちに大きな特徴はなかった。

「宮本康代さんに見てもらいますか」松宮は小林に訊いた。

「そのつもりだが、もうおまえが行く必要はない。宮城県警に手伝ってもらおう。この写真を送って、明日の朝にでも宮本さんに見てもらえばいい。もし加賀君の推理が当たっているなら、綿部俊一が女川原発で横山一俊として働いていた作業員だったとしても、宮本さんはこれらの写真を見て、別人だと断言するはずだ。そうだな、加賀君」

部屋の隅に立っていた加賀は、はい、と小さく頷いた。

「姉は横山の近況を知ってるのか」

小林の問いに坂上は首を振った。

「もう何十年も会ってないそうです。周りに迷惑をかけた挙げ句、行方不明になったといってました。たぶんどこかでのたれ死んでいるんじゃないか、少なくとも自分にとっては死んだ人間だ、とも」

「横山の元妻からは話が聞けたのか」

聞けました、と答えたのは別の捜査員だ。

「電話で報告しましたように、最初の妻は三年前に癌で他界しています。しかし結婚期間は二年足らずだったそうで、仮に生きていたとしても大した話は聞けなかったと思われます。二人目の妻は、現在は栄《さかえ》でスナックを経営していました。こちらも結婚期間は四年あまりと長くはなく、離婚後は横山とは全く連絡を取っていないそうです。あんな男に関わるのは二度とごめんだといっておりました」

「どうやら、あまり良い結婚生活ではなかったようだな」

「最悪だったといっています。所謂、飲む、打つ、買うのすべてをやる男で、女にはだらしなく、あちらこちらで問題を起こしたそうです。女子中学生を妊娠させたこともあったとか」

小林は顔をしかめた。「そいつはひどいな」

「博打《ばくち》にも悩まされたみたいですね。それで借金を作っては、周りに迷惑をかけることの繰り返しで。親が残してくれたわずかな財産も、結局それで全部失ったといってました」

「その女性も、よくそんな男と結婚したな」

「女には優しくて、金をかけてくれるそうです。だから結婚前はころりと騙されたとか。ただしあの経験があるから今まで水商売をやってこられた、と変な自慢もしていました」

捜査員の言葉に、全員から失笑が漏れた。

「わかった、御苦労だった。次の捜査会議までに、その話をまとめておいてくれ」小林は腕時計を見た。「今日はここまでにしよう。解散だ」

はい、と部下たちは返事をした。

松宮が帰り支度をしていると小林が近づいてきた。

「加賀には、明日もここに来るようにいっておけ。勝手なことをさせないためだ」耳元でいった。

わかりました、と松宮は答えた。

加賀が部屋を出ていくのが目に入った。急いで跡を追った。廊下で呼び止め、小林の言葉を伝えた。

「いわれなくても、俺はもう何もしないつもりだ。後はおまえたちに任せるよ」そういって加賀は歩き始めた。

「何もしない、何をする必要もない……つまり、自分の推理に自信があるってことか」

「まあ、そういうことになるのかな」

「俺は今日、横山一俊と一緒に原発で働いていたっていう人物に会ってきた。その人から聞いた横山は、さっきの坂上さんたちの話に出てくる横山とは全く別人だ。放射線管理手帳が三十年前に再申請されていることからも、そのタイミングで誰かがなりすました可能性が高いと思う」

「そうだな」

「だけど、それが浅居忠雄だなんて……。あの能登で死んだ男が本物の横山一俊だっていうのか。すり替わるために、浅居父娘が横山を殺したって」

加賀は足を止め、腕時計を見てから顔を松宮に向けた。

「近くにうまいラーメン屋があるそうだ。付き合うか？」

いいね、と松宮は答えた。

連れて行かれたのは狭い店だった。だがほかの客はカウンター席についており、二つのテーブル席は空いていた。

「すり替わりは計画的なものではなかったと思う」餃子《ぎょうざ》とビールを注文した後、加賀が声を落としていった。

「たまたまだというのか」

「おそらくな。借金から逃れるためだけなら偽装自殺で十分だ。父親が海に落ちたと娘にいわせればいいんだ。あのあたりの海じゃ、死体が見つからないってことはざらにある。他人を殺し、それを自分の死体に見せかけるなんて、あまりにもリスクが大きすぎる。そんな馬鹿なことはしないだろう」

「たしかにそうだ」

「何らかのトラブルがあって、横山という男が死んだ。それを知った浅居忠雄が、すり替わることを思いついた。そう考えたほうが自然じゃないか」

ビールが運ばれてきた。加賀が瓶を摑み、松宮のグラスに注いでくれた。

「何だかこのところ、おまえとビールばかり飲んでいるような気がするな」

「まあ、いいんじゃないか。それにしても、本当の名前を捨てて生きるって、どんな思いがするものなんだろう。すべてがリセットされてすっきりする……いや、そんな簡単なものではないよな」

「正体がばれないためには、人間関係が広まるのを極力避けねばならない。辛く孤独な人生だったと思う。あの似顔絵の表情が、すべてを物語っている」

「そんな彼を支えていたのが娘。彼女の成長と成功を見守ることが唯一の生き甲斐だったというわけか」

「そして彼女が成長し、成功すればするほど、浅居忠雄自身は自らの運命を呪っただろうな。自分の存在が世間に知られれば娘は破滅する。いわば彼自身がパンドラの箱だったわけだ」

餃子が運ばれてきた。加賀が小皿にタレを作り始めた。

「パンドラの箱か……」松宮が呟いた。「押谷道子は、それを開けてしまった。だから殺された、というわけか。三十年間、誰一人として開けなかった箱を」

箸で餃子をつまみかけていた加賀が、その手を止めた。「果たしてそうかな」

「えっ？」

「本当に、誰一人として開けなかったんだろうか」

「ほかに開けた人間がいるっていうのか」

「浅居忠雄は、人との付き合いをできるかぎり避けていただろう。しかし浅居博美のほうはそうはいかない。まだ子供だったし、多くの人々に支えられなければ生きていけなかった。そうした人間の中には、特別な関係になった相手もいた」

松宮は、あっと声を上げた。誰のことをいっているのかがわかったからだ。

「苗村誠三か。彼も浅居父娘の秘密に気づいて、それで……」

だがこれに対して加賀は何も答えず、ゆっくりと餃子を口に入れた。

その時、松宮の上着から着信音が聞こえた。出てみると坂上からだった。

「たった今、例の老人ホームを張ってた刑事から連絡が入った。浅居博美の母親らしき女だが、首を吊ったらしいぞ」

「えっ、死んだんですか」

「いや、すんでのところで職員が気づいて、止めたそうだ。死なせてくれといって暴れたってさ。おまえは面識があるから、一応知らせておこうと思ってな」

「女は今、どこに？」

「老人ホームの医務室で、職員と刑事に見張られながら横になってるそうだ」

「自殺の動機は？」

「いわないらしい。とにかくひどく興奮していて、まともな会話はできないとか」

「余程大きなショックを受けたってことですかね」

「加賀さんの推理が当たっていて、すべてを浅居博美から聞かされたとしたら、頭がおかしくなっても不思議じゃない。良心の欠片《かけら》が残ってたってことかもな」

26

グラスにバーボンを注ぐと、小さな音をたてて氷が崩れた。マドラーでかき混ぜ、口に含む。バーボンの刺激が喉から全身に広がっていくようだ。

ベッドに入ったのは三十分ほど前だ。何とか眠ろうとしたが、興奮した脳細胞は容易には鎮まってくれそうになかった。諦めて起き上がり、リビングボードの棚からワイルドターキーのボトルを取り出した。このまま朝を迎えることになるかもしれない。それならそれで構わないが、千秋楽の途中で居眠りをするようなことだけは避けねば。

博美は苦笑を浮かべた。まさかそんなことはあるまい。命を賭けて作り上げた芝居だ。あり得るとすれば、あまりに気持ちが昂《たか》ぶりすぎて失神してしまうことだろう。

一瞬、テーブルに置いたマドラーが箸に見えてどきりとした。男の命を奪った箸だ。あの時の感触は、たぶん一生忘れないだろう。あの出来事がなければ、自分の、そして忠雄の人生はどうなっていたのか。間違いなくいえるのは、今日という日は来なかったということだ。そのほうがよかったのかどうかはわからない。生きてこられたかどうか自体が不明なのだ。

忠雄と別れた翌朝、博美は彼からいわれた通り、旅館の人間に父親がいなくなっていることを話した。すぐにパトカーが何台もやってきて、警官たちが付近の捜索を始めた。博美も話を聞かれたが、朝まで眠っていたのでいつ父親が出ていったのかはわからないと答えた。さらに自分たちがここまで旅をしてきた経緯を話すと、刑事たちの顔に緊張の色が浮かんだ。

やがて近くの岸壁《がんぺき》で遺体が見つかった。博美はパトカーに乗せられ、現場の近くまで連れていかれた。そして青いビニールシートの上に横たえられた、男性の遺体と対面することになった。

見た瞬間、博美は悲鳴を上げていた。演技ではなかった。遺体の損傷がひどかったせいもあるが、何よりも彼女に衝撃を与えたのは、遺体が忠雄の洋服を着ていたという事実だった。だから一瞬、本当に忠雄の死体なのかと思ってしまったのだ。

だがおそるおそる顔を見てみると、やはり忠雄ではなかった。頭が割れ、血みどろになっていたが、それはたしかだった。つまり忠雄は、あれから遺体の着替えをしたということになる。彼自身は、遺体が着ていた服を身に着けたのだろう。それらが簡単な作業でないことは博美にも想像がついた。肉体的にも精神的にも、途方もない負担があったはずだ。それを成し遂げた父の決意を思うと、ここで失敗するわけにはいかないと博美は自分自身を奮《ふる》い立たせた。

父に間違いありません、という彼女の言葉を、警察は全く疑わなかった。宿に残されていたバッグの中から、遺体と指紋が一致する品々がたくさん出てきたからだ。また、司法解剖も行われなかった。刃物で切られたような傷や首を絞められた痕もなく、事件性はないと警察は判断したようだ。忠雄は運転免許を持っていたが、免許証がどこからも見つからなかったことについても不審がられなかった。

博美は一旦、児童相談所に預けられることになった。間もなく面会にやってきた苗村に、父親の死についてはなるべく口外しないでほしいと頼んだ。

「夜逃げしたことを友達とかに知られたくないんです。だからお父さんが死んだことは黙っておいてもらえますか。もし話すにしても、あんなところで死んだとはいわないでほしいんです」

わかった、と苗村は了承した。学校側にも秘密にしておくよう働きかけるから何も心配しなくていい、と約束してくれた。

こうして博美たちの一世一代の大博打は、吉という結果が出た。だがそれで二人の辛い日々が終わったわけではなかった。その日から、また別の種類の苦難が二人を襲うことになった。

忠雄が予想した通り、博美は養護施設に入れられた。そこでの生活は決して甘いものではなかった。大人数の寮だったせいで常に職員不足で、子供たちは十把一絡《じっぱひとから》げで管理されていた。そのためプライバシーは守られにくく、家庭的な雰囲気にも乏しかった。途中から入ってきたよそ者ということで、博美は同年代の寮生たちから陰湿《いんしつ》ないじめを受けることもあった。それでも耐えられたのは、苗村や吉野元子という理解者がいたせいもあるが、何より、今自分がこうして生きていられるのは父のおかげだという思いがあるからだった。布団の中で涙を流すことも多かったが、忠雄はもっと辛いはずだと思うと我慢ができた。

その忠雄からの最初の手紙は、施設に入ってから約一ヵ月後に届いていた。打ち合わせ通り、差出人は「近藤今日子」となっていて、住所は福島県内のものだった。

『博美ちゃん、お久しぶりです。私はお父さんの仕事の都合で引っ越して、今、福島県にいます。お父さんは原発作業員です。放射能の除去作業なんかが主な仕事で、慣れなくて大変だけど、何とかやっているみたいです。だから安心してください。私もお父さんも、とても元気です。博美ちゃんのほうはどうですか。新しい環境にはなじめていますか。できればお返事くださ い。私たちは寮のようなところに入っています。手紙は届きます。ただしその時、横山一俊という宛名で出してください。よろしくお願いします。』

これを読み、博美は胸を撫で下ろした。どうやら忠雄は無事に生活できているようだ。ただし横山一俊と騙っているらしい。博美が殺した男の名前だ。気味の悪いことだが、たぶん忠雄としても仕方がなかったのだろう。

すぐに博美からも返事を出した。元気にしていること、早く会いたいことなどを書いた。

それから月に一度程度の頻度で、手紙のやりとりをした。ただし、二人が会えるチャンスはなかなか訪れなかった。距離が離れている上に、忠雄の仕事の都合がつかないのだった。しかも会うとすれば、二人を知る人間とは絶対に顔を合わせない場所を用意する必要があった。

忠雄が施設に電話をかけてくることもなかった。たとえ偽名を使ったとしても、博美に正体不明の男から電話があれば、職員たちが訝しむおそれがあったからだ。

そうこうするうちに月日が流れ、博美が十七歳の夏、芝居に出会った。それまで将来というものを考えたことがなかったが、今後どのように生きていきたいのか、という道筋がはっきりと見えた。

当然、忠雄にも報告した。演劇の道に進みたいと手紙に書いたところ、大賛成だ、という答えが返ってきた。

『博美ちゃんなら、すばらしい女優さんになれると思います。がんばってください。いつか私も、博美ちゃんが舞台に立つ姿を見たいです。　近藤今日子』

この頃、忠雄は大飯《おおい》原子力発電所で定期点検の仕事をしていた。博美のいる施設からだと、さほど遠くない。それでも二人が会うことはなかった。

博美が忠雄にさえも打ち明けられない秘密を持つことになったのは、これより少し後のことだ。ほかでもない。苗村誠三との関係だ。不倫でもあったし、父親を心配させたくなかった。

父と娘が対面を果たしたのは、博美が本格的に芝居に取り組み始めている頃だった。手紙のやりとりで決めた待ち合わせ場所は、上野《うえの》動物園のサル山の前だ。博美が緊張して行ってみると、日曜日ということで人だかりができていた。

彼女はピンクの帽子を被っていた。それが目印だったのだ。周囲に気をつけながらサルを眺めるふりをしていると、右隣に人が立った。

「びっくりした。大人になったな」

小さな声だったが、それは父のものに相違なかった。博美は涙腺《るいせん》が緩みそうになるのを懸命に堪えた。

ちらりと横に視線を走らせた。忠雄は地味な色のジャンパーを羽織り、そのポケットに両手を突っ込んでいる。顔はサル山のほうを向いたままだ。その頬はこけていて、顎が尖っていた。だが顔色は悪くなかった。

何をしゃべっていいかわからず博美が黙っていると、忠雄はすっとその場を離れた。そして空いていたベンチに腰を下ろした。さらに尻ポケットに入れてあった新聞を広げた。

博美は父の意図を察した。時計を見るふりなどをしながら移動し、彼の隣に座った。

「元気にしてる？」博美は、ようやく言葉を発した。

「うん、おかげさまでな。博美も、元気そうじゃないか。安心した」

「お父ちゃん、どんな生活してるの？」

「手紙に書いただろ。あの男がいってた通りだ。原発渡り鳥。しかし、案外悪くない」

「あいつの名前を使ってるんやね」

「うん。放射線管理手帳を紛失したといったら、会社のほうで住民票を取ってくれて、手帳の再発行の手続きもしてくれた。あの男の住民票が生きてて助かったよ」

忠雄が話すのを聞き、博美はくすりと笑った。

「お父ちゃん、話し方が変。アクセントの位置がおかしい。関西弁が下手な人みたい」

ふん、と忠雄は鼻を鳴らした。

「いつもはもっとちゃんとした標準語をしゃべってる。おまえが相手やから、どんなふうにしゃべったらええのか、ちょっと迷ってるんや」

「お父ちゃん、標準語をしゃべってるの？」

「ああ、きちんと化けんといかんからな。最初の頃は無口な男ということで押し通した」

「ふうん。何だか想像がつかへん」

「おまえこそ、標準語はどうなんだ。しっかりと話せるのか」

「そんなん、当然でしょ。お父ちゃんと一緒にせんといて」

久しぶりに会ったというのに、二人の口から出てくるのは、どうでもいいようなことばかりだった。もっと大切なこと、今だからこそ話すべきことがたくさんあるような気がした。しかしどうしても思いつかないのだった。

父は一体どんな表情をしているのだろうと思い、博美は視線を隣に向けた。新聞を広げた忠雄の横顔が見えた。その瞬間、どきりとした。

彼の頬には幾筋もの涙の跡があった。泣きながら、会話を続けていたのだ。

突然胸に熱いものが込み上げてきた。博美は俯き、バッグから取り出したハンカチを握りしめた。自分は絶対にここで泣いてはいけないと思った。

言葉のやりとりなんかどうでもいい――そう痛感した。こうして一緒にいられるだけで十分だ。

その日以来、何ヵ月かに一度の割合で会うようになった。場所は、いつも上野動物園のサル山だ。だがお互いの都合がつかなかったり、忠雄が仕事で遠方に行ったりで、一年以上会えないこともあった。

そのうちに博美も、女優として舞台に立つ機会が増えていった。時にはテレビの端役やCM出演の仕事なども舞い込むようになった。

上野動物園で見知らぬ女性から声をかけられたのは、博美が二十二歳の時だった。「下条《しもじょう》ひとみさんですよね」と尋ねられたのだ。それが当時の彼女の芸名だった。咄嗟にとぼけられずに頷くと、「いつも応援しています」と握手を求められた。たったそれだけのことだが、すぐそばでその様子を見ていた忠雄は危機感を抱いたようだ。

もう迂闊に会うのはやめよう、といいだした。

「博美は我々が思っている以上に顔が売れているのかもしれん。世の中には芝居好きの人も多いからな。会うとしても上野動物園はまずい。今後は人気のない場所を選ぼう」

博美としては、ぴんとこなかった。仕事が増えたとはいっても、まだ役者だけでは食べていけないのだ。昼間は小さな会社で受付嬢のバイトをしている。来客に正体がばれたことは一度もなかった。

だが忠雄のいう通りかもしれないと思った。人が多く集まるところでは、彼女を知る人間がいる可能性も高いことになる。

二人は都内のシティホテルを利用することにした。忠雄が先にチェックインして部屋に入り、後から博美が訪れるという手順だ。多少金はかかるが、ゆっくりと一緒にいられるのは何よりも嬉しかった。何年ぶりかで親子水入らずの気分が味わえた。

一方、苗村との関係については大きな変化があった。彼が離婚を決意して上京してきたのだ。無事に離婚が成立したら博美と結婚したい、といった。

苗村は毎日のように博美に会いたがった。彼女の部屋に突然来たり、彼が借りているウィークリーマンションに呼び出したりするのだ。芝居の稽古で忙しいからといって断ったりすると、不機嫌になることもあった。

「いいな、君は。打ち込めるものがあって」嫌味な口調で、そんなふうにいったりした。苗村は、なかなか仕事を見つけられないでいた。前にいっていた塾講師の話も、今すぐには無理だと断られたらしい。何しろ上京してきたのが四月だ。講師など、とうに決まっている。

そんな彼を見て、早まったことをしなければよかったのに、と博美は思わざるをえなかった。元はといえば自分から誘ったわけで、文句をいう資格はないとわかってはいるが、彼の愛情を重荷に感じ始めているのも事実だった。

そんなある日、またしても苗村が電話をかけてきて、急に会いたいといいだした。だがその日ばかりは、どうしても都合が悪かった。忠雄と会う約束をしていたのだ。

「稽古はない日でしょ。バイトだって休みのはずだし」唇を尖らせた表情が目に浮かんだ。

「先約があるの。演劇関係の人と会うことになってて。ごめんなさい」

「何という人？」

「いっても先生は知らないと思う」

「とりあえずいってみなさい。男？　それとも女？」

苗村が博美の人間関係を細かく知りたがるのは以前からだが、上京後、それが一層ひどくなっていた。

博美は適当に思いついた女性名をいった。すると今度は、何時ぐらいに帰ってくるのかと訊いてきた。忠雄と会った時は、大抵深夜まで語らう。そしてなるべく朝まで一緒にいるようにする。それが父の唯一の生き甲斐だと知っているからだ。

「先方の都合があるから、帰りが何時になるかはわからないの。今度、ゆっくり時間を作るから、今夜は我慢して」

苗村は少し黙り込んだ後、「ふうん、わかった」といって電話を切った。

その後、博美は身支度《みじたく》をして部屋を出た。電話ボックスに入ると、ホテルに電話をかけた。まだ携帯電話を持っていなかったからだ。綿部俊一という人が泊まっていると思うので、この電話を繋いでほしい、とオペレーターにいった。間もなく、もしもし、と忠雄の声が聞こえた。

「あたし」

「うん、一五〇六号室」

「わかった」

電話を切り、ホテルに向かう。すっかり慣れた手順だった。

この夜は忠雄から思いがけない話を聞かされた。田島百合子という女性のことだ。仙台で知り合った女性で、女川原発で仕事をしている間は、毎週のように彼女の部屋に行っているということだった。

「よかったやないの」博美は心の底からいった。「私はお父ちゃんにも幸せになってもらいたいと思ってる。その人とやり直したらええやん」

だが忠雄は、そんなことは考えていない、と答えた。

「今さら、目立つような真似はしたくない。それに向こうも訳ありでな」

「そう……。でも嬉しい。お父ちゃんにそういう人がいるとわかって」

忠雄は、ばつが悪そうな顔で頭を掻いていた。しかし満更《まんざら》でもなさそうだった。

博美がホテルを出たのは翌日の早朝だった。チェックアウトは忠雄に任せた。彼も少し遅れて部屋を出たはずだ。

自宅に戻り、稽古に備えて舞台の脚本を読んでいると、電話がかかってきた。たぶん苗村だな、と思った。今日こそは会いたいというのかもしれない。

だが出てみると忠雄だった。どうしたのかと訊いてみると妙なことをいった。

「博美は前に、車の免許を取ったといってたな」

「取ったよ。それがどうかした？」

「うん……じつは、レンタカーを借りてほしいんや」

「えっ、何のために？」

「ちょっと車が必要になった。借りてもらえんやろうか」

「それはいいけど、お父ちゃんが運転するの？」

「まあな。車で運びたいものがあるんや。そんなに長くは乗らんから心配せんでええ」

忠雄は歯切れが悪かった。しかし深く詮索することは躊躇われた。偽名で生活を送っている彼のことだ。娘にもいえない複雑な事情をたくさん抱えているに違いない。

わかったと答え、細かいことをいくつか打ち合わせて電話を切った。部屋を出て、すぐに近くのレンタカー店に向かった。

借りたのは国産の普通車だ。それを運転し、約束の場所へ行った。前夜泊まったホテルの地下駐車場だ。車から降りて周囲を見渡すと、煙草の自販機のそばに忠雄の姿があった。彼も博美には気づいている様子だった。

車のキーを抜かず、足早にその場から離れた。ホテルに入る直前に振り返ると、忠雄が車に乗り込むところが見えた。

車を使って一体何をどこに運ぶつもりだろう——知らないほうがいいと思いつつも気になった。

夜になって再び忠雄から電話がかかってきた。車は元の駐車場に戻しておいたという。翌日、博美は車を回収し、レンタカー店に返した。見たところ、車に異状はなかった。

その後も同じような毎日が続いた。芝居の稽古に明け暮れ、その隙にバイトをして生活費を稼ぐという生活だ。ただ一点だけ、大きな変化があった。苗村からの連絡が途絶えていたのだ。

最初は、すねているのかな、と思った。会いたいといったのに断ったことを根に持ち、連絡してこないのかもしれない。だとしたら思った以上に精神年齢が低いのだな、と少し幻滅《げんめつ》した。

一週間経っても何の音沙汰《おとさた》もなく、さすがに少し気になり始めた。だが博美からの連絡方法はない。彼は電話を持っていなかったからだ。

二週間が経った頃、ついに博美は様子を見に行くことにした。苗村が借りていたウィークリーマンションを尋ねてみたのだ。

ところが——。

部屋から出てきたのは、全く知らない若い男性だった。その男性は三日前に入居したらしい。さらに、こんなことをいった。

「前に入ってた人は、無断でいなくなったそうですよ。荷物が少なかったからよかったけど、そうじゃなかったら面倒なところだったって、管理会社の人がいってました」

ウィークリーマンションからの帰り道、様々な想像が博美の脳裏を去来した。いずれも大した根拠はなく、彼女の怯えや疑念から生じたものに過ぎなかったが、苗村が姿を消したことについて深く追求することは自分たちのためにならない、ということだけは確信していた。同時に、彼への愛情がとうの昔に消えていたことも自覚した。当然、捜索願いを警察に出すこともなかった。

そして次に忠雄と会う時、彼のほうから新たな提案が出された。ホテルで会うのはやめよう、というのだった。

「博美も顔が売れた。どこで誰が見てるかもわからん。ホテルに出入りするのは危険やと思う。俺もフロントで顔をさらすのが怖い。ほかの方法を考えよ」

それを聞き、やはり前回何かがあったのかもしれないと博美は思った。レンタカーを借りてくれといったことにも関係しているように思われた。だが怖くて、何も訊けなかった。

「けど、ほかにどんな方法がある？」

博美が問うと、ひとつ思いついたことがある、と忠雄はいった。

「携帯電話が安く出回ってるそうやないか。あれを使えば、離れてても話はできる。俺は博美の顔さえ見られたら、別に近寄らんでもええ。たとえば、どこかの川を挟んで向き合うというのはどうや。傍から見ても、誰も俺らが密会してるとは思わんやろ」

川では場所が特定しにくいので、橋を決めようということになった。だがいつも同じ橋では、いずれ誰かに気づかれそうな気もする。

そこで思いついたのが、日本橋を取り囲む十二ヵ所の橋だ。日本橋には博美が初舞台を踏んだ明治座があった。特別な思いがある町だ。

早速博美は携帯電話を二つ入手し、一つを忠雄に送った。次に会った時、江戸橋を挟んで向き合った。八月だったからだ。

「お父ちゃん、元気？」博美は橋の反対側を見ながら、携帯電話の送話口《そうわぐち》にいった。

「ああ、元気にしてるで」忠雄が小さく手を上げるのが見えた。

この先、自分は父の手を握ることもないのかもしれない、と博美は思った。

苗村からは、何の連絡もないままだった。

27

いつものように目覚まし時計に起こされた。トイレで用を足してから居間に行くと、ダイニングテーブルには朝食が並んでいた。おはよう、と克子が爽《さわ》やかな笑みを見せた。

おはよう、といって松宮は椅子に腰を下ろした。

「いよいよ、なんでしょ？」克子がいう。

「何が？」

克子は不服そうに息子を見下ろした。

「昨夜、脩平がいったのよ。明日はいよいよ勝負の日、すべてが明らかになる日だって。覚えてないの？」

松宮は頭を掻いた。「そんなこと、いったかな」

「何よ、それ。まあたしかに、眠そうにしてたもんね」克子はキッチンに消えた。

松宮は前夜のことを振り返った。加賀と二人でラーメン屋に入り、ビールを飲んだ。そうしながら、何かが確実に終結に向かっていることを感じ取った。結局加賀とはあまり突っ込んだ話はしなかったが、それだけは確信した。だから帰宅後、克子にそんなことをいったのだろう。

特捜本部に行くと、昨日までより一層空気が張り詰めているのを感じた。誰もが今日を特別な一日だとわかっているようだった。

管理官の富井の姿もあった。石垣と小林が、いくつもの資料を見せながら真剣な表情で何やら説明している。

坂上もいた。松宮は昨夜の続報について尋ねてみた。

「老人ホームの女か。今日になっても、まだ口を割らないらしい。昨夜は職員が交代で見張りだってよ。気の毒なことだ」

『有楽園』で会った女の顔が松宮の頭に浮かんだ。浅居博美の母親だということを決して認めようとはしなかった。もしかしたらそれが彼女なりの懺悔《ざんげ》なのかなと思った。

そこへ加賀が現れた。彼は誰にともなく一礼した後、壁際の椅子に腰掛けた。

一本の電話が入ったのは、その直後だった。小林が応対し、受話器を元に戻してから富井と石垣のほうを向いた。

「宮城県警からの連絡でした。例の横山一俊の写真を宮本康代さんに見せたそうです」

「結果は？」石垣が訊いた。

「全くの別人、綿部俊一ではない、と宮本さんは断言しているとのことです」

小林の回答に、石垣は意見を伺うように富井を見た。

「DNA鑑定の結果は、今日出るんだな」富井が訊いた。

「夕方には出ます」小林が答えた。「時間がないので暫定的な方法を使うそうですが、精度は問題ないとのことです」

富井は頷き、石垣と何やら囁き合った。手招きされた小林がそれに加わった。

加賀君、と小林が呼んだ。「こっちに来てくれ」

のっそりと立ち上がった加賀が、三人の前に出ていった。

「先日、日本橋署の署長と電話で話したよ」富井が加賀を見上げ、にやにやした。「いい加減、君を引き取ってほしいようなことをいってたな。実績十分だが、警部補のくせに部下を持とうとしない君の扱いに困っている様子だった」

どう答えていいのかわからないらしく、加賀は黙って下を向いている。

それはともかく、と富井は真顔になって続けた。

「今回の事件に関して、君が大胆な推理を展開させたことは聞いた。三十年前に死んだと思われた人間が、別人の名を騙って生きてきたという仮説には驚かされたが、そのことを裏付ける事実が次々に出てきていることもたしかだ。だが問題は、それが事件の真相とどう繋がっているかということだ」

「それについての自分の考えは、石垣係長らに説明しましたが」

「君の口から直接聞きたいんだよ。話してくれ。浅居博美は、どのように事件に関わっていると考えているんだ」

管理官の声が響いた後、部屋は静寂に包まれた。ここにいる者全員が、加賀に注目している。もちろん松宮も、その一人だった。

やや俯き加減だった加賀が顔を上げた。

「本日、浅居博美が演出を手がける芝居が千秋楽を迎えます。明治座には珍しい五十日間の興業で、初日は三月十日でした」

富井が眉をひそめた。それがどうした、と訊きたそうな顔だ。

「浅居父娘は、極力接触することを避けて生きてきたと思われます。しかし宮本康代さんの話によれば、綿部俊一なる人物は時折東京に、特に日本橋に来ていたようです。その目的は何だったのか。私は、娘と会っていたのではないかと推察します。ただし一緒にいるところを決して人に見られないよう、細心の注意を払う必要がありました」

例の十二本の橋は待ち合わせ場所ではないか、というのが加賀の説だった。毎月会っていたかどうかは不明だが、月によって待ち合わせ場所を変えることで万一にも第三者に気づかれないようにしたのでは、というのだ。

「面白い説だな。それで？」富井が先を促した。

「私は、なぜ二人が日本橋にこだわったのかが気になります。そこで頭に浮かぶのが、やはり明治座です。浅居博美が初舞台を踏んだあの劇場は、父娘にとって特別な存在だったのではないでしょうか。となれば、今回の公演も二人にとっては特別なものということになります。これまでに、浅居忠雄が娘の芝居を観たことがあるのかどうかはわかりません。小さな劇場に足を運んで、もし二人を知る人間に見られたらまずいと思い、我慢していた可能性はあります。しかし今度ばかりは、ようやく叶った娘の夢を自分の目に焼き付けておきたかったはずです。また浅居博美としても、どうしても父親に観てほしかったと思います。私は、浅居忠雄は初日に芝居を観たのではないかと想像します」

この加賀の推理については、松宮たちは昨日すでに聞いている。その時にも感じたことだが、やはり説得力に満ちていた。辛い過去を背負ってきた父娘だからこそ、成功の瞬間を共に分かち合いたいと考えるのは当然だ。

「一方、もう一人、特別な思いを抱いて明治座を訪れた人物がいる可能性があります」加賀は淡々と続けた。「押谷道子さんです。初日前日の土曜日、押谷さんは滋賀県には帰らず、茅場町のビジネスホテルに泊まっています。その目的は、明治座の芝居鑑賞だったのではないでしょうか。前日の時点でチケットは持っていなかったようですが、調べてみると、当日券は買える状況でした。押谷さんはそれを買い、劇場に入った。そして芝居が始まる前か、幕間《まくあい》か、終わった後かは不明ですが、一人の人物に気づいた。浅居忠雄です。浅居博美と仲の良かった押谷さんが、彼の

いた。

「押谷さんは、浅居博美の父親が死亡していることを知らなかったのか」富井が誰にともなく訊いた。

「いえ、知っていました」松宮が一歩前に出た。「その前日に、浅居博美から父親が自殺したことを聞かされているはずです」

「だからこそです」加賀がいった。

何がだ、と富井が訊く。

「父親は死んだと聞かされていたからこそ、押谷さんは浅居忠雄のことが気になったのではないかと思うのです。もし聞いていなければ、娘の舞台を父親が観にきていても不思議ではないわけだし、押谷さんも何とも思わなかったかもしれない。だが前日にそんな話を聞いていたものだから不審に思ったわけです。おかしい、父親はちゃんと生きているのに、どうして自殺したなんていったんだろうと。そこで押谷さんは本人に、つまり浅居忠雄から事情を聞こうとした」

「だとすれば浅居忠雄はあわてただろうな。絶対に見られてはならない人間に見つかってしまったわけだ。人違いだといい張ったところで、押谷さんが信用しなければ意味がない」

富井の言葉に加賀は頷いた。

「完全に騙せない以上、押谷さんをそのまま滋賀県に帰すわけにはいきません。やむなく彼女を自分のアパートに誘った。何しろ友人の父親ですから、押谷さんも特に警戒はしなかったと思われます。もしかすると、彼に浅居博美を説得するよう頼むつもりだったかもしれません」

「アパートに誘い込んだ後は、もはやほかに道はなし。隙を見て押谷さんの首に紐を巻き付け、絞殺に及んだ。そういうわけか」

「どこか不自然な点はありますか」

「いや、ないな。理路整然《りろせいぜん》とした推理だ。押谷さん殺害については、それで説明がつく。浅居忠雄が犯人だったというわけだ。ではその浅居忠雄を殺したのは誰だ。浅居博美か？」

加賀は険しい表情で管理官を見返した。「それ以外には考えられないと思います」

「娘が父親を？　昨今、家族間で殺人が起きることも珍しくはないが、君がいったような事実があるなら、二人はそれこそ鋼《はがね》の絆《きずな》で結ばれていたはずではないのか」

「それはたしかです」

「しかし殺したというのか」

「ほかに道がなかったんだと思います」

「どういうことだ。わかるように説明してくれ」

「説明はとても難しいです。理解してもらうためには、観ていただくのが一番いいのですが」

「観る？　何をだ」

「『異聞・曾根崎心中』を、です」加賀は答えた。「すべての答えは、あの芝居の中にあるように思うのです」

28

舞台は佳境に入っていた。博美はペンライトを点け、時刻を確認した。すべてが予定通りに進行している。千秋楽も無事に終えられそうだ。

この五十日の間にも役者たちは成長し、誰もが役柄を完璧に自分のものにしている。すっかり成熟した演技の応酬は、本物の人生を舞台上に構築させていた。徳兵衛とお初の過酷《かこく》な人生をだ。

これほどのものを作り上げられた以上、もう何も思い残すことはない、と博美は思った。

振り返れば、自らのすべてを演劇に捧げてきた。それだけの価値がある世界だと信じてきたからだ。しかし、何としてでも成功しなければ父に申し訳ない、成功して喜ばせてやりたいという思いが、博美を突き動かしてきたのはたしかだ。

諏訪建夫のプロポーズを受け入れたのも、彼の演劇人としての才能に憧れ、それを少しでも吸収したかったからにほかならない。単なる夫婦や家族になるつもりは毛頭なかった。彼は師であり、パートナーであり、同時にいつかは追い越さねばならないライバルだった。

だから妊娠した時には狼狽した。自分が母親になることなど露ほども考えていなかった。

子供はほしくない、といえば嘘になった。本音をいえば産みたかった。しかし博美の中にある様々な思いが、それを彼女に禁ずるのだった。

おまえにそんな資格があるのか。父親の人生を犠牲にしながら生きているくせに、人並みに家庭の温かみを求めるつもりか。仮に産んだとして、その子の将来を保証できるのか。いつか過去が暴露された時、その子はどうなる。人を殺し、世間を欺いた犯罪者の子として生きていかねばならない。それに対して、どう償えるのだ。そもそもおまえに子供を育てることなどできるのか。おまえに母親としての愛情など備わっているのか。所詮、あんな女の娘なのだぞ——。

悩んだ末に出した結論が、生涯自分は家族愛を求めない、というものだった。それはすでに父親から至上のものを与えられている。この上さらに求めることは罪深く思われた。

堕胎は辛い経験だった。だがそれが免罪符になるとも思わなかった。いつか本物の天罰が下される日が来ることを、ずっと前から予想していたような気がする。

警察がやってくるのは時間の問題だろう。新小岩で死んだ男と親子関係にあるとばれてしまえば、言い逃れなどできない。

すべては一つの小さな好奇心がもたらしたものだ。五年前、様々な剣道教室を調べていて、たまたま『加賀恭一郎』という名前を発見した。その瞬間、どうしても会っておきたいという衝動が湧き上がった。なぜならその人物の母親が、忠雄にとって大切な人間だったことを知っていたからだ。

仙台に住んでいた田島百合子という女性だ。忠雄が博美以外で唯一心を許せる相手だということだった。

だが父のささやかな幸せも長くは続かなかった。ある時電話をかけてきて、彼女が亡くなったといった。忠雄が浜岡原発にいる間のことだ。自宅のアパートで死んでいるのが発見されたそうで、変死扱いになったらしい。だから彼は仙台に戻るわけにはいかないといった。警察で事情聴取されるおそれがあるからだ。

「でも、そんなの……その女性がかわいそう。誰にも遺骨を引き取ってもらわれへんやなんて」

忠雄から電話で事情を聞き、博美は胸を痛めた。

「俺もそう思う。そこで頼みがある。じつは百合子には実の息子がいる。その人の連絡先を突き止めてほしい」

「息子さん？」

「うん、別れた旦那さんとの間にできた子供や」

加賀恭一郎という名前の警察官だと忠雄はいった。剣道の大きな大会で何度も優勝し、専門誌で紹介されたこともあるから、その線で捜せるのではないか、という。そして記事が掲載された専門誌を教えてくれた。

「わかった。何とか調べてみる」

博美は知り合いの芸能記者である米岡町子に相談した。

「新しい芝居の構想を練ってるんだけど、警察官と剣道について調べたいの。どうせならトップクラスの選手がいいと思って。ただ、あまり公にはできないような裏話を聞き出したいから、警視庁の広報とかは通さず、直接連絡を取りたいのよ」

この説明を聞き、米岡町子は疑わなかった。芝居作りの際、博美が念入りに取材することはよく知られている。彼女は、すぐに調べてきてくれた。

早速、忠雄に電話で知らせた。

「よかった。これであの世の百合子も喜ぶやろう。遺骨が息子の手に渡るわけだから」

心底嬉しそうな父の声を聞き、その女性に会ってみたかった、と博美は思った。そしてその人にはもう会えないのなら、せめて息子のほうに、と思い至ったのだった。

あの時、加賀に会いに行ったりしなければ、現在の窮地《きゅうち》はなかったのかもしれない。まさか彼によって自分たちの秘密が暴かれることになるとは、夢にも思わなかった。だが博美は後悔など全くしていない。加賀と会い、語らうことで、彼の母親つまり忠雄にとって大切だった女性の人柄を窺い知れたからだ。

きっと素晴らしい女性だったに違いない――加賀に会って確信した。忠雄の人生が絶望的に暗いことはよく知っているので、幸せの気配を感じられただけでも嬉しかった。

橋洗いの写真を見せられた時には驚いた。加賀があんなものを見つけてくるとは思わなかった。あの日、あのような行事があるとは知らなかった。博美の誕生日が近づき、久しぶりに顔を見たいと忠雄がいったので会うことにしたのだ。七月だから日本橋。行ってみて驚いた。人だかりができている。サングラスをかけてきてよかったと思った。

人は多かったが、忠雄の姿を見つけるのに時間はかからなかった。橋の反対側に彼はいた。娘の顔を見せてやりたかった。だからサングラスを外した。まさかその瞬間を写真に撮られるとは考えもしなかった。

振り返ってみれば小さな過ちを数多く犯している。加賀はその一つ一つを拾い集め、真実という城を築き上げたのだろう。大した人物だ、と心底思う。

舞台は最後のシーンを迎えていた。徳兵衛がお初を刺したところだが、これは徳兵衛の親友による推理ということになっている。

「つまりお初は死にたかったんだ。いつも死に場所を探していた。そこで現れたのが徳兵衛だった。お初は思った。どうせ死ぬなら心の底から惚れた男に刺し殺してもらいたい、とね。それを察したから、徳兵衛は刺した。こっちもまた、命がけで惚れた女の夢をかなえてやりたかったんだね」

しみじみと語る親友の背後で、お初を刺した徳兵衛は躊躇うことなく今度は自らの命を絶つ。お初を抱くように息を引き取った後、静かに幕が下りていった。

次の瞬間、場内に拍手が鳴り響いた。最後部なので観客の顔はわからないが、誰もが十二分に満足していることは伝わってきた。

博美は立ち上がった。何度かカーテンコールがあるだろう。その間に楽屋に行き、役者たちを迎えたかった。

だが監事室を出たところで足を止めた。数名の男たちがいた。そのうちの一人は松宮という刑事だ。彼等は明らかに博美を待っていたようだ。

強面の男が頭を下げ、警視庁のバッジを見せながら小林と名乗った。

「浅居博美さんですね。伺いたいことがいくつかあります。我々と一緒に警察まで来ていただきたいのですが」

博美は深呼吸をした。

「今すぐにですか。役者やスタッフたちに声を掛けてきたいんですけど」

「わかりました。お待ちしております。ただし、一名同行させます」

「どうぞ」

博美は歩きだした。ついてきたのは松宮だった。

「どんなことを訊かれるのかしら」

「いろいろです。少し長くなるかもしれません」

「今日は帰れる？」

「それは何とも」

「そう」

「あと、DNA鑑定に協力していただくことになると思います」

博美は足を止め、若い刑事の顔を見つめた。「それはもう済ませたんじゃないの？」

「正式な鑑定です」

「ああ、なるほどね」勝手に持ち出した毛髪では証拠にならないのだろう。「念のために訊くんですけど、親子鑑定？」

松宮は少し迷いを見せた後、そうです、と答えた。

「そう、私と誰かさんとの親子関係が証明されるわけね。それは楽しみ」博美は再び前を向いて歩き始めた。あの日の出来事が、脳裏に鮮やかに再生された。

その電話が忠雄からかかってきたのは、三月十二日のことだった。無事に三日目の公演を終えた後だ。急用があるので会えないか、というのだった。

「なるべく早いほうがいい。できれば今夜」父の声には深刻な響きがあった。

どういう用件かと博美は尋ねたが、忠雄は明言を避けた。渡したいものがいくつかある、とだけいった。

夜は銀座で会食の予定が入っていた。早くても午後十時までは身体が空かない。そういうと、だったら十一時でどうかと訊いてきた。余程急ぎの用らしい。

では十一時に例の場所で、と約束して電話を切った。三月だから、例の場所とは左衛門橋ということになる。

会食の相手は、フリーのプロデューサーだった。ある小説の舞台化を考えているそうで、演出をしてみないか、と博美にいってきた。その小説は彼女も読んでいて、本来なら強い関心を示すところだった。だが今ひとつ集中して話を聞けなかったのは、不吉な予感が胸中を支配していたからにほかならない。忠雄の用件というのが気に掛かっていたのだ。

「どうしたんですか。気が進みませんか。あなたが好きな題材だと思うんですがね」プロデューサーは訝しそうにいった。

「気が進まないなんて、そんな」博美は慌てて否定した。「とてもありがたい話だと思って聞いています。ただ今日は少し体調が良くなくて、鈍い反応になってしまいました。ごめんなさい。

もちろん、前向きに考えさせていただきます」

「そうでしたか。あなたもここのところは働きづめのようですからね。体調には十分気をつけたほうがいいですよ」

「ありがとうございます」

プロデューサーと別れたのが、午後十時三十分頃だ。生活費として忠雄に渡す金をコンビニで下ろし、タクシーで左衛門橋に向かった。着いたのは、ちょうど十一時頃だった。

風が少し強かった。博美はコートの裾をはためかせながら橋に近づいていった。車は頻繁に行き来しており、人通りも少なくはなかった。

左衛門橋は三つの区にまたがって架かっており、橋のセンターラインから西側が千代田区東《ひがし》神田《かんだ》で、東側の南半分は中央区日本橋馬喰町《ばくろちょう》、北半分は台東区浅草橋だ。博美は中央区側にある親柱の横に立ち、川を挟んだ反対側を見た。

ジャンパーを着た忠雄の姿があった。橋の欄干《らんかん》に両肘を載せ、川を見下ろしている。

博美は電話をかけた。忠雄は顔を上げ、こちらを向いてからジャンパーのポケットに手を入れ、携帯電話を取りだした。

「急に呼び出して悪かったな」

「それはいいけど、どうしたの？」

「うん、いろいろとあってな。じつは、旅に出ることにした」

「旅？　どこへ？　仙台？」そう訊いたのは、忠雄にとって最も思い出深い場所だろうと思ったからだ。

「うん……まあ、そんなところかな」歯切れが悪い。仙台ではないのか。

「今さら何のために？　知ってる人もいないんでしょ」

「そういう人はおらんけど、百合子の供養にと思ってな。ふと思いついたんや」

「ふうん。別にいいけど、何日間ぐらい？」

「それは決めてない。もしかしたら、そのままあちこち旅して回るかもしれん。それでしばらく会えんと思ったから、こうして呼び出したというわけや」

「そう……。明日から行くの？」

「うん、明日の朝早くには出ると思う」

「そう。じゃあ、気をつけてね。何か渡したいものがあるってことだったけど」

「そうや。足下に紙袋を置いてるのが見えるか？」

博美は視線を下げた。忠雄の足の横に小さな紙袋が置かれている。

「見えるよ。それを受け取ればいいの？」

「そうや。親柱の陰に隠しておくから、後で回収してくれ」

「わかった。じゃあ、こっちの柱の陰にお金を置くからね」

「いや、今日はお金はいらん」

「えっ、でも明日から旅行でしょ。お金、持ってたほうがいいよ」

「大丈夫や。十分にある。心配せんでええ」

「そう……」

どうも様子が変だと博美は思った。前に金を渡したのは何ヵ月も前だ。いくら節約しているといっても、さほど余裕はないはずだ。

博美、と忠雄が呼びかけてきた。「もうちょっとだけ、そっちに寄ってもええか」

「いいけど……」博美は瞬きし、父の顔を見た。こんなことをいうのは初めてだ。

忠雄は紙袋を提げ、ゆっくりと歩きだした。だが博美のほうからも近づいていくと、橋の中央あたりで足を止めた。二人の距離は五メートルほどになった。向き合っているのが辛くなったように、忠雄は再び欄干に身体を寄せ、携帯電話を耳に当てたまま川面に目を向けた。

「よかったな、博美。明治座みたいな立派な劇場で、演出家の仕事ができるとはな。お父ちゃんも嬉しいで」

「うん、ありがとう」博美は戸惑いながら礼をいった。

「がんばれよ。悔いのないように、精一杯やるんやで。そうしたら、きっと博美は幸せになれる」

「お父ちゃん……どうしたの？」

忠雄は首を振った。

「何でもない。明治座での芝居があんまり良かったから、つい変なことをいうてしもた。気にせんでええ。もう行くわ。じゃあ、元気でな」

「うん、お父ちゃんも旅行を楽しんできて」

だが忠雄は言葉では答えず、片手を小さく振って電話を切った。そしてちらりと博美のほうを見ると、反対側に向かって歩き始めた。

親柱の横まで行ってから、忠雄は周囲を見回す素振りを見せ、陰に身を潜めた。それから歩道に戻り、再び歩きだした。さっきまで提げていた紙袋は手から消えていた。

すぐに博美は動いた。足早に親柱に近づくと、その陰に置いてあった紙袋を持ち上げた。中を見てみると、封筒が二通入っていた。そのうちの一つを手に取った。宛名が『博美さまへ』となっていて、封印がされていた。

ここに至って不安は最高潮に達した。博美は紙袋を抱え、忠雄が歩いていった方向に駆けだした。

やはり何か特別なこと、しかも決して良いことでない何かが起きたのだと確信した。

だがすでに見失っていた。通りの先を見ても父の姿はない。次に目に入ったのは、浅草橋駅という表示だった。忠雄のアパートは、小菅駅が最寄り駅だ。浅草橋から秋葉原《あきはばら》に出て地下鉄で北千住《きたせんじゅ》に行き、そこから小菅駅を目指すのではないかと推察した。

駅に駆け込み、周りに目を走らせた。すると忠雄が改札口を通過しているところだった。博美は後を追いながらバッグを開け、電子マネーのカードを出した。

改札口を抜け、忠雄の後を追った。すると奇妙なことに、忠雄は津田沼《つだぬま》行きの列車が来るホームで待ち始めた。家に帰る気なら、反対側の御茶ノ水《おちゃのみず》行きに乗らねばならない。

間もなく津田沼行きの電車が到着した。忠雄は迷う様子もなく乗っていく。博美も隣の車両に乗り込んだ。尾行が気づかれないよう人の陰に隠れたりしているが、忠雄はぼんやりと何かを考えている様子で、周囲に注意を払っている気配はなかった。

一体どこまで行くつもりなのだろうと不安になりながら路線図を眺めていたところ、忠雄は五つ目の新小岩駅で降りた。博美は、彼が背中を向けて歩き出すのを確認してから外に出た。

新小岩駅を出た後、忠雄は道路沿いに進んだ。その足取りには迷いがなく、何かはっきりとした目的を持っていることが窺えた。博美は少し距離を置いて跡を追っていたが、途中で小走りになって二十メートルほどにまで近づいた。ぐずぐずしていたら引き離されそうだったからだ。

やがて荒川に出た。橋を渡っていた忠雄は、河川敷にさしかかったところで足の向きを変えた。道路から外れ、河川敷を歩きだしたのだ。博美は慌てた。街灯の光が届かないところは真っ暗だ。

気後れする気持ちを奮い立たせ、追跡を続けた。忠雄がこんなところに来た理由を突き止めねばならないと思った。

だが案の定、途中で姿を見失った。周りには何もない。足下は草むらで、時折予期せぬものが落ちていたりして歩き辛かった。

もうこれ以上は無理か——諦めかけた時、それが目に入った。高さが人の背丈にも満たない小さな建物、いや、大きな箱といったほうがいいかもしれない。近づいてみると、ビニールシートに包まれていることがわかった。明らかにホームレスの住居だった。

入り口らしきものがあり、布のカーテンがかかっていた。それが少し開いている。そこから光が漏れていた。

博美は首を伸ばし、そっと中を覗いてみた。そして次の瞬間には目を剝《む》いていた。ローソクの光のそばで、忠雄がうずくまっていたからだ。

夢中で駆け寄り、声をかけた。「お父ちゃん、何やってるのっ」

ぎくりとした表情で忠雄が振り返った。彼が両手に抱えていたのは赤いポリタンクだった。蓋が開いていて、灯油《とうゆ》の臭いが漂ってきた。

「博美、なんでついてきた……」

「そんなの、決まってるやないの。お父ちゃんの様子がおかしいからよ」

忠雄は顔を歪め、首を振った。「さっさと帰れ。誰かに見られたら大変や」

「帰れるわけないでしょ。どういうことか説明して」

忠雄は眉根を寄せ、唇を噛んだ。腕を伸ばしてきて、博美の右手を摑んだ。「そんなところにおったら人目につく。入れ」

引っ張られるように博美は小屋の中に入った。中は案外広く、二人が座ることも可能だった。粗末な食器や雑貨を入れた段ボールとストーブが並んでいる。ストーブの上には、使い古した鍋が載っていた。今、ストーブには火が入っていない。

「お父ちゃん、どうしてこんなところにいるの？　アパートはどうしたの？」

博美が問い詰めると、忠雄は苦悶の表情を浮かべ、俯いた。「押谷さん……博美のところに来たやろ」

意外な名前を出され、当惑した。押谷道子が会いに来たのは、三日前のことだ。

「来たけど、どうして知ってるの？」

「……会うたからや」

心臓が飛び跳ねた。「会った？　彼女と？　いつ？」声が裏返った。

「一昨日の夕方。明治座での公演初日の後や。外に出て、人形町の駅に向かう途中、声をかけられた。あの人も公演を見てたらしい」

「私には滋賀にトンボ帰りするようなことをいってたけど……」

「最初はそのつもりやったけど、おまえと別れた後、せっかくやから芝居を見ようという気になったらしい。芝居を見た後、もう一度おまえに会って、何とか説得しようと思ったそうや。ところが劇場を出る時、俺に気づいたというてた」

「何十年も経ってるのに……」

「あの人はよう店に来てたから、俺の顔をはっきりと覚えてたそうや。特に、このホクロのことが印象に残ってて、間違いないと思ったみたいやな」忠雄は左耳の下にあるホクロを指で触った。「浅居さんって、後ろから声をかけられたんやけど、最初はぴんとこんかった。その名前で呼ばれるのは久しぶりやったからな。けど、二度目に呼ばれた時は、逆にぎょっとした。立ち止まって振り向いたら、押谷さんが笑いながら駆け寄ってきた。やっぱりそうや、浅居博美さんのお父さんですよねえって。そのホクロに見覚えがありますとかいわれた。あの人は、俺が死んでることになってるのは知らんようやった」

「私、父は死んだっていったのに……」

「俺を見て、おまえに嘘をつかれたと思ったようや。博美さん、私を早く追い返すためにあんな嘘をついたのかなっていってた。それぐらい確信している様子やから、人違いやというても納得してくれるとは思えんかった。何しろ見つかった場所がまずい。おまえたちが公演をしてる明治座や。とぼけて逃げたりしたら、却って面倒なことになるかもしれんと思った」

早口で天真爛漫《てんしんらんまん》に話す押谷道子の表情が目に浮かんだ。おそらく忠雄には、人違いだと口を挟む隙も与えてくれなかったのだろう。

「それで、どうしたの？」

「あの人は、ちょうどいいところで会えた、是非相談したいことがあるといってきた。それなら、うちで話しましょうといって、アパートに連れていった」

「アパートって、小菅の？」

忠雄は暗い顔で頷いた。

「大まかな事情は道すがら聞いた。しかし厚子のことなんか、どうでもよかった。自業自得やと思ったしな。それより大事なことは、押谷さんをどうするかやった。このまま帰すわけにはいかんと思った」

不吉な想像が博美の脳裏に浮かんできた。口の中が苦くなった。

「……それで?」ローソクの淡い光を浴びた父の横顔を見つめた。

「部屋に入ってもらって、お茶を出すことにした。あの人は何も疑ってなかった。それで隙を見て、後ろから電気のコードで」忠雄は顔を上げた。虚空を睨み、続けた。「首を……絞めた」

身体中の血が冷えていくのを博美は感じた。そのくせ顔は熱くなった。こめかみを汗が伝っていった。

「うそ……でしょ？」嘘のわけがないと思いながらいった。

忠雄は吐息をついた。「本当のことや。俺はあの人を殺した」

博美は目をつぶり、顔を上に向けた。深呼吸を何回か繰り返した。絶叫《ぜっきょう》したい衝動を抑え、気持ちを落ち着かせようとした。

目を開け、父を見た。彼は再び項垂《うなだ》れていた。

「遺体は？　どうしたの？」

「どうもしてない。そのままや。アパートの部屋にある。身元がわからんようにはしたけど、遺体が見つかったら、いずれはわかってしまうやろな」

「それなら、何とかして遺体を処分しないと」

だが忠雄は首を横に振った。「もうええ」

「ええて、それ、どういうこと？」

「博美、おまえに隠してたことがある。苗村っていう先生のことや。覚えてるやろ」

「覚えてるけど」

「博美、あの人と付き合ってたそうやな」下を向いたまま忠雄は訊いた。

「どうして今頃、そんな話を……」

「あの先生も……俺が殺したんや」

ひっと小さく叫んだ。一瞬、息ができなくなった。

「博美とホテルで会ってた頃のことや。精算を終えたら、あの人から声をかけられた。びっくりした。昔、何回か会うたことはあるけど、俺は向こうの顔を忘れてた。けど、あっちは覚えてたみたいやな。どういうことかと訊いてきた」

あの時だ、と博美は思い当たった。苗村が最後に電話をかけてきた日の翌朝だ。なぜ彼がホテルに現れたのか。考えられることは一つしかない。博美を尾行したのだ。彼女がホテルに入るのを見た彼は、男との密会《みっかい》だと誤解した。それで朝まで見張り、彼女の相手を突き止めようとしたのだ。おそらくフロントの近くにいて、チェックアウトする男の顔を確かめていたのだろう。

「それで、どうやって……」苦しいほどに心臓の鼓動が速くなっていた。

「事情を話すからといって、ホテルの地下駐車場に連れていった。歩きながらネクタイを外して、後ろから首を絞めた。抵抗されたけど、あの人は非力やったから何とかなった。早朝で人目がなかったのも助かった」忠雄は、ふっと息を吐いた。「首を絞めて殺すのは、押谷さんで二人目というわけや」

「先生の遺体はどうしたの？」大体見当がついていたが一応訊いた。

「駐まってるトラックの荷台に隠した。けど、できたらやっぱり遠くへ捨てに行きたい。それでレンタカーを……」

そうだったのか——。

苗村の失踪に忠雄が関係しているのではないか、という思いはずっとあった。だが考えないようにしてきた。

「すまんなあ、博美。あの人のこと、好きやったんやろ？　しかし、死んでもらうしかなかった。許してくれ」

「それはもういい。そんなことより、その時遺体はどこに捨てたの？」

「奥多摩《おくたま》のほうや。一週間後ぐらいに身元不明の遺体が見つかったというニュースを見た」

「でも、お父ちゃんは捕まってない。つまり遺体の処分に成功したということやないの。だったら今度も同じように——」

忠雄は子供がむずかるように両手を振った。

「もう、ええんや。そんなことはせんでええ。俺の好きなようにさせてくれ」

「好きなようにって……じゃあお父ちゃんはどうしたいの？　そもそも、どうしてこんなところにいるの？」

忠雄は顔を上げ、狭い小屋の中を見回した。

「このあたりには、前から時々足を運んでたんや。いずれはこういう生活をして、死んでいくのがええんやないかと思ってた」

「死ぬやなんて、そんな……」

「死ぬ時には、何とかして身元がわからんようにせんといかん。一番ええのは火事になることやけど、アパートを燃やしたらほかの人に迷惑をかける。けど、ここなら大丈夫や。燃えるのも早いやろうしな。じつをいうと、この小屋は昨日売ってもろたんや。有り金を全部叩《はた》いたら、喜んで譲ってくれた」

淡々と語られた父の言葉に、博美は愕然とした。灯油のタンクの蓋が外されている意味も理解した。

「あかん、そんなのっ」彼女は父を睨んだ。

「声が大きい。誰かに聞かれたらどうする」

博美はかぶりを振り、忠雄の肩を摑んだ。

「そんなことどうでもええ。お父ちゃんが死んでどうなるの？」

「いずれ押谷さんの遺体が見つかる。警察は、越川睦夫という男を捜すやろ。もうこの歳や、逃げきれるわけがない」

「そんなの、わかれへんやないの。私が隠したげる。絶対に見つからない場所を探してあげる」

忠雄は薄い笑みを浮かべ、「無理や」と弱々しくいった。

「そんなことない。何とかして——」

博美、と忠雄が彼女のほうを向いた。「もう勘弁《かんべん》してくれ」

「勘弁て……」

「もう、疲れたんや。何十年も逃げ回って、身を潜めて生きてきた。もう、逃げたり隠れたりする生活には疲れた。楽になりたい。楽にさせてくれ。この通りや」忠雄は正座し、頭を下げてきた。

「お父ちゃん……」

忠雄が顔を上げた。目の下が濡れて光っていた。それを見た途端、博美も耐えられなくなった。涙が溢れだした。

「誤解するなよ。辛いこともあったけど、今日までの人生を後悔はしてない。楽しい思いもたくさんできた。何もかも博美のおかげや。博美、ありがとうな」

「お父ちゃん、お父ちゃん……死なんといて。私が何とかするから」

「あかん。万一捕まったら、何もかもおしまいや。顔が世間に出て、浅居忠雄やとばれたら、今までの苦労が水の泡や。それに、今もいうたように、もう死にたい。死なせてくれ」

いい終えると忠雄は、博美の身体を小屋の外に押し出した。強い力だった。

「お父ちゃん、何するのっ」

忠雄は答えず、小屋の中でポリタンクを肩まで担ぎ上げた。灯油がどぼどぼと流れ出た。彼の全身は、たちまちびしょ濡れになった。

「お父ちゃん、やめてっ」博美は悲鳴を上げた。

忠雄はジャンパーのポケットから使い捨てライターを出してきた。

「行け。早よ行ってくれ。行かんというても火をつける」

博美は絶望的な思いで父を見た。彼の目には強い光が宿っていた。だが狂気めいてはいなかった。すべてを達観し、覚悟を決めた者の目だった。

やめさせなければ、という思いが急速に薄れていった。もはや心変わりしてくれるとは思えなかったし、もしかしたらこれが父のためには一番いいのかもしれない、とさえ思えてきた。

博美は忠雄に近づいていった。

「来るな。火をつけるぞ。火傷《やけど》したいのか」

博美は答えず、ゆっくりと両腕を前に伸ばした。その手が忠雄の首にかかると、彼は戸惑ったような顔をした。

「博美、おまえ……」忠雄は瞬きした。「おまえが楽にさせてくれるのか」

うん、と彼女は頷いた。

「だってお父ちゃん、夜逃げした時にいうてたでしょ。延暦寺のお坊さんのことを。同じ死ぬにしても、ほかの方法を選ぶ。焼け死ぬやなんて、考えただけでもぞっとするって」

ああ、と忠雄は口を開いた。「そうやったな」

「そんな辛いこと、させられへん。だから私が……」

「そうかあ」忠雄は目を細めて笑い、そのまま瞼を閉じた。「ありがとう。博美、ありがとう」

博美も目をつむり、指先に力を込めた。両手の親指が忠雄の首に食い込む感触があった。

不意に『異聞・曾根崎心中』のラストシーンが浮かんだ。忠雄はお初だと思った。そして自分は徳兵衛だ。

どれぐらいそうしていたのか、自分でもよくわからなかった。不意に、がくんと忠雄の身体から力が抜けた。博美は目を開けた。首を絞めていた手が、今は彼の身体を支える形になっていた。その口からは涎《よだれ》が出ていた。

お父ちゃん、と呼びかけてみた。しかし何の反応もなかった。

博美は忠雄の身体を、そっとビニールシートの上に寝かせた。シートの上も灯油まみれだった。このまま火をつけたら、おそらく一気に燃え上がるだろう。だがそれでは博美が逃げる時間がない。火の手を見て、すぐに人が駆けつけてくることは十分に考えられた。

博美はローソクを立てた皿に手を伸ばした。それを慎重に忠雄のそばに置いた。さらにジャンパーの裾をローソクの根元に触れさせた。ジャンパーにも灯油がたっぷりしみ込んでいる。時間が経ち、ローソクが短くなれば引火するはずだ。

すべてをやり遂げると、博美は自分のバッグと忠雄から渡された紙袋を抱え、その場を離れた。道路に戻る前に小屋が燃え始めたらまずいと思い、小走りになっていた。

やがて道路に出たが、すぐにタクシーを拾うわけにはいかなかった。もう少し離れたところから拾ったほうがいいだろうと思った。彼女は幹線道路沿いを歩き始めた。橋を渡る時、何度か河川敷のほうを振り返った。だが小屋はまだ燃えていなかった。

もしかしたら失敗するのではないか、という考えが頭をよぎった。燃えなければ、どうなるのか。あの他殺体が浅居忠雄だと判明するだろうか。

博美は首を振った。そんなことは考えたって仕方がない。自分は人殺しだ。二人も殺した。罰せられて当然なのだ。

コートが灯油の臭いを放っていることに気づいた。博美は脱ぎ、手に持った。風は冷たいが少しも寒くなかった。

29

登紀子が店に入っていくと、奥のテーブルにいた男性が立ち上がった。松宮だった。彼女を見て、会釈してきた。

「お久しぶりです」登紀子は近づいていき、挨拶した。「三回忌以来ですね」

「その節はお世話になりました。今日は突然呼び出して申し訳ありません」

席につき、飲み物を注文した。松宮も、まだ何も頼んでいなかったのだ。

「加賀さんから聞きました。事件が解決したそうですね。おめでとうございます」

「ありがとうございます。あなたにも、いろいろとお世話になったみたいですね」

「私は大したことは」登紀子は小さく手を振った。

「加賀とは、よく連絡を取り合っているんですか」

うーん、と少し考えた。「最近になって、ですかね」

「今日もこれから会うんでしょ？　食事の約束をしたとか」

「ひょんなことから約束することに。でも加賀さんが本気だったとは思いませんでした」

飲み物が運ばれてきた。ティーカップからアールグレイの香りが立ち上ってくる。

「じつは、あなたにお願いがあるんです」松宮は隣の椅子に置いてある鞄から白い封筒を出し、テーブルに置いた。

「手紙？」

「そうです。今回の事件の被疑者が持っていたものです。正確にいうと、この封筒の中に入っているのは、その手紙のコピーです」

「被疑者というと……」登紀子は表情を引き締めた。

「角倉博美、本名浅居博美です。彼女が父親から託されたもので、どうしても加賀に読んでもらいたいそうなんです。そこで、金森さんのほうから渡してもらおうと思いまして」

「構いませんけど、どうして私が？　松宮さんから渡したほうが早いんじゃないですか」

松宮は頷いた。

「御存じの通り、今回の事件は加賀の人生に大変深く関わるものでした。この手紙には、彼が長年知りたいと思っていたことが記されています。だからこれを、あなたにも読んでいただきたいんです」

「私にも……ですか」

「加賀に直接渡してしまうと、彼はもう人には絶対に見せないと思うんです。だからまず、あなたに渡しておきたかったわけです」

「読んでもいいんですか、私書を」

「いいとはいいません。しかし御覧のように封はしていません。だから読んだとしても、人にいわなければ誰にもわからない。ただし、今は読まないでください。コーヒーを飲み終えたら僕はすぐに立ち去りますので、その後でゆっくりどうぞ」松宮はコーヒーを啜り、微笑んだ。「あなただから読んでもらいたいんです」

登紀子は封筒に目を向けた。その膨らみから想像して、かなりの枚数がありそうだ。一体どんなことが書いてあるのか。あの加賀が長年知りたかったこととは何だろう。

前回、彼に呼び出された時には驚いた。突然自分と一緒に来てほしいといわれ、青山にある角倉博美の部屋へ連れていかれたのだ。部屋に入る前に頼まれたのは、自分が合図《あいず》したら洗面所を借りて、ヘアブラシに付いた髪をビニール袋に入れてきてほしいということだった。それ以外は、ずっと黙っていればいいと加賀はいった。

部屋にいる間は、ずっと身体を硬くしていた。加賀と相手のやりとりがあまりに緊迫したものだったので、途中で息苦しくなった。この人はいつもこんなことをしているのかと思って加賀の横顔を伺い、恐ろしい人だと思うと同時に敬服した。

大変だったが、良い経験だったと今は思っている。何より、加賀の仕事ぶりをこの目で見られたのがよかった。

ところで、と松宮がいった。「加賀が異動になる話はお聞きになりましたか」

「加賀さんが？　いいえ。今度はどちらへ？」

「本庁です。捜査一課に戻ることになりました。ただし、僕とは別の係ですが」

「そうなんですか。だったら今夜はお祝いしなくちゃ」

「そうしてやってください。場所はどこですか」

「例によって日本橋です」

「またですか」松宮は苦笑した。「でも無理ないかな。間もなく離れる街だし。そういえば今頃は浜町のスポーツセンターに行ってるんじゃないかな。今日電話で話したんですが、久しぶりに汗を流してくるといってました」

「汗？」

「これですよ」松宮は剣道の竹刀を振る格好をした。

ああ、と登紀子は頷いた。

松宮はコーヒーを飲み干すと、「では僕はこれで」といって腰を上げ、テーブルの伝票を手にした。「加賀によろしく」

ごちそうさまでした、と登紀子は立ち上がって礼をいった。

松宮が店の外に出るのを見届けてから、封筒に手を伸ばした。たしかに封はされていなかった。中には畳まれたA４のコピーが五枚入っていた。最初の一枚には、女性らしい優しい文字で『加賀様へ』とあり、次のように続いていた。

『このたびはお騒がせし、大変申し訳ありません。今は自らの罪と向き合い、どのように償っていくかを考える毎日です。

さて同封されているのは、父から貴方様《あなた》への手紙です。父が私宛に残した遺書には、いずれ何らかの方法で貴方様に渡してほしい旨が記されておりました。このようなものをもらっても迷惑なだけかもしれませんが、貴方様にとって重大なことのように思われ、警察の方にお願いし、お渡しすることにした次第です。御不快に思われた場合は申し訳ございません。浅居博美』

その一枚目をめくり、登紀子はぎょっとした。今度は筆圧の強そうな細かい文字が、びっしりと並んでいた。

『拝啓　大変大事なことをお伝えしたく、筆をとらせていただきました。

私は仙台で一時期、田島百合子さんとお付き合いをさせていただいた綿部俊一という者です。貴方様の連絡先を宮本康代さんに教えた者といえば、わかっていただけるのではないでしょうか。

お伝えしたいこととはほかでもありません。貴方様たちの家を出てからの、百合子さんの思いです。彼女がどんなことを考え、どのように生きていたのかということを、どうしても知っておいてもらいたいのです。

なぜ今になって、と思われるかもしれません。それについては誠に申し訳ないのですが、詳しい事情を話すわけにはいきません。一言でいえば私が世間から隠れるように生きてきた人間で、他人様の人生に口出しすることなど考えもしなかった、ということになりましょうか。しかし余命も見えてきた今になり、生涯で最も大切だった女性の思いを封印したままでいいのか、彼女の息子さんに伝えなくていいのか、と考え直した次第です。

百合子さんから貴方様のことを聞いたのは、私たちが出会って一年以上経ってからです。それまで彼女は、決して前の家庭のことを話そうとはしませんでした。おそらく私にさえも、完全には心を開いていなかったのでしょう。しかしその日は彼女の中で何か変化があったのか、不意にすべてを打ち明けてくれたのです。

家を出たのは、このまま自分がいれば、やがては家族全員が破滅すると思ったからだ、と彼女はいいました。

百合子さんによれば、結婚当初から自分は夫に迷惑ばかりをかけていた、とのことでした。親戚付き合いが下手で、もめ事を起こした挙げ句、夫を親戚から孤立させてしまったといっておりました。病弱だった母親の看病ができるよう旦那さんにあれこれと配慮してもらったにもかかわらず、その母親を早死にさせてしまったことも深く悔やんでおりました。自分は何て役に立たない人間だろうと落ち込み、そんな自分が子育てなどしていいのだろうかと悩んだそうです。

もうお察しでしょうが、おそらく彼女はうつ病を発症していたのだろうと思われます。しかし当時はその病名さえ一般的でなく、彼女は自分のことをただの無能者だと決め込んでいたようです。

そんな状態で何年間も耐えていた彼女でしたが、やがては死ぬことばかりを考えるようになったとのことでした。しかし一人息子の寝顔を見ては、自分がいなければ誰がこの子を育てるのかと思い直し、踏みとどまったそうです。

ところがある夜、とんでもないことが起きました。仕事で旦那さんが何日も帰らず、彼女は息子さんと二人で寝ていたらしいのですが、気がつくと台所で包丁《ほうちょう》を手にしていたというのです。我に返ったのは、おかあさん何してるの、と起きてきた息子さんに声をかけられたからでした。

あわてて包丁を片付け、その場を取り繕ったものの、この一件は彼女の心に濃い影を落としました。あの夜、自分は包丁で何をやろうとしていたのだろう。単なる自殺ならまだいい。だがもし息子を道連れにしていたら……。そんなふうに思うと、恐ろしくて眠れなくなったといいます。

悩んだ末、彼女は家を出ることを決心しました。行き先など決めておらず、どこかで死ぬかもしれないな、とぼんやり考えながら列車に乗ったのだといっておりました。

宮本さんからお聞きになったと思いますが、結果的に彼女は死を選ぶことはなく、仙台の町で第二の人生をスタートさせました。その日々を彼女は、懺悔と感謝の毎日だと表現しておりました。夫と子供を捨て、生きる資格などない自分が、見知らぬ土地で出会った人々によって支えられている、何とありがたいことだと痛感していたようです。私の想像ですが、家を出たことで、うつ病の症状がおさまっていたのかもしれません。

すべてを打ち明けてくれた百合子さんに、私は尋ねました。旦那さんや息子さんのところに戻ろうとは思わないのか、二人に会いたくはないのか、と。彼女は首を振りました。しかしそれは否定の意味ではありません。自分にはそんな資格はないというのです。そこで私は、二人の名前と住所を尋ねました。私はたまに上京するので、その際に二人の様子を調べてみようと思ったのです。彼女は一旦拒みましたが、私がしつこく聞くと、ようやく教えてくれました。おそらく彼女としても、残してきた二人のことが内心では気になっていたのだと思います。

それからしばらくして私が上京した際、加賀隆正さんのお宅を訪ねてみることにしました。もちろん百合子さんのことは伏せた上で、道を聞くふりなどをして、お二人の様子を窺おうと考えたわけです。

家はすぐに見つかりましたが、残念ながらお留守のようでした。そこで近所の家を当たり、さりげなく尋ねてみました。隆正さんはご健在であること、息子さんが家を出ていることは、それで判明しました。しかも私に話してくれた方は、もう一つ大きな情報をくださいました。息子さんはつい最近、剣道の大会で優勝されたというのです。早速私は本屋に出向きました。そこで発見したのが、貴方様のことが載っている剣道雑誌でした。

仙台に戻ると、私は記事を百合子さんに見せました。彼女は息を止め、瞬きもせず、写真を見つめていました。やがてその目から涙が溢れてきました。

よかった、と彼女はいいました。私はその言葉を、息子さんが立派に育っていることを喜んでのものだろうと思いました。しかしそれだけではありませんでした。彼女は、息子さんが警察官になっていることを喜んでいたのです。

百合子さんによれば、一番気になっていたのは、自分が家を出たせいで旦那さんと息子さんが仲違いしているのではないか、ということだったようです。恭一郎は優しい子で、いつも私のことを気遣ってくれていたから、母親の家出を父親のせいだと思い込み、父親を憎んでいたらどうしようといつも心配だったといいました。もしそうだとすれば、あの子から母親の愛情だけでなく父親をも奪ったことになってしまうから、と。でも貴方様が警察官になったと知り、どうやらそれは杞憂《きゆう》だったと安堵したようです。父親を憎んでいれば、同じ職業を選ぶはずなどないからです。

これでようやく心のつかえが取れた、といって百合子さんは笑顔を見せました。彼女のあれほど晴れ晴れとした顔を見たのは、それが最初で最後です。本当に心の底から嬉しかったのだと思います。

ところがそれほどの喜びをもたらした雑誌を、彼女は受け取らないのです。自分は母親であることを放棄したのだから、持っている資格などないというのです。また、こんなふうにもいいました。

「恭一郎は、これから先、もっともっと立派になります。この写真が手元にあると、私の中であの子の成長が止まってしまう。それはきっと、あの子の望まないことです」

その時の百合子さんの目は、息子さんへの期待と愛情とで光り輝いておりました。

以上が、私が貴方様にお伝えしたいことのすべてです。今さらこんな話を知らされても、何の足しにもならないかもしれません。立派に御自分の信じた道を颯爽《さっそう》と歩いておられる貴方様にとっては、不必要な話だったかもしれません。しかし初めに書きましたように、老い先短くなった今、唯一の心残りを解消したくなった次第なのでございます。どうか、老いぼれの自己満足をご容赦《ようしゃ》ください。

最後に付け足しますと、百合子さんは彼女なりに精一杯生きたと思います。仕事で仙台を離れねばならなくなった私が最後に彼女に会った時、何かほしいものはないか、と尋ねてみたところ、何もない、と彼女は答えました。今のままで満足、何もいらない、と笑顔でいったのです。あの言葉に嘘はなかったように思います。そう思いたいだけなのかもしれませんが。

本来ならば直接お会いすべきところですが、訳あって、こういう形でしかお伝えできないこと、どうかお許しください。

貴方様のご多幸と益々のご活躍をお祈りしております。

敬具

綿部俊一

加賀恭一郎様』

浜町公園に足を踏み入れると、木々の香りが濃厚に漂っていた。すでに日は落ちているが、緑が豊かなことはよくわかった。犬を連れた人がたくさんいる。顔見知りらしく、楽しそうに談笑していた。連れられている犬たちも楽しそうだ。

総合スポーツセンターは立派な建物だった。正面玄関にはガラスを蛇腹《じゃばら》に並べたようなデザインが取り入れられたりして、斬新な印象も受けた。

屋内も広くて奇麗だった。剣道の防具や竹刀を担いだ小学生ぐらいの子供がいたので、声をかけてみた。すると日本橋署主催の剣道教室があったのだという。ついさっき終わったばかりのようだ。

場所は地下一階だと聞き、登紀子は階段を下りていった。道場らしき部屋の入り口に何人かの子供がいる。

近づいていって、中を覗いてみた。剣道着姿の老若男女《ろうにゃくなんにょ》が、まだ何人か残っている。加賀の姿もあった。彼は道場の隅で、黙々と素振《すぶ》りをしていた。その顔には一切の迷いがなく、目は一点を見つめている。今の彼には、おそらく何も聞こえていないだろう。

彼の心を水面に喩《たと》えるなら、いつも鏡のように静止しているのだろうと登紀子は思った。どんなに強い風が吹き荒れようとも、簡単に波打ったりしない。その強い心があったから、多くの試練を乗り越えられた。

しかし――。

今自分が持っている手紙を読んだ後はどうだろうか、それでもやはり小さな波紋《はもん》さえ生じないのか。

その答えを知りたくて、登紀子は加賀に向かって歩きだした。

本書は書き下ろしです

東野圭吾（ひがしの・けいご）
一九五八年大阪府生まれ。一九八五年『放課後』で第三十一回江戸川乱歩賞を受賞。一九九九年『秘密』で第五十二回日本推理作家協会賞を受賞。二〇〇六年『容疑者Xの献身』で第百三十四回直木賞を受賞。二〇一二年『ナミヤ雑貨店の奇蹟』で第七回中央公論文芸賞を受賞。
他の著書に『宿命』『白夜行』『時生《トキオ》』『手紙』『流星の絆』『プラチナデータ』『白銀ジャック』『真夏の方程式』『マスカレード・ホテル』『夢幻花』など多数。
加賀恭一郎が登場する作品に『卒業』『眠りの森』『どちらかが彼女を殺した』『悪意』『私が彼を殺した』『嘘をもうひとつだけ』『赤い指』『新参者』『麒麟の翼』がある。

N.D.C.913　383p　20cm

祈《いの》りの幕《まく》が下《お》りる時《とき》
二〇一三年九月一三日　第一刷発行
定価はカバーに表示してあります。
著　者　東野圭吾《ひがしのけいご》
発行者　鈴木　哲
発行所　株式会社講談社
東京都文京区音羽二―一二―二一　〒一一二―八〇〇一
電話　編集部　〇三―五三九五―三五〇五
販売部　〇三―五三九五―三六二二
業務部　〇三―五三九五―三六一五
印刷所　豊国印刷株式会社
製本所　黒柳製本株式会社
島田製本株式会社

ISBN978-4-06-218536-3